U0163937

王向遠教授
學術論文選集

● 第二卷 ●

比較文學學科理論研究

《王向遠教授學術論文選集》編輯委員會

編輯弁言

萬卷樓圖書股份有限公司與王向遠教授部分的學生，組成編輯委員會，於王向遠教授從事教職滿三十週年（1987-2016）之際，推出《王向遠教授學術論文選集》。

《王向遠教授學術論文選集》是王向遠教授的論文選集，選收一九九一至二〇一六年間作者在各家學術刊物公開發表的學術論文二百二十餘篇，以及學術序跋等雜文五十餘篇，共計兩百五十餘萬字，按內容編為十卷，與已經出版的《王向遠著作集》全十卷（寧夏人民出版社，2007年）互為姊妹篇。

各卷依次為：

第一卷《國學、東方學與東西方文學研究》

第二卷《比較文學學科理論研究》

第三卷《比較文學學術史研究》

第四卷《翻譯與翻譯文學研究》

第五卷《日本文學研究》

第六卷《中日現代文學關係研究》（上）

第七卷《中日現代文學關係研究》（下）

第八卷《日本侵華史與侵華文學研究》

第九卷《日本古典文論與美學研究》

第十卷《序跋與雜論》

以上各卷所收論文，發表的時間跨度較大，所載期刊不同，發表時的格式不一。此次編入時，為統一格式原刊有「摘要」（提要）、關鍵詞等均予以刪除；「注釋」及「參考文獻」一般有章節附註與註腳兩種形式，現一律改為註腳（頁下註）。此外，對發現的錯別字、標點符號等加以改正，其他一般不加改動。

感謝王向遠教授對本書編輯出版的支持，也感謝本書編委會諸位成員為本書的編校工作及撰寫各卷〈後記〉所付出的辛勞。

萬卷樓圖書股份有限公司

二〇一六年六月

目次

二十一世紀的比較文學研究：回顧與展望[1]

中國的比較文學從近代發軔，三、四〇年代興起，到八、九〇年代的繁榮，其間走過了百年歷程。到八〇年代，成立了全國性的學會，有了專門的學術期刊，許多大學的中文系成立了比較文學的研究所或教研室，招收比較文學的碩士乃至博士研究生。連中國比較文學的學科史的著作都出了至少兩種。可知學科的積累已達到了可以撰「史」的可觀的程度。僅就近二十年來的情況看，在文學研究，乃至整個人文科學領域，比較文學也是最活躍、最有生機的新興交叉學科之一。

但是，在世紀之交回首比較文學學科發展進程、特別是近年來的學科現狀的時候，我們也不能迴避其中存在的問題。

近二十年來，比較文學的「理論」提倡非常繁榮，這在學科重整初始是必然的和必要的。多寫一些什麼是比較文學、怎樣進行比較文學研究的文章，是有益的。而且比較文學的理論本身也有自給自足的價值。但問題在於「理論」過熱，而具體扎實的學術研究卻相對冷清，使得整個學科的學術氛圍顯得有些浮躁。如，不做具體的比較文學研究，卻可以大談比較文學的「方法」是什麼，「如何進行比較文學的研究」；對一國特別是某一外國的文學還沒有深入的了解和研究。卻可以大談「中外文學比較」。更有許多研究者對建立所謂比較文學的「中國學派」問題，具有持續不減的熱情，發表大量大同小異

1　本文原載《文藝報》（北京），1999年5月13日。

的文章，來標舉「中國學派」，彷彿只要打出旗號，一個「學派」就誕生了。有的專業刊物，似乎對研究具體問題的比較文學論文不那麼感興趣，而是連篇累牘地刊登「學派」問題、方法問題、西方的各種「主義」與比較文學的關係等問題的文章。這些文章並非都沒有用處，但是，太多則濫。這種「理論先行」的現象，造成了比較文學繁榮現象中的許多泡沫。有時候看起來很熱鬧，但讀完之後，卻使人生起一種寂寞之感。這種情況不禁使人想起胡適在五四時期說過的一句話：「多研究些問題，少談些『主義』」。當時來看胡適的這話未必正確，但現在用這句話來忠告我們的比較文學界，似乎沒有什麼不妥。

因此·二十一世紀的比較文學研究要推進，要發展，就應該由談「主義」走向「研究問題」。當然，「主義」不妨繼續有人來談，但更多的精力應該投入到問題的研究中。因為在中國·和其他的文學研究的學科領域比較而言。比較文學似乎可以說是「問題」最多、空白點最多的學科。記得從事現代文學研究的一位朋友說：如果說中國現代文學是一座山，那麼山上的任何一塊石頭沒有不被人摸過的。如果我們借用這個比喻，也把中國比較文學研究比作一座山，那麼可以說山上的石頭肯定有很多是沒有被人摸過的，只有幾條被踩出的小路而已。更多的人喜歡站在山下討論著如何上山。許多迫切的課題沒有人來研究，重要的題目沒有人來做，不少困難的領域等待開拓和解決。而且，有些問題，只有我們中國的學者—而不是外國人—才有條件、有優勢、有能力研究好。如，中國文學與外國文學的關係中的大量問題、中國的翻譯文學問題等。凡以中國文學為中心的比較文學研究。必待中國學者來完成。這些問題如果紮紮實實地研究好了，所謂「中國學派」不必提倡，不必吶喊，便自然形成。

例如，中國的翻譯文學的研究。翻譯文學在國外的比較文學研究中非常受重視。中國是翻譯大國，五四以來，翻譯文學的數量在全部文學出版物中占了約三分之一，對我們的作家和廣大讀者，都有重大的影響。但是長期以來，翻譯文學的研究與翻譯文學的繁榮形成了很大的反差。已經出版的上百種中國近現代文學史的專著和教科書，都沒有翻譯文學的位置。一九八八年出版了中國第一部《中國現代翻譯文學史》，由於論述的範圍很寬，且篇幅有限，因此只能是一個綜述性的著作。郭延禮教授最近出版的《中國近代翻譯文學概論》，資料詳實，填補了一個空白。而要從文化、文本、譯本等多角度來研究的翻譯文學史，最理想的是按國別文學翻譯來劃分，由熟悉某國語言文學，同時又熟悉中國文學的人來寫作，如《中國的英美文學翻譯史》、《中國的俄國文學翻譯史》、《中國的法國文學翻譯史》、《中國的日本文學翻譯史》……等等。但是，直到現在，這樣的研究似乎還沒有全面展開。據我所知，中國的英美文學翻譯史，已有謝天振教授在研究；中國的日本文學翻譯史，我已寫完，待出版。但願其他方面的研究，也有人做起來。

中外文學關係史與中外文學的比較研究，是比較文學研究中的基礎工程。二十年來，我們已經取得了不少成果。除了《1898-1949 中外文學關係史》、《二十世紀中國文學與西方現代主義文學思潮》覆蓋面寬的著作之外，在中國與外國的某一國別的文學比較研究方面，也有不少成績。如，在中日文學比較研究方面，有嚴紹璗的《中日古代文學關係史稿》、王曉平的《近代中日文學交流史稿》、王向遠的《中日現代文學比較論》等專著；在中俄文學方面。有陳建華的《二十世紀中俄文學關係史》等；在中法文學方面，有金絲燕的《文學接受與文化過濾——中國對法國象徵主義詩歌的接受》、錢林森的《法國作家與中國》；在中德方面，有衛茂平的《中國對德國文學影響史述》等。花城出版社在九〇年代初還出版了一套十卷本的《中國文學在國外叢書》，但是，仍有許多的空白尚待填補。如中印文學關係、中美文學關係、中國現代文學與德國文學、法國文學與中國現代文學等，都還沒有得到系統的清理和總結。

還有跨學科的比較文學研究・即自然科學、哲學、宗教、藝術、心理學、民俗學等學科與文學的比較研究。在這方面，二十年來我們收穫最大是佛教與中國文學的關係研究。這方面的研究可以說是中國學者有得天獨厚的條件，因為佛教在原產地印度，對文學的影響遠不如中國這樣大，把這個問題研究好了，就能夠體現中國比較文學的特色。現在的問題是・在一部著作中進行文學與另一個學科的比較研究，弄不好往往會大而無當，所以應該將跨學科研究的問題具體化，用跨學科研究所提供的視角與方法，來研究某些具體的問題。我在自己的學術研究中力圖具體化，如我寫的在今年五月即出版的《「筆部隊」和侵華戰爭──對日本侵華文學的研究與批判》一書，從比較文學的角度看，就屬於戰爭與文學的跨學科研究；我現在正在著手研究的《中國近現代國難文學史》，則是歷史學、外來侵略與中國文學的跨學科研究，姑且算作將跨學科研究具體化的一種嘗試。

再就是比較詩學、即中外文藝理論的比較研究。二十年來，這方面的研究在中國很受重視，這似乎與文藝理論專業出身的人從事的比較文學研究的較多有關係。現在出版的有關著作，多是講「中西」或「中外」。在一部著作中講「中西」甚至「中外」，範圍往往失之寬泛，結果只能是概論性的，以錢鍾書那樣的通才，在著作中也只是涉及了「中西」。要在下一世紀推進比較詩學的研究，就不能滿足於概論性的著作，就必須使研究專題化。目前已經出版了《中英比較詩學》、《中英比較詩藝》等專題性的著作，但這樣的著作還嫌太少。如中國與日本的文藝理論從古到今關係密切，法國的文藝理論、蘇聯的文藝理論對中國現代文論影響都不小，但直到現在，這方面的著作還未見出現。

二十一世紀中國的比較文學應該是怎樣的，我不敢作預言家，妄加推測。不過是借《文藝報》之一角，回顧以往，提出問題，對下一世紀的比較文學寄以憧憬與希望罷了。

論比較文學的傳播研究

——它與影響研究的區別，它的方法、意義與價值[1]

一　「法國學派」的方法是「傳播研究」而不是「影響研究」

在對傳播研究方法進行闡述之前，有必要首先澄清與傳播研究方法有關的「法國學派」及「影響研究」問題。

長期以來，國內外比較文學界將「法國學派」與「影響研究」看成是一回事，認為「法國學派」是「影響研究」，「影響研究」是「法國學派」；又在這個看法的基礎上進一步把文學傳播與文學影響等同起來，把「傳播研究」與「影響研究」等同起來。然而，如果我們將法國學派代表人物的觀點和主張，及法國學派的研究特色做一必要的檢討和辨析，就不難看出，「法國學派」實際上並不贊成「影響研究」。

第一位闡述和總結法國比較文學百餘年研究經驗的理論家是梵·第根，他在《比較文學論》（1931）中認為，比較文學的研究對象是「本質地研究多國（僅在歐洲範圍內而言——引者注）文學作品的相互關係」。他所說的這種「關係」是什麼關係呢？他進一步解釋說：「整個比較文學研究的目的，是在於刻畫出『經過路線』，刻畫出有什麼文學的東西被移到語言學的界限之外這件事實」。梵·第根把這種「經過路線」分為放送者、接受者和媒介者三項進行研究。從放送

1　本文原載《南京師範大學文學院學報》（南京）2002年第2期。

者的角度來看，考察一個作家在國外的影響與聲譽，梵・第根稱之為「譽輿學」；從接受者的角度，研究文學作品的主題、題材、人物、情節、風格等的來源，即源流學（今譯「淵源學」）；研究文學傳播的途徑、手段，包括翻譯、改編、演出、評介等，即媒介學。由此看來，梵・第根所闡述的實際上是文學的「傳播」關係。那時梵・第根沒有直接使用「傳播」一詞，但他所謂的「經過路線」，其意思和「傳播」完全相同。當然他也使用了「影響」一詞，但他所說的「影響」與「經過路線」實際上是同義詞，並沒有對「影響」加以嚴密的界定。這在相當大的程度上造成了人們對「經過路線」與「影響」兩個概念的混淆。

此後，法國學派的另一個著名的理論家 J—M・伽列（一譯卡雷）在為他的學生馬・法・基亞的《比較文學》初版所寫的序言中，則開始對「影響」研究與法國學派所推崇的國際文學關係史研究，做明確的區別。他認為，比起有事實為據的國際文學關係史研究來，「影響研究」是不可靠的。他寫道：

> 人們又或許過分專注於影響研究（Lesetudes d'infiuenoe）了。這種研究做起來是十分困難的，而且經常是靠不住的。在這種研究中，人們往往試圖將一些不可稱量的因素加以稱量。相比之下，更為可靠的則是由作品的成就、某位作家的境遇、某位大人物的命運、不同民族之間的相互理解以及旅行和見聞等等所構成的歷史。[2]

和伽列一樣，基亞也對「影響研究」持懷疑態度。他在流傳甚廣

---

2 J・M 伽列：〈《比較文學》初版序言〉，中文譯本見《比較文學研究資料》（北京市：北京師範大學出版社，1986年），頁43。

的《比較文學》（1951）一書中寫道：「有關影響問題的研究往往是令人失望的。……當人們想把問題提高到一個國家對另一個國家的影響時，那無疑很快就去落到抽象的語言遊戲中去了。」[3]因此基亞更明確地將比較文學的範圍做了界定，即「比較文學是國際間的文學關係史」，認為比較文學家也應該是文學關係史家，他把「文學世界主義的媒介因素」——即國際關係的媒介工具（翻譯、旅行）和使用這些工具的人（譯者、旅行家）作為比較文學研究的首要對象。基亞舉例說：研究法國作家伏爾泰與英國的關係，「主要的還得說明這位流亡者（指伏爾泰——引者注）是怎樣熟悉這個國家的，是怎樣學習這個國家的語言的，又是怎樣交朋友的。他回法國後又讓人們了解了英國哪些方面的情況，為什麼讓人了解這些情況而不是另外一些」，認為「這些工作的優點是可以避開『影響』這個暗礁。」[4]

上述法國學派幾個代表人物的觀點足以表明，法國學派的比較文學研究實際上並非人們所認為的「影響研究」學派。毋寧說，法國學派對「影響研究」是持懷疑的、或者是不贊成態度的。因此，我們不能再繼續將法國學派與「影響研究」混為一談。如果要對法國學派的研究傾向和特點加以概括的話，我認為將它們稱為「傳播研究」更合適些。梵·第根等人所推介的國際文學之間的「經過路線」的研究，伽列、基亞等人所主張的「國際文學關係史」的研究及其方法，嚴格地說，都是傳播研究方法。

長期以來，人們意識到了「法國學派」比較文學研究的「侷限性」，例如看出「法國學派」僅僅把研究的範圍限定在歐洲，看出「法國學派」對「接受者」的研究重視不夠，看出「法國學派」反對

3 馬·法·基亞著，顏保譯：《比較文學》（北京市：北京大學出版社，1983年），頁106。

4 馬·法·基亞著，顏保譯：《比較文學》（北京市：北京大學出版社，1983年），頁16。

分析和推理的方法、主張以「確實的事實」來證明「影響」之存在的不可行性。但是，現在我們確認法國學派不是「影響研究」，而是「傳播研究」的學派，那就很容易看出，人們對「法國學派」的批評，是站在「影響研究」的立場上，用「影響研究」的學術標準來批評「法國學派」的。而倘若從「傳播研究」的立場來看，「法國學派」的學術主張就顯出了更多的合理性。法國學派僅僅把研究範圍限定在歐洲，除了他們的歐洲中心論、法國中心論的意識在起作用外，主要的還是因為「法國學派」知道，只有歐洲內部的文學傳播才有大量可以實證的確鑿的事實可供收集，可以畫出清晰的文學傳播的「經過路線」。而跨出歐洲的範圍，確鑿的「傳播研究」的事實就少得多，「傳播研究」就顯得很困難，就勢必要使研究跨入他們所懷疑的「影響研究」的範圍。「法國學派」反對推理與分析的方法，這對於「傳播研究」而言，也是合理的。因為「傳播研究」必須實證，推理和分析也必須建立在實證的基礎上。但「影響研究」用實證的方法就未必可靠，很大程度上要在有限的事實的基礎上，依賴於分析、推理的方法。

說明「法國學派」不是「影響研究」學派，說明「法國學派」的實質是「傳播研究」，對於區分比較文學中「影響分析」與「傳播研究」的兩種不同方法及其分野，是非常必要的。

二　從「影響」與「傳播」之不同看傳播研究方法的特徵

在國際文學交流史的研究中，人們往往將「影響」的研究和「傳播」的研究混為一談。誠然，「影響」與「傳播」有共通之處，從一定意義上說，「影響」也是「傳播」的，或者說「影響」也有「傳播」的性質。但是，為了科學地區分比較文學研究的不同的領域與不同的方法，我們必須弄清文學中的「影響」與「傳播」這兩種現象的本質不同。在比較文學中，「影響」不是一種物理的事實，甚至不是一種本體概念，而是一種關係的概念，「影響」是作為一種精神的、心理的現象而存在的。影響（influence）一詞，在西文中起源於古代占星學，本指星體與人類的感應關係。這種關係有時是難以察覺的，具有神秘的形式，後泛指一事物與另一事物之間的微妙的影響關係。中文的「影響」兩個詞素，恰切地表明了這種關係是「影」（影子）和「響」（響聲），「影響」的存在恰如「影子」和「響聲」一般難以把握。

文學的「傳播」與文學的「影響」則有多方面的不同。首先，從途徑與手段的角度看，「文學傳播」作為一種文學信息的流動過程，必須借助有形的媒介手段，如翻譯、新聞報刊、團體組織、人員交流等等。雖然「影響」的實現也依靠「傳播」，但影響的傳播不一定需要有聲有色的媒介手段。也就是說，一個作家受到另一個作家的影響，一部作品受到另一部作品的影響，通常情況下並不像「傳播」那樣有一個明晰可尋的「經過路線」，難以找出一個有形的過程、環節和途徑。接受影響可以不通過任何媒介因素，而直接與影響自己的對象發生聯繫，從而形成了「影響」的實現方式和途徑的複雜化、曖昧化，形成了直接影響和間接影響、瞬間影響和持續影響、有意識的影響和無意識的影響等等不同的情況。

從發生學的角度看，「傳播」從一開始就是一種自覺的、有意識的作為，是有意識地向外「放送」的行為，或有意識地由外向內輸入的行為。如八〇年代日本政府鼓勵有關機構組織和作家積極向國外傳播自己的作品，以便表明世界上普遍存在的日本人只是個「經濟動物」的看法是不對的。可以說，八〇年代日本文學在國外的普遍流行，與日本人的主動向外推廣有密切關係。

從文學的接受效果來看，一個國家的作品被傳播到另一個國家之後，儘管也被改造和利用，但基本上、仍然大體地保持著它原來的本體狀態。例如中國小說集《剪燈新話》在十六世紀傳入日本之後，曾廣泛流布，並被一些文人作家翻譯、改編和摹仿——日本人稱為「翻案」，即保留其基本的故事情節和人物形象，只是把人名、地名和部分細節換成日本的。現代日本學者對這些「翻案」小說的「出典」進行了研究，指出了它們是哪一部中國小說的「翻案」。嚴格地說來，這種「出典」的研究實際上是文學「傳播」的研究，而不是文學「影響」的研究，是對被「傳播」的作品的狀態和結果的研究。因為，僅僅是翻譯、改編和摹仿，還只處於對外來文學的「輸入」和「利用」的階段，還不能達到將外來的文學消化、吸收、超越並在此基礎上創新的程度。

由此我們可以看出「傳播」和「影響」的聯繫與內在區別：「傳播」是「影響」的一種基礎，「傳播研究」可以成為「影響研究」的基礎和出發點。但從比較文學研究方法論的角度來看，「影響」研究和「傳播」研究的立足點就有不同。「影響」研究是一種探討作家創造的內在奧秘、揭示作家的創作心理、分析作品的成因的一種研究。它本質上是作家作品的本體研究，屬於文學的內部研究（不是外緣的、外部的研究），是立足於審美判斷，特別是創作心理分析、美學構成分析上的研究。與「影響」密切相關的範疇是：「影響」與「接受」、「影響」與「超越」、「影響」與「獨創」，它的基本的研究方法主要不是實證，而是審美判斷和創作心理分析，它主要研究「影響」與「接受」、「影響」與「超越」、「影響」與「獨創」之間的複雜關係。而「傳播」研究與「影響」研究不同。它是建立在外在事實和歷史事實基礎上的文學關係研究，像「法國學派」所做的那樣，本質上是文學交流史的研究。它關注的是國際文學關係史上的基本事實，特別是一國文學傳播到另一國文學的途徑、方式、媒介、效果和反應，其基本的研究方法是歷史學的、社會學的、統計學的、實證的方法，是文學社會學的研究，屬於文學的外部關係研究的範疇。在「傳播」

研究中，除非特別需要，它一般不涉及對具體作家作品的分析判斷，而只關注其傳播與交流情況。與傳播研究相關的重要概念是「淵源」、「媒介」、「輸入」、「回饋」等等。

我們可以結合具體的研究實例，來說明「傳播研究」和「影響研究」的兩種方法的立足點的不同。例如，中國的「龍」和印度的「龍」（音譯「那伽」）兩種文學形象的比較研究。瞿世休、台靜農很早就提出：「龍」不是中國的土產，而是從印度「輸入的洋貨」。季羨林也肯定了這一觀點，說：「這東西（龍）不是本國產的，而是印度輸入的」。[5]但是，後來閻雲翔在碩士論文《論印度的那伽故事對中國龍王龍女故事的影響》[6]中，經過深入的研究，得出了不同的結論。他認為：「不能說龍王龍女故事是外來的洋貨，也不能簡單地說龍王龍女故事是從印度輸入的。影響與輸入，一詞之差，具有本質區別。……龍王龍女故事絕非那伽故事的複製品，更不是舶來貨，而是接受外來影響的中國創作。」我們可以在上述兩種不同的結論中，看出他們所包含的兩種不同的立場、不同的研究方法。「輸入」說的立場和方法是「傳播研究」，「影響」說的立場和方法則是「影響研究」。所以，閻雲翔深刻體會到：「影響與輸入，一詞之差，具有本質區別。」這個研究實例有力地說明：「傳播—輸入」與「影響—接受」在國際文學關係中，是兩種不同的關係形態。如果對這兩種形態不加以區分，就很容易將「影響—接受」的關係與「傳播—輸入」的關係混同起來，那就會妨礙研究者得出科學、正確的結論。

區分「傳播研究」與「影響研究」這兩種不同形態的比較文學方法非常重要和必要。其重要性和必要性在於它能夠有助於比較文學研

---

5 季羨林：《印度文學在中國》，見《比較文學與民間文學》（北京市：北京大學出版社，1991年），頁106。

6 閻雲翔：《論印度的那伽故事對中國龍王龍女故事的影響》，見郁龍余編：《中印文學關係源流》（長沙市：湖南文藝出版社，1987年），頁413。

究方法劃分的科學化。現在流行的「影響研究」和「平行研究」兩分法，在理論上存在盲點。通常認為，「影響研究」和「平行研究」的不同，在於研究對象之間是否有事實關係。「影響研究」是有事實關係的研究，「平行研究」則是沒有事實關係的研究。然而，問題正出在「事實」這個詞本身。如上所說，「影響」作為「事實」是一種極為特殊的「事實」。凡是「事實」，都應該是「鐵證如山」、實實在在、有案可稽的東西，而那些似是而非、曖昧模糊、難以把握的東西，通常不能被看作是確鑿的事實，至多不過是一種有待證實的「準事實」罷了。但是，文學中的「影響」恰恰是這樣一種難以把握的「準事實」。這就使得一些研究者在研究中遇到了理論上和實踐上的困惑——「影響研究」不是建立在事實關係基礎上的研究嗎？那好吧，現在讓我收集事實，並且我對這些事實進行了整理和分析，我證明了不同的國際文學之間的交流、指出了一個國家的某個作家、某個作品、某種文學思潮流派和理論主張，如何流傳到了另一個國家。但是，即便如此，讓我用這些材料和事實進一步證實某某作家、某某作品，是否受了另外某個作家作品的影響的時候，就覺得光有這些事實還不夠，還不能說明問題。例如，在中俄文學關係研究中，說俄羅斯文學傳播到了中國，魯迅曾經讚賞過俄羅斯作家果戈理，還寫了與果戈理的小說《狂人日記》同名的小說，事實就是如此。這些事實能夠說明俄羅斯文學在中國的傳播和中國作家對俄羅斯文學、對果戈理的接受，但能不能證明魯迅的《狂人日記》就受到了果戈理的影響？如果說有影響，那麼進一步具體說是如何的影響，多大程度的影響？那就難以回答了。因為這是另外一個層面的問題了。即由「傳播」問題，到了「影響」問題，這是兩種相互關聯的、但又是不同層次的問題。

在這種情況下，必然就會有人提出這樣的疑問：所謂「影響研究」原來並不能證實「影響」，那麼「影響研究」還有什麼價值呢？由於沒有分清「傳播」研究和「影響」研究的性質的不同，他們對通常所謂的「影響研究」抱著過多、全面的要求，一方面期望「影響研究」能夠理清文學交流的事實，一方面也要求「影響研究」能夠深入探得作家創作和作品構成的內部機制。當通常所謂的「影響研究」已經一定程度地達到了理清文學交流事實這一目標的時候，人們便不再滿足於此，批評「影響研究」只是畫出了影響的「經過路線」，只是「文學的外貿關係」的研究，認為這種研究方法不能切入文學的本體和本質；另一方面，當他們試圖用實證科學的研究方法來研究「影響」問題的時候，就發現實證方法的不適用，因為實證方法無法證實「影響」的存在。所以就認為「影響研究」不可行、「實證研究」不可行，並由此全面否定「影響研究」，提出對影響研究進行「顛覆瓦解」。這就是主流的「美國學派」自二十世紀五〇年代以來的一貫看法，九〇年代以來中國比較文學界也有人進一步回應著這種否定影響研究的主張。

這種偏頗的主張的根本癥結，是將「影響」與「傳播」混淆起來，而沒有將「影響研究」與「傳播研究」區分開來，沒有將「傳播研究」所使用的實證的研究方法與「影響研究」所使用的分析方法區分開來。以實證研究的效果來要求和衡量「影響研究」，以實證研究方法的侷限性來全面否定影響研究的價值，以實證研究不能確證「影響」是否存在，來否定「實證」研究方法在比較文學研究中的作用；以「傳播研究」不能揭示作家創作的內在成因為由，而輕視了國際文學關係史（文學傳播）研究的價值。

這些都表明，將「傳播研究」方法從通常所說的「影響研究」方法中剝離出來，是十分必要的。

筆者認為，由「法國學派」所開創的比較文學的「傳播研究」方法，雖有其歷史的侷限性（如自覺不自覺的歐洲中心論、法國中心論等），但它所奠定的方法論基礎，今天並沒有過時。特別是在中國，「傳播研究」不但沒有過時，而且非常緊迫和非常需要。

三　傳播研究法的運用、意義與價值

「傳播研究」作為比較文學研究的基礎方法之一，它有著自己獨特的適用對象、運用價值和操作方法。

「傳播研究」法的適用對象是國際文學交流史或國際文學關係史。

從縱向的、歷時的角度看，比較文學的傳播研究的主要研究範圍是國際文學關係史。所謂「國際文學關係史」是一個大的研究範圍，而不是具體的研究對象。例如，各國的不同的研究者往往是站在自身國家的獨特的立場上，研究本國文學與外國文學的傳播關係。如法國學者熱衷於研究法國文學在歐洲國家文學的傳播，或研究其他歐洲國家在法國的傳播。而中國的比較文學的傳播研究也應該立足於中國文學，研究中國與某一國家，或某一地區在某一特定時期或整個歷史時期的文學傳播關係。在我國，近二十年來，特別是九〇年代以來，文學傳播研究的成果不斷湧現，而且大都是以「中國文學在國外」或「外國文學在中國」之類的名稱形式出現的。一九八九年，國際文化出版公司翻譯出版了法國學者克勞婷·蘇爾夢編的《中國傳統小說在亞洲》，書中收集的世界各國學者撰寫的十七篇文章，分別論述了中國傳統小說在朝鮮、日本、蒙古、越南、泰國、柬埔寨、印尼、馬來西亞等亞洲各國的傳播情況。一九九四年，北京語言學院出版社出版的宋柏年主編的《中國古典文學在國外》一書，描述了中國古典文學在世界範圍的傳播概況。學林出版社一九九七年和一九九八年先後出版的黃鳴奮著《英語世界中國古典文學之傳播》和韓國學者閔寬東的《中國古典小說在韓國之傳播》，分別論述了中國古典文學在英美等英語國家和中國古典小說在韓國的傳播情況。暨南大學出版社一九九九年出版的饒芃子主編的《中國文學在東南亞》，研究了中國文學在東南亞各國的傳播情況。還有研究一部作品的對外傳播的，如胡文彬的《《紅樓夢》在國外》(中華書局，1993 年》、何香久的《《金瓶梅》傳播史話——一部奇書在全世界的奇遇》（中國文聯出版公司，1998 年）等。以外國某一作家在中國的傳播為研究對象的，如楊仁敬的《海明威在中國》（廈門大學出版社，1990 年）等等。九〇年代初，廣州花城出版社還策劃出版了《中國文學在國外叢書》，出版了《中國文學在日本》、《中國文學在朝鮮》、《中國文學在俄蘇》、《中國文學在英國》、《中國文學在法國》等傳播研究的專著多種。這些傳播研究著作的特點，與影響研究、平行研究比較來看，很有自己的特色。它們把研究的重心不是放在被傳播者身上，而是放在傳播過程、傳播媒介，特別是接受者的理解、評論和評價上。對傳播媒介，如翻譯家及翻譯、報刊雜誌、文學團體和社會團體等，進行了具體的介紹和分析；對接受者的研究，也不限於作家的接受——這是和影響研究相區別的重要特徵——而是對所有身分、所有階層人士的不同的接受情況都進行分析評述。如楊仁敬的《海明威在中國》，用了不少的篇幅談了當時的蔣介石等政治家對海明威的接待和歡迎。可見傳播研究的任務，主要不在於研究作家作品之間的影響關係，而是研究被傳播者的傳播過程和流轉際遇。傳播研究所側重的，不是文本的、作家本體的影響分析，而是關於傳播的歷史過程的梳理和資料分析，所凸顯的是研究的歷史學、文獻學的價值。如果說「影響研究」主要是文藝心理學的研究和文本分析，那麼，「傳播研究」主要就是文學的文化史學的研究。

從橫向的、共時的角度看，傳播研究具有相當大的現實意義和應用價值。今日的世界是一個信息的世界，今天的社會是一個信息的社會。從「傳播學」的角度看，文學也是一種信息，文學的社會化過程就是一個信息傳播的過程。比較文學的「文學傳播」研究，就是要注意研究什麼樣的外來文學、外來作品文本，傳播過來後容易被轉化為受眾普遍接受的信息。歷史上的文學傳播大部分情況下是一個自然的，甚至是偶然的過程。例如為什麼是《趙氏孤兒》，而不是其他更優秀的元雜劇在法國及歐洲普遍傳播？為什麼是在中國淹沒不聞的《遊仙窟》，而不是其他更優秀的唐傳奇在朝鮮和日本備受重視並對他們的文學產生了很大影響？這裡有歷史的偶然性，也有必然性。運用比較文學的傳播研究法，就不能只是被動地陳述過去的事實，而是主動地分析接受傳播的社會文化氛圍和環境條件，指出什麼樣的外來作品與國內讀者的閱讀期待相適應，從而成為文學傳播的嚮導，並使精明的出版商和廣大的讀者受益。例如當代美國小說《廊橋遺夢》在九〇年代中期的中國傳播甚廣，譯本發行量驚人，盜版本猖獗，根據小說改編的電影場場滿座，VCD 光碟走俏。小說使用的是傳統的十九世紀的浪漫主義手法講述了一個婚外豔遇的故事，手法和故事都平淡無奇。然而這樣的小說在九〇年代中期的中國卻備受讀者青睞，而其中的主人公卻受到了一貫恪守傳統性道德的中國讀者的寬容和同情。有媒體分析說，《廊橋遺夢》在中國的傳播情況，表明在當代許多中國讀者、特別是中青年讀者中，家庭和性愛的傳統道德正在悄悄地發生著傾斜，並預料此類作品，今後仍將受到中國讀者的關注。果然，九〇年代末，當國內幾家出版社推出了日本作家渡邊淳一的一系列以背德的婚外戀為題材、宣言情感至上的小說時，又同樣受到了中國讀者的歡迎，成為罕見的暢銷書。出版渡邊淳一作品的幾家出版社不僅為盜版所苦，而且還出現了究竟哪家出版社才擁有真正的中文版版權的糾紛。諸如此類的現象就是比較文學傳播研究應該面對的現實課題，傳播研究可以為翻譯家和出版商提供了傳播情況的預測。以當代世界文學為對象的比較文學的傳播研究，在一定意義上說，就是當代文學消費、文學接受的研究。它既是國際文學交流的研究，也是一種國際文學消費周轉「大市場」的研究；它既是一種歷史的、「事後」的研究，更是一種前瞻性的、預測性的研究。因此這種研究，對於推進、引導國際文學的交流，都有重要的現實意義。季羨林先生說得好：「我們研究比較文學，不要怕人說是『實用主義』、『功利主義』。幹一件事情有時候必須考慮一下實用，考慮一下功利。」[7]比較文學的傳播研究，既有理論價值，也有季先生所說的「實用」和「功利」的價值。我們不能同意那些「審美至上主義」的看法，那種看法認為在比較文學研究中，「文學性」的研究是至高無上的，而所謂「文學性」就是對文本的審美分析和判斷。在我們看來，在比較文學研究中，「傳播研究」和以審美的比較分析的各種研究，具有同等的價值。對比較文學研究而言，沒有研究對象和研究範圍上的高低之分，只有研究質量、水平上的優劣之別。我們把「傳播研究」從「影響研究」中剝離出來，其目的也就是在學科理論上明確「傳播研究」的獨特性和它的價值，以便使它與「影響研究」互有分工，又互相補充，也是為了使比較文學研究範圍和方法的劃分更為科學化，在實踐上更具有可操作性。

7　季羨林：〈當前中國比較文學的七個問題〉，見《比較文學與民間文學》（北京市：北京大學出版社，1991年），頁318。

大膽假設，細緻分析

——比較文學「影響研究」新解[1]

一　對「影響」、「影響研究」的界定、歧解與爭論

「影響研究」是比較文學中的一個非常重要的關鍵概念之一，但同時也是歧解最多、爭議最大的概念之一。當我們已經把「影響研究」與「傳播研究」這兩個長期被混淆在一起的概念加以明確區分之後，再來專門談「影響研究」，那就輕鬆多了。

讓我們先來評述一下比較文學理論家們對「影響研究」的不同理解和看法。早期的法國學派將國際文學關係史作為比較文學研究的全部內容，以發現和論證國際文學之間的「事實關係」為研究的宗旨。法國學派並不贊成「影響研究」。因為他們發現「影響」是一種難以證實的東西，是「一些不可稱量的因素」，「做起來是十分困難的，而且經常是靠不住的」[2]，因此在國際文學史的研究中最好是「避開『影響』這個暗礁」。[3]朗松更明確地指出：「所謂特定含義上的『影響』，我們可以下這樣的定義，即為：一部作品所具有的由它而產生出另一部作品的那種微妙、神秘的過程」；朗松還進一步指出：「真正的影響，是當一國文學中的突變，無以用該國以往的文學傳統和各個

1　本文原載《北京社會科學》（北京），2003年第2期。

2　J·M·伽列：〈《比較文學》初版序言〉，見《比較文學研究資料》（北京市：北京師範大學出版社，1988年），頁43。

3　馬·法·基亞撰，顏保譯：《比較文學》（北京市：北京大學出版社，1983年），頁16。

作家的獨創性來加以解釋時在該國文學中所呈現出來的那種情狀——究其實質，真正的影響，較之於題材選擇而言，更是一種精神存在……是得以意會而無可實在指的。」[4]看來，法國學派基本上是不主張做「影響研究」的，這反映出了他們的比較文學觀念是狹隘的，帶有實證主義思維的偏見，在今天已不足取法。但是，法國學派在「影響研究」問題上也是有貢獻的：他們清楚地意識到了文學「影響」的特點，指出「影響」實際上是一種難於把握的東西，「影響」並不是一種可以實證的事實。也就是說，「影響研究」並不是以揭示「事實關係」為宗旨的實證研究。

筆者認為，無論後來的人們對「影響研究」的分歧有多麼大，而在「影響」及其特點的認識上，與法國學派的認識幾乎是一致的。甚至在許多「美國學派」及美國學者的論述中，也可以發現他們與「法國學派」在「影響研究」問題上看法的一致。如，美國學者紀延認為，「影響是一種心理現象，在接受影響的作品中找不到可見的痕跡。」[5]美國比較文學學者約瑟夫・T・肖說過與朗松同樣的話：「一位作家和他的藝術作品，如果顯示出某種外來的效果，而這種效果，又是他的本國文學傳統和他本人的發展無法解釋的，那麼，我們可以說這位作家受到了外國作家的影響」。[6]「美國學派」的激進的代表人物韋勒克對「影響研究」的看法，乍聽上去似乎與「法國學派」格格不入，但是，除去他對「法國學派」關於「影響」問題的有意或無意的曲解之外，實際上與「法國學派」並沒有太大的不同。韋勒克說：「只研究來源和影響、原因和結果，他甚至不可能完整地研究一部藝

4　朗松：〈試論「影響」的概念〉，轉引自日本大塚幸男著、陳秋峰等譯：《比較文學原理》（西安市：陝西人民出版社，1985年），頁32。

5　轉引自韋斯坦因：〈比較文學與文學理論〉（瀋陽市：遼寧人民出版社，1987年），頁47。

6　約瑟夫・T・肖：〈文學借鑑與比較文學研究〉，見《比較文學研究資料》（北京市：北京師範大學出版社，1988年），頁119。

術作品，因為沒有一部作品可以完全歸結為外國影響，或視為只對外國產生影響的一個輻射中心。」他認為，法國學派的「影響研究」拘泥於文學的事實關係，而不能對作家作品做審美的判斷與批評。它所研究的實際上是文學的「外貿關係」，而不是「文學」本身的研究，正是「影響研究」導致了比較文學的學科的「危機」。[7]在這裡，韋勒克對「法國學派」拘泥於事實聯繫的狹隘的比較文學研究的批評是合理的。但是，韋勒克沒有把「法國學派」所提倡的「傳播研究」與他們所不提倡的「影響研究」區分開來。他沒有看出，「影響研究」並不研究文學的「外貿關係」；而他一再強調的比較文學研究中的「文學性」問題，倒是和「影響研究」有著相當大的重合。

在當代中國，仍然有人重複半個世紀前美國的韋勒克的話題，對「影響研究」這個原本在「法國學派」那裡就已經界定得很清楚的概念進行有意或無意的曲解。原本法國學派的學者和很多美國學者都指出「影響研究」是一種難以確證的神秘的精神現象，而不久前有人卻發表文章認為「影響研究」只研究文學的「貿易關係」，只是尋找影響的「線路圖」，而不能進行美學上的判斷；他們更以「實證研究」的標準來衡量「影響研究」，發現「一旦進入了中國作家的創作世界，就難以分辨哪些材料是外來影響哪些是獨創」，說「影響研究」的實證方法無法對「影響」加以實證，因此「考據方法，表面上科學，實際上很不科學」，「考證影響是非常危險的」，甚至還認為談中國文學受到了外來「影響」，就會得出「中國文學都是在模仿中生長」、或者中國文學「不成熟」的結論，從而造成了中國文學與外國文學的「不平等」。[8]

7　勒內・韋勒克：〈比較文學的危機〉，見《比較文學研究資料》（北京市：北京師範大學出版社，1988年）。

8　見《中國比較文學》季刊1993年第1期、1998年第1期、2000年第2期中陳思和等人的相關文章。

看來，儘管人們對「影響研究」談論了上百年了，但「影響研究」作為比較文學學科理論中的基本問題，仍然存在相當的誤解和歧解，仍有進一步分析、闡述和澄清的必要。

二　「影響研究」的方法與範式

「影響研究」既不是完全依賴於實證的研究，也不是完全沒有事實關係的平行研究。這就決定了它有著自己獨特的方法與思路。

任何科學研究，都離不開判斷與假設。理論本身，在某種意義上說就是一種假說。當研究者指出某一作家作品受到某一外來的作家作品影響的時候，不一定都得提供確鑿的事實來證明，不一定同時要做實證研究。在很大程度上它是一種判斷與假設。因此，最常見的一種「影響研究」就是判斷與假設。判斷與假設，是指在並不充分的事實條件下，依據直覺、分析與推理，提出影響關係存在的假說，指出某一作家作品受到了某一外來文學的影響。在比較文學研究中，這種假說的提出，並不是無根無據的想像，而是在有限的事實基礎上的分析判斷。所謂「有限的事實」，常常是在「傳播研究」中得到實證的文學傳播史上的事實。因此，「影響」假說的提出，也常常以「傳播研究」所能確認的事實為出發點。這裡可以見出「傳播研究」與「影響研究」的銜接與聯繫。在「影響研究」中，只提出了一個有價值的假說，而暫時未能對這種假說進行深入的分析論證，也同樣具有重要的學術意義。有學術價值的假說的提出，往往可以開啟比較文學研究中的重要領域，可以活躍思維，開闊思路，給後來的研究者提出有趣的研究課題。因此，研究者要提出有學術價值的影響關係的假說，並不那麼容易。它需要有豐富的學識，也需要有豐富的想像力。例如，在《西遊記》與印度文學關係的研究中，魯迅認為《西遊記》中的孫猴子的形象可能受到了中國神話傳說中的「形若猿猴」的準水神「無支祁」形象的影響[9]，這是一種判斷和假說。胡適在為上海亞東圖書館出版的《西遊記》所寫的代序《西遊記考證》中，認為《西遊記》中的孫悟空更有可能是受印度的大史詩《拉麻傳》（今通譯《羅摩衍那》）的影響。他寫道：「我總疑心這個神通廣大的猴子不是國貨，乃是一件從印度進口的。也許無支祁的神話也是受了印度影響而仿造的。……我……在印度最古的紀事詩《拉麻傳》裡尋得一個哈奴曼（Hanuman），大概可以算是齊天大聖的背影了。」很顯然，在這裡，無論是魯迅還是胡適，對《西遊記》的孫猴子形象所受影響這個問題，只是一種判斷和推定，而沒有確鑿的實證。胡適認為《西遊記》受到《羅摩衍那》的影響，理由是這樣的：

> ……中國同印度有了一千多年的文化上的密切交往，印度人來中國的不計其數。這樣一樁偉大的哈奴曼故事是不會不傳進中國來的。所以我假定哈奴曼是猴行者的根本。[10]

這是一種典型的「影響研究」的例子。這很切合胡適提出的關於學術研究的一個著名的訓誡，即「大膽的假設，小心的求證」。我們也可以把這句話看成是比較文學「影響研究」方法的基本要點和特徵。其中，「大膽的假設」，是「影響研究」得以進行的前提；而「小心的求證」，則是為「假設」的成立提供支撐。而且這種「求證」在很多情況下，未必像「傳播研究」那樣的提出確鑿的事實，而是一種分析、推理和力圖自圓其說的過程。胡適對孫猴子的形象與《羅摩衍那》關係的研究，雖然只是假設和推論，但其學術上的啟發性是相當大的，並且為後來的這個問題的進一步研究開闢了道路。到了二十世

---

9 魯迅：《中國小說史略》、《中國小說的歷史變遷》，分別見《魯迅全集》（北京市：人民文學出版社，1981年），卷9，頁85、頁317-318。

10 胡適：《《西遊記》考證》（上海市：上海亞東圖書館，1923年）。

紀八〇年代，趙國華在其系列論文中，將影響研究的假說、推論與傳播研究的實證、考據研究結合起來，將孫悟空與哈奴曼的兩者的比較研究推到新的、令人信服的高度。[11]

由「判斷與假設」開始，「影響研究」進入第二種情形，也是較深入的研究，即作家和作品的影響分析。這是「影響研究」的核心，也是「影響研究」與「傳播研究」作為不同方法的一大區別。我們曾經指出：在比較文學中，「影響」不是一種物理的事實，甚至不是一種本體概念，而是一種關係的概念；「影響」是作為一種精神的、心理的現象而存在的；「影響」和被「影響」如影如聲，難以被精確地定量分析。但是，不能定量分析，並不等於不能被確認、不能被證實。要證實「影響」之存在，方法和途徑有多種。但最主要的，還是對具體作家作品的分析，其中包括對主題與題材的分析，對典型人物的解剖，對情節結構的解析，對藝術手法和藝術風格的對比，等等。總之，主要是對具體作品的審美的批評，在這個問題上，筆者的看法與美國人韋勒克不同。韋勒克認為影響研究「甚至不可能完整地研究一部藝術品」，而在我們看來，「影響研究」的中心任務恰恰就是研究作家、研究他的作品。如果說「傳播研究」是作家作品的「外部研究」，那麼「影響研究」就是作家作品的「內部研究」。這種「影響研究」與一般的文學鑒賞、文學批評有密切的聯繫。但是，「影響研究」通過對作家作品的分析，目的不是施展批評家自身的獨特的藝術理解力，而是發揮他的敏銳見識，在文學作品的細緻的分析中，分辨該作品在文學觀念、藝術手法等各方面的複雜的構成因素，即外來的東西是否影響了該作家的作品，這種影響如何表現在作家的創作中，這種影響與作家的獨創有什麼關係，外來影響對該作家作品的獨創起了何種作用，等等。

---

11 趙國華：〈論孫悟空神猴形象的來歷〉（上、下），載《南亞研究》1986年第1期、第2期。

可以舉出一個中日文學比較研究中的例子，來說明在「影響研究」中，作家作品的分析與研究是多麼重要。有一篇題為〈日本唯美主義派文學在中國：從引進到流失——以谷崎潤一郎為中心〉[12]的文章，沒有對郭沫若、郁達夫等受到日本唯美主義文學影響的創造社作家的作品進行認真的影響研究，而只是在「傳播研究」的層面，粗略地介紹了當時我國文壇對日本唯美主義文學的翻譯和評論情況。接著，又匆忙進入「平行比較」，將聞一多、邵洵美那樣的與日本唯美主義文學不相干的詩人的作品，拿來與日本唯美主義進行比較分析，最終得出了日本唯美主義文學對中國作家作品「不影響」的結論。後來，筆者在〈中國現代文學中的唯美主義與日本唯美主義〉[13]一文中，通過對谷崎潤一郎的作品與郭沫若、郁達夫作品的仔細的研究、比較與分析，證實了谷崎潤一郎對郭沫若、郁達夫等創造社作家在創作上的明顯的影響關係。兩者在作品中所表現出的頹廢感傷的格調、以醜為美的惡魔主義的傾向、「肉體主義」的或「肉感主義」的女性觀，均完全一致；特別是在變態的性享樂的描寫上，郁達夫、郭沫若作品中的許多細節都與谷崎潤一郎的作品相似。對作品的這種具體的比較分析，完全可以證明中國現代文學與日本唯美主義文學之間的影響關係的存在，使得所謂「不影響」之說失去了依據。這個例子表明，對作品的分析、對作品的審美的批評，對「影響研究」來說是多麼重要和必要！「影響」常常是滲透到作品中的，「影響研究」的實質，就是為了確認影響關係而進行的作品的分析批評。換言之，「影響研究」常表現為一種文學批評，「影響研究」是一種審美的批評活動。

「影響研究」不僅可以在作家作品之間進行，也可以在文學理論

12 參見孟慶樞主編：《日本近代文藝思潮與中國現代文學》（長春市：時代文藝出版社，1992年），頁84-106。

13 王向遠：〈中國現代文學中的唯美主義與日本唯美主義〉，載《外國文學研究》1995年第4期。

家、批評家之間，在國際文學思潮及流派之間進行。但基本的研究方法與作家作品之間的影響研究一樣，是相通的。例如，筆者在〈胡風與廚川白村〉[14]一文中提出這樣的一個假說——中國的文藝理論家胡風的文藝理論受到了日本文藝理論家廚川白村的影響。根據是：胡風在一九三四年寫的一篇回憶性文章中談到，青年時期他在關注社會的同時，「對於文學的氣息也更加敏感更加迷戀了。這時候我讀了兩本沒頭沒腦地把我淹沒了的書：托爾斯泰底《復活》和廚川白村底《苦悶的象徵》。」到了晚年，他又談到：「二〇年代初，我讀了魯迅譯的日本廚川白村的《苦悶的象徵》。他的創作論和鑒賞論是洗滌了文藝上的一切庸俗社會學的。」但是，要深入地指出胡風與廚川白村文藝思想之間的關係，只以胡風自己的這幾句話為依據還遠遠不夠，只籠統地指出他們之間存在影響關係也還不夠，還必須對胡風的文藝思想進行細緻的分析，看看哪些方面與廚川白村的思想是相通的。於是，筆者從廚川白村的所謂「兩種力」（即「個人的生活欲求」和社會的「強制壓抑之力」）和胡風的「主觀」、「客觀」論，從胡風的「精神奴役的創傷」和廚川白村的「精神底傷害」這兩組命題出發，詳細分析了胡風的現實主義文藝理論對廚川白村的借鑒，論證了兩者之間深刻的影響與接受的關係。這個例子說明，「影響研究」的基本工作就是對作家進行分析與批評，對於文學理論家、批評家的影響研究也是一樣。

三　影響研究中的「超影響研究」

「影響研究」的第三個環節是在確認「影響」關係的基礎上，進一步研究接受影響者如何超越影響的問題，可以簡稱為「超影響研

14 王向遠：〈胡風與廚川白村〉，載《文藝理論研究》1999年第2期。

究」。這種研究的宗旨和實質是在確認和指出「影響」關係的基礎上，進一步研究「影響」與「獨創」的辯證關係。

有必要首先明確「影響」與「獨創」的一般關係。從某種意義上說，人與人之間的社會關係，也就是一種相互「影響」的關係。對於一個社會、一個人來說，影響無處不在，無時不有。不接受別人的影響，幾乎是不可能的事。從「影響」的角度看，一個人漫長的學習過程、成長過程，就是接受外部影響的過程；一個人創造力的強弱，也與他是否善於接受外部影響密切相關。但是，另一方面，接受他人影響，並不意味著一味摹仿他人，放棄自己的個性。因為影響的接受者是在「自主」、「主動」的前提下接受影響的，接受什麼樣的影響，如何接受影響，取決於接受者自身的條件和需要。同樣的，對於作家來說，在他藝術活動的各個時期，完全不接受他人的影響（包括外國人的影響）幾乎是不可能的。毋寧說，作家由於需要特別的學習與借鑒，接受「影響」也就比通常的人更為重要和必要。而作家接受他人影響，同樣也並不意味著一味摹仿他人，放棄自己的個性。一個優秀的作家·大都是在充分接受外來影響，又最大限度超越這種影響、追求自己的獨創性。對於一個值得我們研究的作家而言，在其藝術的醞釀和創作的過程中，接受外來影響與超越這種影響，常常是一個完整的、連續的過程；對於「影響研究」而言，也應當是一個完整的研究過程。這個研究過程，是深入作家的藝術世界、探幽發微、揭示藝術創造奧妙的、艱難但又充滿誘惑力的過程。誠然，正如懷疑「影響研究」可行性的學者所說：「一旦進入了中國作家的創作世界，就難以分辨哪些材料是外來影響哪些是獨創」，這是大致不錯的；不過，既然影響與被影響的關係常常不是「小蔥拌豆腐」式的一清二白，影響研究也就絕不是簡單地、機械地、二元地「分辨哪些材料是外來影響哪些是獨創」，而是要把影響和獨創作為一個辯證統一體，在影響中看獨創，在獨創中看影響。因為在很多情況下，影響推動著獨創，獨創受益於影響。獨創就是對影響的超越的結果。因此，比較文學的「影響研究」，在指出應論證影響的同時，也不能忽視接受影響者對影響的超越。換言之，「影響研究」並非一種單純的「影響」實現過程的單向的研究，而是「影響」與「超越影響」的雙向互動的研究。曾有人表示擔心：談中國文學受到了外來「影響」，就會得出「中國都是在模仿中生長」、或者中國文學「不成熟」的結論，從而造成了中國文學與外國文學的「不平等」。現在我們可以說，這種擔心是不必要的。

「超影響研究」，作為「影響研究」中的重要環節和內容，就是在確認作家接受某種外來影響之後，進一步指出該作家對影響的超越，指出「影響」的作用和結果，指出「影響」的閾限，說明某種「影響」有沒有成為、又如何成為該作家藝術獨創的基礎和出發點。例如，我在〈從「餘裕論」看魯迅與夏目漱石的文藝觀〉[15]一文中，通過分析魯迅與夏目漱石的有關文章和作品，指出：在貫穿魯迅一生的許多文章和作品中，「餘裕」是經常出現的一個核心詞之一：所謂「餘裕」或「有餘裕」，就是要有一種審美的心胸、審美的態度，就是把主體置於一種自由自在的精神的空間；魯迅從漱石那裡借來了這個詞，並把它改造成為表述自己文學觀的一個重要概念。在魯迅的著作中，從精神產品的製作到民族精神的改造與培養，從作家的心態與創作，到文學與社會的關係、文學的發生與起源，都貫穿著「餘裕論」。拙文在確證了這種影響關係之後，又進一步分析了魯迅的「餘裕論」對漱石的「餘裕論」的超越。認為魯迅吸收了漱石「餘裕論」中的合理成分，又超越了其侷限。在漱石那裡，「餘裕」具有佛教禪宗唯心論的性質，漱石沒有看到「餘裕」作為一種精神心理狀態，與

15 王向遠：〈從「餘裕論」看魯論與夏目漱石的文藝觀〉，載《魯迅研究月刊》1995年第4期。

社會環境與物質條件有什麼關係；魯迅則把「餘裕」看成是在社會環境與物質條件有一定保障前提下的一種自由與悠閒的狀態，對漱石「餘裕論」做了唯物主義的改造與解釋。這個研究的實例表明，在作家身上，「影響」與「超影響」是一個問題的兩個方面。「影響研究」與「超影響研究」也是相輔相成的。

看來，「超影響」研究的實質，就是辨析「影響」在範圍、程度上的限度。不明確這種限度，就會出現將「影響」誇大，過高估計「影響」的作用、忽視接受者主體性能動性等扭曲研究對象本來面目之類的錯誤與偏頗。例如，關於中國的「新感覺派」與日本的「新感覺派」的影響關係的研究已有幾十篇論文。但是，無論是比較中日「新感覺派」之「同」還是之「異」的文章，都抱著兩個似乎不證自明的大前提：一、中國確實出現過一個新感覺派；二。「中國新感覺派」和日本「新感覺派」一樣，屬於現代主義流派。筆者在〈新感覺派及其在中國的變異──中日新感覺派的再比較與再認識〉一文中，通過大量的史料分析與理論辨析，指出中國文壇從日本介紹、引進新感覺派伊始，就伴隨著一系列的誤解、混同與偏離。這些誤解、混同與偏離都從各個方面消解了日本新感覺派原有的特點和性質，從而導致了新感覺派文學在中國的變異，使「中國新感覺派」成為一個名不副實的、與日本新感覺派及世界現代主義文學小同而大異的創作現象。這篇文章無疑屬於「影響研究」。但它主要是揭示了接受者對接收對象的誤解、混同與偏離，因而本質上是「超影響」的研究。鑒於「影響」有多種複雜的表現：有全體影響、有局部影響；有全程性影響，有階段性影響；有內在影響，有外在影響；有顯見影響，有隱含影響；有深刻影響，有微弱影響；有直接影響，有間接影響；有自覺影響，有不自覺影響；有具體影響，有抽象影響；有作家承認的影響，有作家不承認的影響；有正面影響，有負面影響；有正面接受的「正影響」，有反對、排斥的「反影響」等等，不一而足。「超影響」

的研究，就是要在確認「影響之存在」的基礎上，揭示出「影響」的這種種複雜性。

比較文學平行研究功能模式新論[1]

一　平行研究方法及其三種功能模式

「平行研究」作為比較文學研究方法之一，指的是對沒有事實關係的跨文化的文學現象進行比較研究時所運用的一種方法。

某種意義上說，世界上沒有什麼不可比的東西，「風馬牛不相及」不是絕對的。任何東西都有或多或少的共性，以至佛教哲學認為世界上萬事萬物沒有差別，具有絕對同一性。但另一方面，實際上世界上也沒有絕對相同的東西，沒有絕對可比的東西，因為任何不同的東西都具有獨特的質的規定性，或稱個性。比較文學平行研究的方法論前提就是：沒有什麼文學現象不可比，又沒有什麼文學現象完全可比。平行研究就處在了可比與不可比的微妙的境地。說到「可比」，平行研究擺脫了事實關係的束縛，又不受語言、文化、國界、學科的制約，就的確有點像有的學者所譏諷的，具有「無限可比性」了。然而，平行研究的範圍一旦失去必要的限定，一旦達到了「無限可比」的程度，墮入漫無邊際的、為比較而比較的濫比，那就失去了它本身的質的規定性，也就取消了自身存在的合理性。另一方面，如果因「不可比」而不比，那事實上更難做到。我們給一種文學現象定性和定位，我們要弄清一個作家、一部作品、一種民族文學的特徵，不對它進行上下左右的比較，怎麼可能？因此，「平行研究」的核心問題，實際上就是對「可比性」加以適當的界定和限制的問題。關於這

1　本文原載《北京師範大學學報》（北京）2003年第2期。

個問題，盧康華、孫景堯在《比較文學導論》中，較早提出了明確而又可行的「可比性」的標準。他們寫道：「進行比較研究首先要確立一定的『標準』，建立關係，或是把要研究的問題提到一定的範圍裡來。」[2]這是一個相當簡練的關於平行研究的可比性標準的說明，只可惜作者沒有將這個觀點充分展開來加以闡述。這個標準的要點，似乎包括了三個方面。第一，就是要在研究對象之間「建立關係」，以避免拉郎配似的硬比；第二，要有「問題」意識，即：進行某項平行研究，一定是為了解決什麼「問題」，以避免為比較而比較；第三，論題要有一定的範圍，以避免大而無當的空泛之論。陳惇、劉象愚先生在《比較文學概論》（新版）中，進一步闡釋了所謂「關係」的概念，認為比較文學所要研究的是「跨民族、跨語言、跨文化界限和跨學科界限的各種文學關係」，而「各種文學關係」可分為三個方面，即「事實聯繫」、「價值關係」、「交叉關係」。影響研究所要研究的是「事實聯繫」，而平行研究所要研究的是「價值關係」和「交叉關係」。[3] 但實際上，所謂「價值關係」與「交叉關係」，兩者之間本來就「交叉」著，還需要做進一步的說明。「價值關係」似乎可以理解為作家作品在主題思想、觀念意識等形而上層面上的內在的相通、相異關係；「交叉關係」是作品在題材、結構、文體、類型等方面的外在形式上的「同構關係」。

要對平行研究及其可比性問題做出更深入、更科學的說明，還必須對平行研究的不同功能及由此形成的方法模式做出進一步的總結、劃分和界定。筆者認為，可以把平行研究劃分為三種基本的功能及相關的方法模式。

平行研究方法的第一種功能，是使文學現象「連類比物」、「相類

2 盧康華、孫景堯：《比較文學導論》（哈爾濱市：黑龍江人民出版社，1984年），頁173。

3 陳惇、劉象愚：《比較文學概論》（北京市：北京師範大學出版社，2000年），頁15。

相從」，從而為總結民族文學、世界文學中的基本規律而提供整理大量相似、相同或相通的文學事實。這就是我國古代所謂的「連類比物」、「相類相從」式的類同研究。一般地說，尋找和發現類同和同類，既是人們的一般心理需求，也是科學研究的最初的起點。《易》中說：「同聲相應，同氣相求」，《詩經》有云：「嚶其鳴矣，求其友聲」，說的就是每一個人都有尋找同類者的心理動機。日本著名作家芥川龍之介的短篇小說〈鼻子〉，描寫一個和尚因長了一個特大型鼻子煞是苦惱，在現實人群中找不到同類，就翻遍古書，企圖從古人中找到一個與他長著同樣鼻子的人。這裡揭示的實在是人類共同的心理奧秘。在日常生活中，「無獨有偶」是人們常用的感歎，「吾道不孤」可以使人聊以自慰，而「不倫不類」、「不三不四」即是因為無有其類而常常令人側目。我們在文學作品的閱讀和欣賞中，經常是以已有的閱讀經驗、閱讀積累為背景的。我們在閱讀中讀到「何其相似乃爾」的文學現象時，常常就會有一種「發現」的喜悅，並試圖探討其中的原因。為已知的一種文學現象尋找未知的同類，也是「連類比物」、「相類相從」式的類同形成的文化心理依據。現有的「連類比物」、「相類相從」式的類同的平行比較，已經揭示了古今中外文學中許多普遍現象，如天神降大洪水懲罰人類，人獸結婚，父子相殘、兄弟鬩牆，丈夫考驗妻子的貞節，為美女而戰，魔鬼與天神打賭，聰明反被聰明誤等等，不一而足。然而，一旦要使這種類同的文學現象進入研究狀態，事情就不那麼簡單了。這裡有一個關鍵問題：由於作為人類精神現象來說，所謂「同」不是絕對的。平行研究要搞明白，到底在多大程度上，在何種意義上是相同的；這種雷同是表面性的，還是實質性的；是「不言而喻」的東西，還是尚未被充分認知的東西；這種類同的比較能否有助於研究者探討出某種規律性的東西。也就是說，類同的研究不能停留在「何其相似乃爾」的淺層面上。類同研究一定要符合它的基本功能，即：必須在大量的類同現象中，抽象出某種有

益處、有新意的結論。其研究特點是，作者並不預先設定結論，而是用事實和材料說話，其基本的研究方法是歸納與分析。（詳後）

平行研究方法的第二種功能，是使被比較的對象「相映成趣」、「相得益彰」，並由此形成「相映成趣」、「相得益彰」的互襯式、比照式的平行比較模式。

任何事物都處在一定的時空關係和邏輯關係中，平行比較有助於被比較的兩種或多種事物的特性、價值得到映襯和凸顯。俗話說：「紅花還要綠葉來扶持」。用這句俗語來概括比較文學中的比照式的平行研究是很形象、很恰切的。就好比是把紅綠兩種顏色，藝術地搭配起來，相互映襯，愈見其美。比照式平行研究的對象，不必是類同的東西，也不是相反的、對立的東西。它們的關係彼此有別，又相互依存、相互關聯。它們是紅與綠的非對立的關係，是「花」與「葉」的共生關係，而不是「花」與「花」，「葉」與「葉」的等同關係，或是「花」、「葉」與石頭之間的完全不同的關係。在比較文學研究中，這種比照式的平行研究，主要不是為了求同，也不是為了辨異，而是要在比照之下使兩者相映成趣，相得益彰，達到珠聯璧合的效果。如朱光潛通過大量的中西詩歌的平行對照，指出：「西詩以直率勝，中詩以委婉勝；西詩以深刻勝，中詩以微妙勝；西詩以鋪陳勝，中詩以簡雋勝。」中西詩所表現出的這些不同的情趣，在比照中相映成趣。在這裡，「直率」與「委婉」、「深刻」與「微妙」、「鋪陳」與「簡雋」不是等同的關係，也不是對立的關係，而是相輔相成、相對而言、相得益彰的關係。再如，拙文〈中國的鴛鴦蝴蝶派與日本的硯友社〉[4]所研究的兩個流派，基本上沒有事實關係。對兩者的平行比較的最終目的，不是找出它們的相同之處，而是要說明：相似的文學傳統，相似的文化氛圍和社會環境，相同的讀者群落，造成了這兩個同

4 王向遠：〈中國的鴛鴦蝴蝶派與日本的硯友社〉，《北京師範大學學報》1995第5期。

形同質的文學流派；長期以來，日本的文學史著作都給了硯友社以相當的篇幅和充分的評價，而中國的文學史卻對鴛鴦蝴蝶派採取了過火否定、甚至故意抹殺的態度。兩個流派的比較，可以使長期受到貶抑的鴛鴦蝴蝶派的價值與地位得到彰顯。看來，「相映成趣」、「相得益彰」的互襯式的平行比較，還有一個特別的作用，即可以使那些在民族文學的視野之內看起來似乎不是那麼顯眼、不是那麼重要的作家作品和文學現象，在比較中顯出它的重要性和獨特的價值。互襯式的平行比較，一般在寫作之前，研究者已經形成了一定的觀點甚至結論，並帶著強烈的價值判斷、審美判斷進入寫作過程，通過互襯式的比較，強化、強調和凸顯自己的結論。也就是說，將在民族文學、國別文學研究中得出的觀點和結論予以放大，從而使被比較的雙方互為借鏡，以資對照，收到「相映成趣」、「相得益彰」的效果。

平行研究方法的第三個功能，是使研究對象處在「相生相剋」、「相反相成」的對比式、反比式的關係中。有些文學現象雖然沒有事實上的關係，但它們卻有著「相生相剋」、「相反相成」對比式、反比式的關係，也只有通過平行比較來揭示這種關係，並因此形成了「相生相剋」、「相反相成」的反比式平行研究的模式。如筆者的〈中國的「戰國策派」和「日本浪漫派」〉[5]一文，採用的就是「相生相剋」、「相反相成」的反比式平行研究的思路。中日現代文學中的這兩種流派，沒有事實關係，對它們進行平行比較就是為了說明：和典型的法西斯主義文學流派「日本浪漫派」比較起來，中國的戰國策派「無論從哪方面說，都不是法西斯主義文學流派。法西斯主義文學所具有的幾個基本的特徵——種族主義、國家主義、國粹主義和極端民族主義，全面否定近代文化的『反進步主義』，把皇權和專制獨裁加以神

5 王向遠：〈中國的「戰國策派」和「日本浪漫派」〉，《中國現代文學研究叢刊》1997年第2期。

化並頂禮膜拜的極權主義，尤其是支持並鼓吹對外侵略擴張的軍國主義和霸權主義——中國的『戰國策派』無一具備。」結論是：不能把戰國策派說成是法西斯主義的。反比式的比較研究，彷彿在一個畫面上將黑白兩種相反的顏色放在一起加以對比，突出它們的對立，使黑者愈見其黑，白者更顯其白。筆者的另一篇文章〈日本的侵華文學與中國的抗日文學〉[6]，所研究的日本侵華文學與中國的抗日文學，兩者非但不是「同類」或「類同」，而是針鋒相對，截然對立，但又互為依存——沒有日本的侵華，就沒有中國的抗日；沒有侵華文學鼓吹侵略的無恥，就不能凸顯抗日文學反侵略的壯烈與榮光。將兩者加以對比，有助於揭示那段特定的歷史時期中日兩國文學的基本特徵。在文學的平行反比的研究中，還有很多有待開拓的荒地。如現代世界的反法西斯主義文學與法西斯主義文學的對比研究，冷戰期間西方的反共文學與東方反美、反帝文學的對比研究，世界文學中的烏托邦文學與反烏托邦文學的對比研究，上帝（天神）形象與惡魔（魔鬼）形象的對比研究，文學中的有神論思想（神秘主義思想）與無神論思想的對比研究，享樂主義文學與禁欲主義文學的對比研究，「世紀初」文學與「世紀末」文學的對比研究，通俗文學與高雅文學、世俗文學與宗教文學現象的對比研究等等。這樣的對比研究的題目，使被比較的雙方自然地處在了「相生相剋」、「相反相成」的對立統一關係中，問題點十分突出，可比性非常強，比較後的結論也往往會有新意和啟發性。這種反比式的平行研究，需要研究者用明確的思想來選擇研究對象和研究課題，對於為什麼要做這種比較研究，有一種高度的自覺性、目的性和針對性，並滲透著研究者明確的價值判斷。

---

6 王向遠：〈日本的侵華文學與中國的抗日文學〉，《北京市社會科學》1997年第3期。

二　類同研究中的多項式平行貫通方法

在上述的三種平行研究方法的功能模式中，被使用最多的還是第一種模式，即類同比較、類比的模式。但這個模式在運用中出現的問題也最多。二十多年來我國的平行研究中出現了大量牽強附會的、人稱「X 與 Y 式」的簡單比附的文章，令老一輩治學嚴謹的學者感到擔憂。早在十多年前，季羡林先生就指出：「X 與 Y 這種模式，在目前中國的比較文學研究中，頗為流行。原因顯而易見：這種模式非常容易下手。」「試問中國的屈原、杜甫、李白等同歐洲的荷馬、但丁、莎士比亞、歌德等有什麼共同的基礎呢？……勉強去比，只能是海闊天空，不著邊際，說一些類似白糖在霜淇淋中的作用的話。這樣能不產生『危機』嗎？」[7]錢鍾書先生對「平行研究」似乎也不以為然。楊絳先生在《記錢鍾書與〈圍城〉》一書中曾以詼諧的口吻記述道：「現在他（指錢鍾書——引者注）看到人家大講『比較文學』，就記起小學裡造句：『狗比貓大』，『牛比羊大』；有個同學比來比去，只是『狗比狗大，狗比狗小』，挨了老師一頓罵。」從中可以看出錢先生對「平行比較」的擔憂和委婉的批評。

在平行研究的類同研究模式的理論闡述方面，翻譯家方平先生的見解很值得注意。一九八七年北京的外國文學出版社出版了方平的《三個從家庭出走的婦女——比較文學論文集》，這是我國第一部專門的平行研究的論文集，收〈王熙鳳和福斯塔夫〉、〈三個從家庭出走的婦女〉、〈曹雪芹和莎士比亞〉等文章十八九篇。作者從二十世紀八〇年代初就從事中西文學的平行研究，在平行研究領域中積累了豐富的實踐經驗。該書中的〈可喜的新眼光——代後記〉是一篇出色的比

7　季羡林：〈對於 X 與 Y 這種比較文學模式的幾點意見〉，《比較文學與民間文學》（北京市：北京大學出版社，1991年），頁372。

較文學學科理論的文章，可惜一直未引起應有的重視。方平談到了平行研究的目的、方法和宗旨。雖然篇幅有些長，但還是有必要引述如下：

> 假如有這麼一篇文章，〈《紅樓夢》和《呼嘯山莊》〉，很好的題目，是中外兩部偉大的古典文學名著的比較，兩者之間也確然存在著某種程度的可比性，例如這一對東方怨偶是叛逆型的，那一對西方情侶同樣是叛逆型的。但如果論證到此為止，而並沒有進一步的發隱顯微，那也許會令人失望，因為你所做的，無非把兩個國家在各自的文學史研究範圍內可以做出的論斷串聯在一起罷了。A：B＝A＋B，這其實是拿羅列代替比較了。……你進行的比較，總得有自己的發現，自己的創見。換句話說，「比較文學」的比較，希望能產生化學反應，就像化學方程式：$2Na + Cl_2 \rightarrow 2NaCl$（納＋氯→鹽）。也許比較文學（平行）研究也可以試著排列成一個簡單的方程式：A：B→C。……C 代表了比較文學研究所取得的不同層次的深度。它是一種進行創造性的分析、演繹、歸納後所取得的成果。它為不同文化背景的民族文學描繪出一條運動著的規律，或者對某一種文藝現象進行新的探討，提出新的論斷，或者是對於被比較的作品、作家的重新認識，甚至只是一個有啟發性的問題的提出。C 才是「平行研究」所追求的目標，唯有 C 才證明了「平行研究」自身的存在價值。[8]

方平先生用化學方程式的形式，總結了平行研究的兩種模式，即A：B＝A＋B 和 A：B→C，並認為 A：B→C 才是平行研究的宗旨，

8 方平：《三個從家庭出走的婦女——比較文學論文集》（北京市：外國文學出版社，1987年），頁363。

其表述是十分精彩的。不過，這裡的問題似乎應繼續深入探討。A：B→C 這個公式中的 A：B，仍是 A 與 B 兩項，而不是 ABCD……多項。正如方平先生所說，平行研究的目的是為了獲得對某種規律、現象的新的認識。問題是，在「連類比物」、「相類相從」式的類同研究中，如果只是 A、B 兩種因素、而不是多種因素的比較，如果不能充分歸納盡可能多的事實，能否就可以總結和提煉出規律性的東西呢？我們先從方平先生自己的平行研究的具體實踐來看。

方平先生有代表性的平行研究的文章，大都屬於類同研究，同時又是 A 與 B 的兩項式研究。其中，《王熙鳳和福斯塔夫》通過兩個文學形象的平行比較，對文學創作中「美」與「善」的關係有了新的領會，那就是，從倫理的角度並不「善」的人物形象，卻具有審美的價值。他說：「有時候，『美』可以從不同於『善』的角度，去看到同一事物的另一個方面；當『美』進入了她的藝術世界，『美』就顯示出了她自己的個性和相對的獨立性。」「只有像莎士比亞和曹雪芹那樣的偉大的天才作家，才能給以他們筆下的反面人物那種不可抗拒的藝術魅力。」[9]無疑，這種結論是正確的，但是，問題在於，即使不做「王熙鳳和福斯塔夫」的平行比較，這個結論是否可以做出呢？在方平的另一篇重要文章〈曹雪芹和莎士比亞〉中，作者通過對這兩個作家的平行比較，提出了「衡量一個民族所引以為自豪的偉大的古典（俗）文學作家的兩個標準：普及和深度——既是家喻戶曉、深入人心・又能吸引世代學者從事終生研究，成為一門沒有止境的學問」[10]這個結論也是正確的。但問題同樣是，不做這樣的比較，這個結論是否也可以做出？

9　方平：〈王熙鳳和福斯塔夫〉，《三個從家庭出走的婦女——比較文學論文集》（北京市：外國文學出版社，1987年），頁33、頁40。

10　方平：〈三個從家庭出走的婦女——比較文學論文集〉（北京市：外國文學出版社，1987年），頁373。

看來，平行研究的類同研究在實踐上的侷限，與「平行研究」理論解說的不完備、不周延有著密切的關係。所以我們還是應該返回到「平行研究」的理論自身，對「平行研究」的反思應該從「平行研究」這個術語、這個表述方式本身開始。「平行研究」（Parallelism or Parallel Study）這個術語是從外國照搬過來的。「平行」給人以意義上的兩點直覺與暗示。第一，構成「平行」關係的是兩條線，或兩個點，或兩個面；第二，這兩條線，或兩個點，或兩個面，就好像是兩條永遠都不會相交的鐵軌，就好像隔著銀河的牛郎與織女，永不相交，永不會合。這就很容易誘導研究者選擇「兩線」式，或「兩點」式、「兩面」式的兩項並立的選題。於是，諸如《杜甫與歌德》、《迦梨陀娑與莎士比亞》、《湯顯祖與莎士比亞》、《川端康成與沈從文》之類的選題層出不窮，只要找到相同點就選題。而事實上，要在兩位不同作家那裡找到相同點，常常是輕而易舉的事。如上所說，「平行研究」類同研究的目的和宗旨，是通過平行比較，得出規律性的、有理論價值的新觀點、新視角或新結論。要做到這一點，就需要對同類事實和相關事項，做盡可能多的收集、整理、分析、比較、歸納。可是，目前流行的「兩項」式的平行比較，由於止於兩項對照，就不能容納「盡可能多」的同類的和相關的事項，也就談不上在多個事項中進行整理、分析、比較和歸納，有價值的結論也就無從得出。近二十年來中國比較文學中出現的大量流於簡單比附的「A：B＝A＋B」式，即季羨林先生所嚴厲批評的「X 比 Y」式的平行比較的文章，其癥結就在這裡。一個作家與另一個作家，一個作品與另一個作品，或一種作家作品與另一種作家作品的兩項比較，是最簡單的一種平行比較。這類平行比較「很容易下手」，但又很不容易做好。它遭到嚴厲批評和否定是理所當然的。

方平先生提出的「A：B→C」比第一種方法「A：B＝A＋B」有了質的飛躍，但也有侷限。那就是仍然沒有擺脫 A 與 B 的兩項式比較。它可以得出一些有益的結論，但結論又往往由於材料的兩極性，而缺乏由眾多事實材料而提煉為規律性見解的基礎。其 C 的部分，也難免是用有限的事例，來證明眾所周知的、或沒有多少創新的平凡的見解。

因而我主張，在類同研究中，變兩項式平行研究為多項式平行研究。化用方平先生的「化學方程式」，則可表示為：

$X_1：X_2：X_3：X_4：X_5\cdots\cdots\rightarrow Y$

在這裡，X_1、X_2、X_3、X_4、X_5……表示不同民族、不同語言、不同文化背景中的同類材料。它們可以是作家作品，可以是概念、術語和命題，也可以是彼此關聯的不同的學科；Y 則表示研究者的新的見解。這是最高級的平行比較的模式，也是錢鍾書先生在《管錐編》等著作中成功運用的方法。在這裡，「平行研究」就不再是「平而不交」的研究，平行的兩條線「＝」形變為縱橫交錯的多個「井」字形，這就是縱橫交叉的「貫通」，「平行研究」也就變成了「平行─貫通」的研究。

在「平行─貫通」研究方面，我國比較文學在實踐上有著堪稱典範的錢鍾書先生的著作。他的《管錐編》等著作既不是「影響研究」，也不是通常的「平行研究」。有人僅僅把比較文學理解為「影響研究」和「平行研究」兩端，所以堅決反對把《談藝錄》、《管錐編》看成是「比較文學」著作。事實上，錢先生的研究是跨語言、跨國界、跨文化的「平行─貫通研究」，也就是錢先生自己反覆強調的「打通」。這不但是「比較文學」，而且是比較文學的最高境界。我們應該對錢先生的研究方法進行深入的總結和提煉，以充實我們的學科理論，矯正西方式的術語在研究實踐中造成的誤導。錢先生的貫通研究，有著強烈的問題意識，即從解決和說明某個問題出發，絕不為比較而比較。例如，錢先生的〈通感〉一文，研究的是中外詩歌中將人的視覺、聽覺、觸覺、嗅覺、味覺等互相打通的「通感」現象。他例舉了我國和西方許多國家的詩歌，表明「通感」是人類詩歌共同的現象。再如錢鍾書在題為《詩可以怨》的演講中，把「詩可以怨」「當作中國文評裡的一個重要概念而提出來」，例舉了中國古代有關著作中的相關論述，同時以西方的大量相關論述作為比照，表明「詩可以怨」是對古今中外作家創作共同心理的一個概括。張隆溪的〈詩無達詁〉一文大得錢鍾書的神髓，將中國古典文論，古希臘的文論、現代西方的闡釋學溶為一爐，揭示出在文學的理解和接受中，「詩無達詁」是普遍性現象，也是中外文論中一個普遍的理論命題。這三篇典範性的平行研究的論文，全都以具體的「問題」──詩可以怨、通感、詩無達詁──作為文章的標題。「問題」就像一塊吸鐵石，將相關的古今中外的材料吸附過來。這裡不是 X 與 Y 或 A 比 B 式的兩項或兩極對比，不是單文孤證，而是多項、多極的旁徵博引的比較研究。這裡包括多學科、多對象，跨文化、跨民族、跨時空、越國界，縱橫交錯、觸類旁通、連類舉似、充類至盡、集思綜斷，最後殊途同歸。各種界限被研究者的思想貫通起來了，所有不同的材料都服務於研究者對某一特定的思考和發現。同時，研究者使用了嚴格的文獻學方法，句句有來歷，事事有出典，這就避免了隨意發揮、敷衍，濫發空論的弊病。可見，「平行貫通研究」不同於一般的「平行研究」，它和「傳播研究」一樣，需要科學的實證，需要豐富的文獻來支撐，也需要更多的思想和見識學識。這是比較文學的最高層次。

試論比較文學的超文學研究[1]

一　「超文學」研究的性質及與「跨學科」研究的區別

我們所說的「超文學」研究方法，是指在文學研究中，超越文學自身的範疇，以文學與相關知識領域的交叉處為切入點，來研究某種文學與外來文化之間的關係。它與比較文學的其他方法的區別，在於其他形式的比較文學研究是在文學範疇內進行，而「超文學研究」是文學與「外來文化」的關係的研究。

這裡所說的「超文學研究」與已有的大量比較文學學科理論著作中所說的「跨學科研究」，並不是一回事。

什麼是「跨學科研究」呢？我國現有各種比較文學學科理論著作對「跨學科研究」的解說，大都全盤接受了美國學派所倡導的「跨學科研究」的主張，認為「跨學科研究」是比較文學研究的組成部分。通常的解釋是：「跨學科研究包括文學和其他藝術門類之間的關係研究，文學與社會科學、人文科學之間的關係的研究以及文學與自然科學之間的關係的研究」。不過，我們在認可「跨學科研究」是比較文學的一個組成部分之前，首先必須解答這樣的問題：第一，「跨學科研究」是所有科學研究中的共通的研究方法，抑或只是文學研究中的研究方法？第二，「跨學科研究」是文學研究的普遍方法，還是文學研究中的特殊方法（只是比較文學研究才使用的方法）？

1　本文原載《中國文學研究》（長沙）2003年第1期；中國人民大學複印資料《文藝理論》2003年第6期轉載。

對於第一個問題，眾所周知，「跨學科研究」是當今各門學科中通用的研究方法，並不是文學研究的專屬。科學的本意就是「分科之學」，分科就是一種分析，然而光分析還不行，還要「綜合」，而「跨學科」就是一種綜合。自然科學中的數、理、化、生物、醫學等學科的研究，往往必須「跨學科」，以至產生了「物理化學」、「生物醫學」等新的跨學科的交叉學科。在人文社會科學的跨學科研究中，也有「教育心理學」、「教育經濟學」、「歷史哲學」、「宗教心理學」這樣的跨學科的交叉學科。在許多情況下，需要人文科學、社會科學、哲學、自然科學的跨學科研究，才能解決一個問題。如我國最近完成的「夏商周斷代研究」的課題，就是歷史學、考古學、文字學、數學、物理學、化學、文藝學等跨學科的專家學者聯合攻關的結果。

對於第二個問題，回答也是肯定的：「跨學科研究」是文學研究的普遍方法，而不是只有比較文學研究才使用的方法。「文學是人學」，一切由人所創造的學問，都與文學有密切的關聯，這是不言而喻的。而研究文學勢必要「跨進」這些學科。例如，我國讀者最熟悉的恩格斯對巴爾扎克創作的評價。恩格斯從經濟學、統計學看問題，這就使文學與經濟學發生了關係；從階級分析的角度談到了巴爾扎克與傳統貴族階級和新興資產階級的態度，這就使文學與社會學發生了關係；又談到了巴爾扎克對法國風俗史的描繪，這就使文學與歷史學發生了關係。可見，文學評論與文學研究，勢必會不斷地涉及到純文學之外的各種學科——人文科學、社會科學、自然科學。然而，雖然恩格斯評論巴爾扎克的時候跨了學科，我們也絕不能把恩格斯對巴爾扎克的評論視為「比較文學」。再如，我國研究《紅樓夢》的「紅學」，王國維的研究角度是叔本華的悲觀哲學，俞平伯等「索隱派」用的是歷史考據學的角度與方法，毛澤東等人用的是馬克思主義的階級分析方法，現在更有很多人從宗教學的角度研究《紅樓夢》與佛教、道教的關係，從精神分析學的角度研究《紅樓樓》之「夢」及人物的變態心理，從性學角度研究男女兩性關係，從醫學角度研究林黛玉等人的病情和藥方，從政治學角度研究《紅樓夢》與宮廷政治，從經濟學角度研究《紅樓夢》中的經濟問題，從語言學的角度使用電腦統計《紅樓夢》中的用字用詞規律。……《紅樓夢》的研究成果，絕大部分是「跨學科」的。然而，我們可以因為紅學研究都跨了學科，就把「紅學」劃歸到比較文學學科中來嗎？當然不能！凡有一些文學研究經驗的人都有這樣的體會：一旦提筆寫文章，就會自覺或不自覺地「跨學科」,「一不小心」就「跨了學科」。對文學研究來說，最容易「跨」的，是社會學、心理學、藝術學、哲學、宗教學、民俗學、歷史學等。有很多文學研究的文章，仔細分析起來，就跨了許多的學科。前些年文學研究和評論界提倡的「多角度、多層次、全方位」地觀照作品，其實質就是提倡用「跨學科」的廣闊視野來研究文學現象，而不能一味膠著於某一學科的視角。可見，如果我們單從「跨學科」來看問題，則大部分文學評論、文學研究的論著和文章，特別是有一定深度的論著和文章·都是「跨學科」的。然而，我們能把這些文章都視為「比較文學」的成果嗎？都視為比較文學研究嗎？當然不能！文學研究，除了純形式的文本研究（像當代英美有些「新批評」理論家所做的那樣。儘管純粹的形式的、純文字的研究極難做到「純粹」）之外，即使是純粹的字句分析，那也都是跨學科的——從文學「跨」到了語言學，更不必說字句和形式之外的研究了。可見，「跨學科」是文學評論和文學研究中的共同途徑和方法。文學與其他學科的這種「跨學科研究」，甚至形成了若干新的交叉學科，如「文藝心理學」、「文藝社會學」、「文藝美學」、「文學史料學」等。但是，恐怕很少有人贊成把「文藝心理學」、「文藝社會學」或「文藝美學」等看成是「比較文學」。儘管它們是文學的「跨學科」的研究。

因此，我們在學科理論上必須明確：跨學科的文學研究必須同時又是跨語言、跨文化、跨民族的研究，那才是比較文學，才是我們所說的「超文學」的研究；單單「跨學科」不是比較文學。例如，在宗教與文學的跨學科研究中，研究佛教與中國文學、基督教與中國文學、伊斯蘭教與中國文學的關係，是比較文學的研究。因為佛教、基督教、伊斯蘭教對於中國來說，是外來的宗教，這樣的跨學科研究同時也是跨文化的研究，屬於比較文學研究；而關於中國本土宗教道教與中國文學的關係的研究，還有某一國家的政治與該國家的文學的關係研究，某一國家的內部戰爭與文學的關係研究等，都不是我們所說的比較文學的「超文學研究」。這種研究沒有跨文化、跨國界、跨民族，這只是一般的跨學科研究，而不屬於真正的比較文學研究。在這裡，「跨文化」應該是比較文學學科成立的必要的前提。換言之，有些「跨學科」的文學研究屬於比較文學——當這種研究是「跨文化」的時候；而另一些「跨學科」的文學研究則不一定是比較文學——當這種研究沒有「跨文化」的時候。總之，比較文學的「超文學研究」，是將某些國際性、世界性的社會事件、歷史現象、文化思潮，如政治、經濟、軍事（戰爭）、宗教哲學思想等，作為研究文學的角度、切入點或參照系，來研究某一民族、某一國家的文學與外來文化的關係。這裡應該特別強調的是與文學相關的有關社會文化現象或學科領域的「國際性」。

可見，我們不使用「跨學科」或「科際整合」這樣的概念，而是使用「超文學」這一新的概念，是表示不能苟同美國學派在這個問題上的看法，儘管這種看法已經為不少人所接受。使用「超文學」這一概念，有助於對漫無邊際的「跨學科」而導致的比較文學學科無所不包的膨脹和邊界失控加以約束。它可以提醒人們：「跨學科研究」是所有科學研究中的共通的研究方法，也是文學研究的普遍方法，因此，我們不能把「跨學科」研究等同於「比較文學」。

二 「超文學研究」的方法及適用範圍

現有的比較文學學科理論的教材和專著，絕大多數都在「跨學科研究」的專章中，列專節分別論述文學與其他藝術、文學與哲學、與歷史學、與心理學、與宗教、與自然科學之間的關係。誠然，弄清這些學科之間的關係對於跨學科研究是必要的。但是，這些只是文學與其他學科的關係研究，是一般的跨學科研究的原理層面上的東西，還不是我們所指的「超文學」的比較文學研究。比較文學的「超文學研究」方法，不是總體地描述文學與其他學科的一般關係，而是要在一定的範圍內，從具體的問題出發，研究有關國際性、全球性或世界性的政治事件和政治運動、經濟形勢、軍事與戰爭、哲學與宗教思想等，與某一國家、某一地區、某一時代的文學，甚或全球文學的關係。「超文學」的研究，就是在這個基礎上、在這個前提下建立自己的方法，確定自己的適用範圍的。

同「跨學科」的研究相比，比較文學的「超文學研究」方法的範圍是有限定的，有條件的。與文學相對的被比較的另一方，必須是「國際性的社會文化思潮」或「國際性的事件」。這是比較文學「超文學研究」得以成立的前提和基礎。什麼是「國際性的社會文化思潮」或「國際性的事件」呢？「國際性的社會文化思潮」或「國際性的事件」不同於所謂「學科」。「學科」本身是抽象的、人為劃分的東西，「學科」是科學研究的範圍與對象的圈定，而不是科學研究的對象與課題本身。而「國際性的社會文化思潮」或「國際性的事件」可以被劃到某一學科內，但它存在於一定的時空中，是具體的而不是抽象的東西。例如，對文學影響甚大的佛洛伊德主義，可以劃歸「心理學」或「哲學」學科，但佛洛伊德主義作為「國際性的社會文化思潮」，又不等於「心理學」學科或「哲學」學科；「第二次世界大戰」是我們所說的與文學關係密切的「國際性事件」之一，可以把「第二次世界大戰」劃到「軍事」學科，但它顯然不等於「軍事」學科。比較文學的「超文學研究」，所涉及到的正是這種具體的「國際性的社會文化思潮」或「國際性的事件」。它們不是被圈定的學科，而是在一定的時空內有傳播力、有影響力的國際性的思潮與事件。這些思潮和事件大體包括政治思潮、經濟形勢、跨國戰爭、宗教信仰、哲學美學思潮等。在這樣的界定中，自然科學作為一個學科與文學學科的關係，不在「超文學研究」方法的適用範圍之內。而與自然科學有關的、具有傳播力的國際性思潮，如唯科學主義思潮與文學的關係等，則屬於「超文學研究」的範圍。

例如，在政治與文學的關係的研究中，我們可以研究二十世紀三〇年代的所謂「紅色三〇年代」的共產主義政治思想對歐美文學、對亞洲文學乃至整個世界文學的影響。那時，以共產主義為理想的左翼政治思潮，極大地改變了那個時代文學的面貌，而且，左翼政治思潮從歐洲、俄蘇發源，迅速地波及了包括日本、朝鮮、中國、印度、土耳其等在內的亞洲國家，並影響到文學，形成了文學史上所說的頗具聲勢的「無產階級文學」。同樣的，六〇至七〇年代中國的「文化大革命」運動，不僅對國際政治本身產生了影響，而且對於不少國家的文學也產生了影響。在美國，在英法等歐洲國家，在日本，甚至在黑人非洲的一些國家，都出現了呼應中國的「文化大革命」的「文學作品」，出現了規模不等的青年人的「造反文學」，出現了歌頌毛澤東的詩歌；相反的，在美國等西方國家，也出現了反對中國「文化大革命」的文學作品。另外，雖然有些政治事件並沒有國際性的影響，但對比較文學而言也有價值。如，二十世紀後半期的社會主義國家，都出現了對黨和國家領導人歌功頌德的文學，在政治意識形態上具有深刻的相似性，很值得進行超文學的比較研究；在二十世紀五〇至八〇年代的所謂「冷戰」時期，在某些敵對國家出現了具有強烈冷戰色彩的文學，如中國、朝鮮、越南、古巴等國家的「反美」文學，中國的七〇年代大量出現的「反對蘇聯修正主義」的文學，作為政治與文學的「超文學」的比較文學研究，都相當具有研究價值。但是，上述提到的這些課題，目前的研究均非常薄弱。在我國，艾曉明博士的博士論文《中國左翼文學思潮探源》[2]是研究三〇年代中國左翼文學與國際共產主義政治及國際左翼文學的不可多得的力作。而上述其他方面的研究，則基本是空白。

在國際經濟形勢與文學的「超文學」比較研究中，也存在著許多誘人的研究課題。例如，歷史上的經濟活動、商業活動對文學的影響，商人在文學的國際傳播中的作用，如古代的「絲綢之路」是聞名的連接東西方重要的國際商業、經濟通道，「絲綢之路」的經濟活動對中國西北少數民族、對中東地區乃至古羅馬帝國文學有何影響？是人們感興趣的問題。而描述「絲綢之路」的各國文學作品，也非常值得加以收集整理和系統研究。在古代文學中，反映經濟活動的作品有不少，如阿拉伯的故事集《一千零一夜》，大部分故事以商人為主角，以商業活動為題材。我國阿拉伯文學專家郅溥浩先生在其專著《神話與現實——〈一千零一夜〉論》[3]中，有一專節，從國際商貿的角度，對《辛伯達航海旅行的故事》做了獨到的分析，並把它與中國的「三言二拍」中的有關作品做了比較，是經濟與文學的「超文學研究」的成功例子。在日本十七世紀的作家井原西鶴的作品中，有一類小說稱為「町人物」，即經濟小說。筆者曾在《井原西鶴市井文學初論》[4]中，以當時的東西方經濟狀況為大背景，對他的經濟小說作了分析。到了現代社會，經濟與文學的「聯姻」現象越來越突出。例如法國十九世紀大作家巴爾扎克，被英國作家毛姆稱為「認識日常生

2　艾曉明：《中國左翼文學思潮探源》（長沙市：湖南文藝出版社，1991年）。

3　郅溥浩：《神話與現實——〈一千零一夜〉論》（北京市：社會科學文獻出版社，1997年）。

4　王向遠：〈井原西鶴市井文學初論〉，《北京師範大學學報》1998年增刊。

活中經濟重要性的第一個作家」(毛姆《巴爾扎克及其《高老頭》》);恩格斯也認為巴爾扎克在其作品中所提供的經濟材料,比那些職業的經濟學家、統計學家還要多。在現代世界中,經濟的全球化對各國文學的影響,越來越成為全球性的文化現象。如一九二九年的那場世界經濟危機就在中國文學中留下了印記。茅盾、葉聖陶、葉紫等在一九三〇年代初寫作的反映農村凋敝、商人破產的作品,都以當時的世界經濟危機作為大背景。一九九〇年代亞洲金融危機對亞洲各國、對我國的港臺地區的文學,產生了一定影響。一九七〇年代以來,在日本文學中產生了「經濟小說」、企業商戰文學這種類型,並影響到了我國的香港、臺灣地區的文學。看來,商品經濟與文學活動、文學作品的商品化等問題,已經成為比較文學「超文學」研究中的重要課題。

文學與戰爭、與軍事的關係,歷來密不可分。古代世界文學中的史詩,是以描寫部族之間、民族之間的血腥戰爭為基本特徵的。可以說,沒有戰爭,就沒有史詩,而這些戰爭往往是「跨民族」的、沒有國界的戰爭。到了現代,除了一個國家內部的內戰之外,所有大規模的戰爭都是國家與國家之間、民族與民族之間,或國際集團與國際集團之間的戰爭,因此,戰爭本身往往就是「跨國界」的人類行為,戰爭對文學的影響也往往是跨越國界的影響。從戰爭、軍事的角度來研究文學現象,很多情況下就是揭示戰爭與文學關係的「超文學」的研究。特別是對二十世紀上半期的兩次空前規模的世界大戰,對作家的文學創作所產生的刺激也是空前的。可以說,兩次世界大戰導致了二十世紀「戰爭文學」的繁榮。要深入研究以世界大戰為背景、為題材、為主題的「戰爭文學」,就必須立足於戰爭與文學的關係,在「戰爭」與「文學」之間,在不同的交戰國之間,找到獨特的契合點、交叉點和問題點。一方面,研究戰爭及戰爭史的學者,應該重視並充分利用「戰爭文學」這一不可替代的材料,重視戰爭文學所特有的對戰爭的形象、細緻的描寫,以補充戰爭史文獻的缺欠和不足;另一方面，研究文學的學者，面對戰爭文學作品，不能只逗留在作家作品的審美分析、人物性格的分析、作品形式與技巧的分析等純文學層面，而必須研究戰爭與作家的立場與觀點，例如作家的民族主義、愛國主義思想，人道主義思想，抑或是作家的法西斯主義思想，作家的好戰態度或反戰態度；必須研究戰爭與作品中的人物形象、戰爭與作品中的人性、戰爭與審美、戰爭與文學的價值判斷等問題。但是，在目前的文學研究中乃至比較文學研究中，關於戰爭文學的「超文學」的研究，還很少見，還沒有被展開。筆者的《「筆部隊」與侵華戰爭——對日本侵華文學的研究與批判》[5]一書，是戰爭與文學的「超文學」比較文學研究的一個嘗試；倪樂雄的專題論文集《戰爭與文化傳統——對歷史的另一種觀察》[6]中的有關論文，如《武亦載道——兼談儒文化與戰爭文學》、《《詩經》與《伊利亞特》戰爭審美背景與特徵之比較》等，從中外文化比較的開闊視野，成功地展開了中外戰爭文學的比較研究。但是，迄今為止的大多數研究戰爭文學的論文和著作，還都侷限於「戰爭題材」本身，侷限在國別文學內部。這種研究也有戰爭與文學的「跨學科」意識，但是，卻往往沒有把視野進一步擴大為跨國界的、跨文化的廣度，因而它還是一般的「跨學科」的研究，但還不是真正的「超文學」的比較文學研究。另一方面，將反法西斯主義文學作為一種世界性的文學現象進行總體的比較研究，就很切合戰爭與文學的「超文學」研究的路徑；同樣，對日本、德國、意大利的法西斯主義文學的研究，也必須具有跨國界的世界文學的總體眼光。對中國的抗日文學的研究，僅僅站在中國文學和中國文化內部還不夠，還必須有自覺的中日文化的比較意識，必須將中國的抗日

5 王向遠：《「筆部隊」與侵華戰爭——對日本侵華文學的研究與批判》（北京市：北京師範大學出版社，1999年）。

6 倪樂雄：《戰爭與文化傳統——對歷史的另一種觀察》（上海市：上海書店出版社，2000年）。

文學與日本侵華文學置於一個特定的範圍，進行必要的對比，研究才可能深入。

宗教是最具有國際傳播性的一種文化現象。文學與國際性的宗教的「超文學」的研究，其目的在於揭示宗教與文學之間的相互影響和彼此共生的關係。這種研究有兩個基本的立足點。其一，是在宗教中看文學。所謂「在宗教中看文學」，就是立足於宗教，去尋找和發現宗教如何借助文學，如何通過文學來宣道布教。其研究的對象主要是宗教性的文學作品，亦簡稱「宗教文學」。如起源於印度、流傳於亞洲廣大地區的佛教文學，包括本生故事、佛傳故事等；起源於猶太民族，而流傳於全世界的聖經故事、聖經詩歌等。其二，是在文學中看宗教。所謂「在文學中看宗教」，就是立足於文學，看作家如何受到宗教的影響，作家如何借助宗教意象、宗教觀念、宗教思維方式來構思作品、描寫人物，表達情感和思想。這兩種不同立足點的研究，目的都在於揭示外來的宗教文化如何影響和作用於本國文學。在以往的比較文學研究中，文學與外來宗教的比較研究受到了重視，湧現出了大批的成果。在我國，關於印度傳來的佛教對中國文學的影響的研究，已經相當廣泛和深入了。在二十世紀二〇年代後，就陸續有梁啟超、魯迅、胡適、陳寅恪、許地山、季羨林、趙國華、孫昌武、譚桂林等重要的研究家。他們的研究成果表明，佛教及佛教文學對於激發中國作家的想像力，對於志怪小說、神魔小說的形成，對於漢語聲韻的發現及詩歌韻律的完善與定型，起了重要的作用；而佛經的翻譯，對於大量印度民間故事傳入中國，對於引進和豐富中國語言中的詞彙、語法，對於文言文體的通俗化，也起到了重要作用。關於基督教與中國文學、特別是與二十世紀中國文學的關係研究，近年來也取得了相當的進展，光這個課題的博士論文，就出版了五、六種。伊斯蘭教與中國文學的關係，特別是與我國的回族和維吾爾族等西北部少數民族文學，也有深刻的聯繫。近來面世的馬麗蓉著《二十世紀中國文學與伊斯蘭文化》[7]在這個問題的研究上具有開拓性。

哲學與文學的關係也特別的緊密。外來哲學思想對某一本土文學的影響和滲透，可以改變本土作家的世界觀，可以影響作家對世界、人生及文藝的認識角度與方法，從而使作家的創作呈現出更為複雜的面貌。在比較文學的「超文學」的研究中，外來哲學思想與某一本土文學的關係，有大量的課題需要研究。如，在東亞文化區域中，中國的哲學思想曾影響到了日本、朝鮮和越南等國。中國的老莊哲學的自然、無力的觀念和儒家哲學中的忠孝觀念等，對日本歷代文學都產生了一定的影響。中國晚明時期的「實學派」的哲學思想影響到了朝鮮，使朝鮮產生了「實學派」文學。對阿拉伯文學造成很大影響的「蘇菲主義」神秘哲學，受到了印度的吠檀多派哲學和歐洲的新柏拉圖主義哲學的影響。二十世紀以來，西方哲學思潮對東方文學的影響特別明顯。如尼采的「權力意志」及「超人哲學」，佛洛伊德主義、馬克思主義、存在主義哲學等，在東方文學中，或引發了相關的文學思潮，或出現了相關的文學流派，或出現了表現相關哲學思想的作品，或促進了文學批評觀念與方法的變革。應該說，二十世紀東方各國的先鋒派的文學，無一不同西方的哲學思潮有關，換言之，外來哲學思潮是東方現代文學發展嬗變的重要的外部推動力之一。

看來，作為比較文學的基本方法之一，「超文學研究」在謹慎規定自身的同時，也可以在許多豐富的、有價值的研究領域中得到廣泛的應用。

7　馬麗蓉：《20世紀中國文學與伊斯蘭文化》（合肥市：安徽教育出版社，2000年）。

作為比較文學的比較文體學

——概念的界定、研究的課題與對象[1]

一　文體學及比較文體學

現代意義上的「文體學」，是現代語言文學研究中的相對獨立的領域，是最近幾十年來世界上才出現的一個新興的學科。它是語言學、文藝學、翻譯學、圖書分類學、編輯學、比較文學等多學科交叉滲透的產物。根據文體學與相關學科關係的密切程度，人們對文體學的學科屬性的認識有所不同。有人認為文體學是語言學的一個分支，它研究語言的不同風格及其表現手段；有人認為文體學是文藝學的一個分支，因此又可稱為文藝風格學、文藝文體學，是文藝理論與文藝批評的一個組成部分，主要任務是研究文學的各種體裁樣式及其特徵，或分析作家作品的總體藝術風格；有人認為文體學主要研究各種文獻資料的歸納與分類。總之，文體學具有較強的學科交叉性。現在人們對文體學定義與定位的不統一，主要是因為站在各自特定的學科立場上看問題所造成的。我認為，應當根據文體學的不同的學科偏向，而賦予它更貼切、更嚴格的具體稱謂。如，作為語言學分支的文體學，主要是分析句子、句群和語篇中的修辭與表達問題，因此應該恰切地稱之為「語體學」；而作為文藝學、美學的「文體學」，假如它所指的主要是作家作品的總體藝術風格，那就應該稱為「風格學」；作為圖書館學的文體學，指的是圖書分類學，那就應該稱之為文獻分

1　本文原載《北京郵電大學學報》（社會科學版，北京）2003年第1期。

類學或圖書分類學。而對文學的各種體裁樣式的研究，及對文學作品的外部結構、體制、樣式的研究，套用時髦的說法，就是對文學作品的「硬體」部分的研究，才可以稱為「文體學」。這是狹義的、嚴格意義上的「文體學」的概念。

「文體」這個概念，在古代漢語中更多的是以一個「體」字來表示的，後來引申出了「文體」、「體裁」等概念。其基本含義是指詩文的體貌、體制、體式、樣式，主要是對文學作品的形式方面的、外部特徵而言的。當然，和中國古代文論中的其他概念一樣，不同的人、或同一個人在不同的場合使用「體」及「文體」概念的時候，含義也有所不同。有時指文章的體制，有時指文章風格，有時指文章修辭，有時指文章作法。在西方文學理論及比較文學理論中，「文體』、「文體學」一詞的使用也相當混亂，而且表述的同義詞就有若干個。我國的譯法也不同，有人譯為「文體」和「文體學」，有人譯為「文類」和「文類學」，有人譯為「風格」和「風格學」。而在目前我國已出版的各種比較文學概論類的著作與教材中，大都採用「文類」和「文類學」的譯法。並把它專列一章加以闡述。但是，所謂「文類」及「文類學」，指的是文學類型、種類及其相關研究。而對文學類型、種類的劃分，其標準和依據並不是只有「文體」、「體裁」上的標準，還有「主題學」的標準、「題材」的標準、「風格」方面的標準等等。例如，所謂紀實文學、烏托邦文學、鄉土文學、都市文學等，都是文學的「類型」，但它們卻不是「文體」或「體裁」的概念。因為劃分這些類型的依據與標準不是體裁方面的，而是主題與題材方面的。又如，十九世紀歐洲出現的「感傷小說」，十七世紀日本出現的「滑稽小說」，也是一種文學類型，但劃分的標準是其感傷的或滑稽的風格、格調。因此，感傷小說、滑稽小說不是一種文體類型，而主要是一種風格類型。「風格」是某種文體的具體文本的內在精神的抽象顯現，而抽象的文體類型——不是某個具體的文本文體——沒有什麼

「風格」可言。例如我們可以說《金瓶梅》有什麼風格，《紅樓夢》有什麼風格，但倘若說「章回小說」這種文體有什麼風格，則沒有什麼意義。風格學是對作家作品的美學風貌的研究，文體則是對文學作品的體裁樣式的研究，兩者雖有關聯，但又不是一回事。因此我們不能同意將「文體」與「風格」混為一談，或將「風格」作為「文體」的一個層面。

鑒於「文類學」的研究範圍不僅包括了「文體學」，而且也包括了主題學、題材學、風格學。因此，我在這裡不使用「文類學」這個概念，而是使用「文體學」這一概念。本來，「文體」就是中國的固有詞彙、固有概念，在對其內涵與外延加以科學地清理和界定後，「文體」這一概念完全適用於現代的學術研究。我們有什麼必要拋開這個詞，而另行引進「文類學」這樣一個十分西化、而又大而泛之的新名詞呢？況且現在流行的比較文學概論著作中，除了「文類學」之外，還有與之並列的「主題學」專章。這樣一來，在比較文學原理的理論框架中，「文類學」與「主題學」就出現了重疊交叉現象，容易造成這些不同的概念在邏輯語義上的混淆，進而影響到比較文學研究對象與研究領域劃分上的應有的邏輯性、清晰性。所以，我們現在使用「文體」這個概念，應批判地吸收古代文體論的合理內核，回到「文體」一詞的原初的、基本的含義上去──「文體」即是文學作品的體裁樣式。「文體學」應是對文學作品的具象的形式特徵的研究，即研究作品的語言、結構、格式、體制等因素。

文體學一旦進入比較文學研究領域，一旦成為比較文學研究的重要對象，即成為文體學的一個分支，人們稱之為「比較文體學」。「比較文體學」就是用比較文學方法進行的文體學研究，就是站在世界文學、國際文學關係的高度，對世界各民族文學的不同文體的產生、形成、演變、存亡及其內在關聯加以橫向和縱向的研究，並對世界文學史上各種文體的特徵、功能及其民族歷史文化、民族審美心理等各方面的成因進行對比分析，並把它作為探討世界各民族文學的整體性、聯繫性和民族個性的有效途徑。我國在近些年來出現了若干高水平的文體學研究著作[2]，但作為比較文學研究對象之一的比較文體學的研究在我國重視得還不夠，還沒有被充分展開，迄今為止還沒有一部比較文體學的專著。我國的比較文體學，可以立足於中國文學，對中西文學中的文體劃分進行研究，即中西比較文體學；對中國與東方其他國家的文體劃分進行比較研究，即東方比較文體學。比較文體學的研究課題主要是三個方面，第一，各民族文學中的文體劃分及其依據與標準的比較研究；第二，文體的國際移植與傳播的研究；第三，當代文體的世界性與國際化的研究。下面讓我們分別來談。

二　中外文體的形成與畫分的比較研究

對世界文學史上不同的民族劃分文體的依據與標準進行比較，可以幫助我們深入認識人類文學創作與文學觀念的起源、生成與演變的規律。

在各國文學傳統中，對文體的劃分所採用的依據與標準都有不同。一般而言，文體分類的依據大體可以包括四個方面：一、體裁樣式；二、功能與功用；三、風格特徵；四、主題與題材。對這四方面標準與依據的不同的選擇與側重，就形成了不同的文體分類。由古希臘的亞里斯多德提出的、貫穿整個歐洲文學史的「詩」（即文學）三分法——抒情詩、史詩（也含後來出現的小說）、戲劇，則主要是根據文學作品摹仿和反映生活的不同的方式來劃分的。抒情詩表現詩人自己的思想感情與人格，是一種自我描述；史詩（或小說）的故事部

2　筆者認為近年來我國文體學研究的高水平的、有真正獨創性的著作是褚斌傑的《中國古代文體概論》（1984）、錢倉水的《文體分類學》（1992）、金振邦的《文體學》（1994）等。

分由詩人、作家講述，而其他部分則由人物直接講述，即混合講述；而在戲劇中，詩人則隱藏在人物角色之後。古代印度和西方一樣，以「詩」來指代抽象的「文學」概念，「詩」除了作為具體體裁的「詩歌」之外，也包括戲劇。印度人進一步把「詩」分為「大詩」（長篇敘事詩）和「小詩」（抒情詩）兩類；又根據風格、題材、情調等因素把戲劇分為十類（「十色」）；即傳說劇、創造劇、神魔劇、掠女劇、爭鬥劇、紛爭劇、感受劇、笑劇、獨白劇和街道劇。也有人把戲劇分為「英雄喜劇」和「極所作劇」（市井通俗戲劇）兩類。在中國文學史上，儘管不同的時代、不同的人對文體的劃分五花八門，但總體上看，是側重文學作品的體裁樣式的。在中國傳統中，長期以來沒有類似西方的「詩」那樣的指稱文學的抽象概念，而是習慣於使用具體的文體概念——「詩」與「文」。可以說，「詩」與「文」是貫穿整個中國文學史的基本的文體概念，它是對文學及各類文章的初次劃分，即最高層次的劃分。「詩」與「文」劃分的依據，主要就是從作品使用語言、作品的外在形式著眼的。在日本文學傳統中，通常將文學題材劃分為「詩」（漢詩）、「歌」（和歌）、「日記」、「物語」、「草子」、「芝劇」（戲劇）等體裁樣式，基本上和中國相近，是根據文學作品的體裁樣式來劃分文體類型的。

各民族對文體的劃分，從一個側面表現了民族文學的獨特觀念及文學傳統。對此比較文體學研究應當重視，並應注意探索其中的某些基本問題。例如，為什麼在印度和歐洲的文學傳統中，「詩」可以代稱抽象的「文學」，而在中國文學傳統中「詩」只是一種文體概念？在印歐文學中，「詩」作為一種被藝術化了的語言形式，被廣泛地使用。一切文學樣式，必是詩的形式。史詩是「詩」，宗教經典與神話是「詩」，戲劇也是「詩」劇，因而「詩」就是文學。而且，由於史詩、戲劇在古代印歐的廣泛流行，「詩」成了相當普及化、民眾化了的語言形式。而在中國，「詩」卻是相當貴族性、文人化的。在中文裡，對普通語言加以詩化，並不像在印歐語言中那麼容易。換言之，中文的「詩」的語言與非詩的語言之間的差異，遠比印歐語言為大。在中國傳統中，掌握「詩」的語言，甚至要讀懂詩，非經過特別的學習不可。而在印歐民族，在中東地區各民族中，詩是相當日常化的語言，詩的語言與非詩的語言相差不大。乃至在古代希伯來語言中，不經仔細辨認，詩與非詩便不易區分清楚。在古代阿拉伯，詩甚至被用於日常生活交流中的各個方面：敘述部族歷史、傳承知識、讚美、諷刺、表達愛情、哀悼、表達酒足飯飽後的愉快，等等。看來，在這些民族文學中，詩即文學，而「文」（散文）自然就被摒於文學之外，未成一種獨立的文體。於是就形成了與中國的「詩」、「文」二分法不同的文學觀念和體裁劃分。

又如，為什麼歐洲文學進一步將「詩」劃分為抒情詩與敘事詩（史詩）兩種文體，印度也將詩劃分為「大詩」（敘事詩）和「小詩」（抒情詩）兩種文體，而在中國、日本、朝鮮等東亞國家的傳統文學中卻沒有這樣的劃分？這個問題也涉及另一個相關的問題，即為什麼詩在印歐文學中具有抒情與敘事兩種功能，而在中國及受中國影響的東亞有關國家中，詩只是一種抒情文體呢？換句話說，為什麼在中國等東亞國家沒有史詩、甚至也沒有嚴格意義上的敘事詩呢？中國缺少史詩及敘事詩這一文體類型，即所謂文體的「缺類」現象，其中的原因十分複雜。數百年來中外學者都有不同的解讀。德國哲學家黑格爾認為中國沒有史詩，是因為中國人的「觀照方式基本上是散文性的。從有史以來最早的時期就已形成一種以散文形式安排的井井有條的歷史實際情況。他們的宗教觀點也不適宜於藝術表現。這對史詩的發展也是一個大障礙。」[3]中國史學的高度發達，中國人很早就依靠理性

3 黑格爾撰，朱光潛譯：《美學》（北京市：商務印書館，1981年），卷3，下冊，頁170。

的倫理道德，而不是依靠感情上的英雄偶像的崇拜作為民族精神的凝聚力；中國詩歌語言的非民眾化、中國文學傳承方式的書面化而非口傳化，這些似乎都是中國史詩缺類的原因。

再如，為什麼在歐洲及印度文學中，戲劇作為一種重要的文體與「詩」並列，而在中國文學傳統中的「詩」與「文」的文體劃分格局中，卻沒有戲劇的位置？中國的「戲劇」起源並不太晚，但獨成一體的「戲劇文學」，與古代希臘和印度比較起來，卻晚得多。古希臘和古印度的文學中，戲劇作為一種體裁樣式備受重視。而在中國，卻長期被視為民間的、俚俗的娛樂而受到輕視，遲遲不能躋身於正統文學的行列中。直到宋元之後，戲劇才逐漸被「雅」化，「戲文」（戲劇文學）才逐漸從「戲曲」中凸顯出來，成為文學中之一體。戲劇文學在中國傳統文學中所處的次要地位，它作為一種文體遲遲未被正統文學所承認。這種現象似乎從一個角度反映出漢民族不同於印歐文學的某些特點：貴族文學、文人文學與民間通俗文學之間的過深的鴻溝，正統文學的態度過分正經嚴肅，統治者重視教化功能而輕視娛樂功能，中國「戲曲」與音樂舞蹈的關係比其與文學的關係更深（即所謂「曲本位」）等等，都是比較文體學應注意研究的問題。同樣還是戲劇文學，在中東地區壓根兒就沒有發展起來。不管是在古代的巴比倫文學中，在猶太文學中，還是在阿拉伯文學中，在波斯文學中，幾乎就沒有戲劇文學的位置。因而中東各民族傳統文學的文體分類中，戲劇均不在其視野範圍之內。戲劇在中東傳統文學中的缺席現象，也應該是比較文體學研究的重要問題之一。這個問題涉及到政治、經濟、軍事、宗教文化等各方面的複雜因素。騎馬遊牧、變動不羈的生活方式，頻繁的民族與宗教戰爭，政治的不安定，都不利於戲劇的發生和發展。看來，在諸種文化模式中，農業文明可以產生戲劇的萌芽，城市文明可以造成戲劇的繁榮，而遊牧文明則最不適宜戲劇的成長。

眾所周知，戲劇這種文體在古希臘又被進一步劃分為「悲劇」、

「喜劇」兩種文體樣式，並視悲劇為最偉大的文學類型。而在戲劇文學同樣源遠流長的印度，卻沒有「悲劇」、「喜劇」的二元劃分，更沒有「悲劇」這一概念，當然也談不上有「悲劇」這一文體類型。在中國，對戲曲文學種類的劃分主要依據是產生戲曲的時代、地理位置及音曲的體制，如南戲、北雜劇、明傳奇等，同樣也沒有「喜劇」、「悲劇」的概念。為什麼歐洲的悲劇那樣發達，中國則很少有一悲到底的悲劇，而印度則喜歡大團圓的結局，完全沒有悲劇呢？這些也是比較文體學應關注的重大課題。研究「悲劇」這一文體類型的缺類現象，必然要從一個民族的宗教及傳統文化心理中尋找答案。西方人思維的特徵是二元對立，強調善與惡的對立、人與自然的對立、個人與社會的對立、生與死的對立、英雄與群眾的對立。而印度的思維特徵是「圓型」思維，在這個輪迴不息的「圓」中，任何事物本質上是同一和諧，矛盾是暫時的、虛幻的。這種觀念反映在其戲劇文學中，就是矛盾衝突後的和諧與寧靜，就是無所不在的「大團圓」的結局。中國人通過佛教，受到了印度世界觀的影響，表現在戲劇上，同樣具有愛好大團圓的、善有善報、惡有惡懲的心理預期。所以，朱光潛先生在《悲劇心理學》（1927）一書中，曾斷言中國沒有真正的悲劇。後來又有了不同的看法，認為中國有悲劇。中國到底有沒有悲劇，它與西方的悲劇、它與印度的非悲劇有什麼聯繫和不同，仍然是值得比較文體學加以繼續研究的重要課題。

由上述問題可以看出，文體問題的答案，要到文體背後去找。比較文體學的研究，歸根到柢是以文體為切入點的各國文學的某些基本特徵及其成因的研究。

三　文體的國際移植與國際化

首先，是文體的國際移植文體。

文體具有民族性和時代性，但是，與其他文學現象一樣，文體也具有傳播性、移植性和國際性。文體的國際移植，或稱國際傳播，也是比較文體學面對的一大基本課題。所謂文體移植，是指一個民族的文本體裁，通過一定的途徑與方式，傳播到了民族文學之外，被其他民族的文學所接受、消化乃至改造，並成為該民族文學的一種新的文體類型。比較文體學的文體的國際移植的研究，要面對這樣一些基本問題：第一，文體的國際移植的社會歷史文化的條件是什麼，有哪些制約因素？第二，文體移植的途徑、方式與媒介是怎樣的？第三，文體移植的主要方式有哪些？

文體移植不是一種孤立的純文學現象，而是有著複雜的社會、歷史與文化的原因。首先，它是由不同國家的文化與文學發展的不平衡性所決定的。一般地說，輸出「文體」的那個民族和國家，在文學發展上具有先進性，並對周邊國家與民族在文化上有廣泛的影響力。例如，古希臘文學是歐洲文學的源頭，後起的歐洲各民族普遍移植和繼承了古希臘的各種文體形式，包括悲劇、喜劇、抒情詩、敘事詩等。中國傳統文化是亞洲文化的典範與中心之一，漢詩與漢文文體直接被朝鮮、日本、越南等國所引進，並成為這些國家的文學發展的巨大推動力。印度作為古代亞洲的另一個文化中心，其戲劇（梵劇）、寓言故事等文體形式對中國等亞洲其他民族都有較大的影響。其次，文體的輸入必須適合輸入國本國文學發展的需要，必須與該國文學中文體形式的吐故納新的歷史契機相吻合。正如胡風在《論民族形式問題》（1940）一書中所說：「新的文藝要求和先它存在的形式截然異質的突起的『飛躍』……它要求從社會基礎相類似的其他民族移入形式（以及方法）。」[4]如我國在「五四」前後從西方引進的現代小說、現

4 胡風：〈論民族形式問題〉，載《胡風評論集》（北京市：人民文學出版社，1984年），中冊，頁227。

代自由體詩、現代話劇、報告文學等新文體，都適應了中國文學自身發展的迫切的需要。而五、六〇年代在美國、日本等國所風行的中國唐代的「寒山體詩」，也反映了西方青年反抗主流社會的時代潮流。

文體的國際移植也受到了地理因素、文化交通因素的制約。從世界範圍內來看，文體的國際移植具有明顯的區域性。一種文化區域中，往往通行著相同或相近的文體。例如，中國文體在東亞地區傳播較廣，阿拉伯的卡色達等詩體在中東各國、包括伊朗等國家傳播較廣，而歐洲各國的文體則保持著基本的一致。對文體的傳播的方式、途徑與媒介，應該運用比較文學的傳播研究的方法，尋找傳播的線索和路線，為各民族的文學與文化交流史的研究提供材料和內容。一般說來，宗教傳播是古代文體移植的一大途徑。印度文體向周邊的移植，就是佛教和印度教傳播的直接結果。而西方的讚美詩、啟示文學、訓誡文學、智慧文學等文體樣式，也和基督教的傳播連為一體。近現代文體的傳播則與文化交通的頻繁與深化密切相關。對世界文學史上有關文體移植的途徑與方式的研究，有許多問題值得提出、值得探討。如楊憲益教授在〈試論歐洲十四行詩及波斯詩人莪默凱延的魯拜體與我國唐代詩歌的可能聯繫〉一文中，認為歐洲的十四行詩可能來源於阿拉伯甚至中國，李白的〈月下獨酌〉、〈古風〉等從形式上看很像歐洲的十四行詩。而波斯的四行詩「魯拜體」，從時間上和地域上看，可能是從中國唐代的絕句演變而來的。[5]這當然只是合理的推測。但它表明，文體傳播與移植中的許多問題，仍是懸而未決的文化與文學之謎，需要今後的比較文體學加以關注。

比較文體學在研究文體移植現象的時候，應該注意到所謂文體的「移植」，其方式是多樣的、複雜的。有完全的照搬，如朝鮮、日本

5 楊憲益：〈試論歐洲十四行詩及波斯詩人莪默凱延的魯拜體與我國唐代詩歌的可能聯繫〉，《文藝研究》1983年第4期。

和越南在相當長的歷史時期內，照搬漢詩，完全遵循漢詩的文體規則來寫作。完全的照搬意味著連文體所依託的語言本身也照搬過來。但是，這與其說是文體的移植，不如說是某種文學（例如漢文學）在國外的延伸。在更多的情況下，文體的移植是一種語言中的文體遷移到另一種語言中去。這樣一來，文體所依託的語言變了，文體自身也勢必會發生某些改變。移植來的文體只能保留原有文體的大概的框架結構和外部體式，而無法原樣保留原有的語體風格。也就是說，移植的文體必然與輸入國對這種文體的改造相聯繫。例如，唐代的「變文」來源於印度佛經文體，但不是梵文或巴利文佛經的簡單的移植。印度的佛經文體多為韻文與散文相雜糅的體制，佛經一般先用散文講故事，後用韻文「偈頌」來點題和概括，或韻散相間，交替使用。我國的「變文」是佛經故事的一種變體，它保留了韻散相間的主要文體特徵和講唱的特色。變文作為一種新文體是對我國此前的較呆板的敘事文體的一個突破，對後來的說唱文學，如諸宮調、寶卷、彈詞、鼓詞，乃至元雜劇、章回體長篇小說，都有著明確的影響。對此，聞一多先生早就指出：「我們至少可以說，是那充滿故事興味的佛典之翻譯與宣講，喚醒了本土故事興趣的萌芽，使它與那較進步的外來形式相結合，而產生了我們的小說與戲劇……若非宗教勢力帶進來的那點新型刺激……我們可能還繼續產生寫『韓非』、『說儲』或『燕丹子』一類的故事，和『九歌』一類的雛形歌舞劇，但是，元劇和章回體小說絕不會有。然而本土形式花開到極盛，必歸於衰謝，那是一切生命的規律。而兩個文化波輪由擴大而接觸而交織，以致新的異國形式必然要闖進來，也是早經歷史命運註定了的。」[6]看來，文體的移植，往往也是外來文體與固有文體的嫁接。當固有文體的生命力衰朽時，

6　聞一多：〈文學的歷史動向〉，載《聞一多詩文選集》（北京市：人民文學出版社，1955年），頁136。

與外來文體的嫁接可導致文體的衰變，即衰中有變，在此基礎上促使新文體的誕生。這種現象，更多地出現在文化變更與文學變更的時代。如我國在五四時期，傳統舊詩的衰敗，導致了西方和日本新文體的引進，如西方自由詩、十四行詩、階梯詩、散文詩，日本的小詩等。這些外來的新詩作打破了傳統舊詩格律的束縛。但這種完全的洋化沒有很好地利用舊詩及漢字本身特有的韻律形式，隨後聞一多等人提出的「新格律詩」試圖將舊詩的韻律與新詩的自由形式相調和，從而有效地促進了新詩體的民族化。

同時，比較文體學的研究還必須注意，文體的移植具有複雜的過程和多樣的方式。在有些情況下，外來文體不是整體移植，而是某種文體的部分因素的移入和利用，是移花接木式的。如，印度的寓言故事在世界上傳播甚廣，世界許多民族的故事結構吸收了印度故事體的結構模式，即大故事套著小故事的「連環模式」的結構，如波斯的《一千個故事》、阿拉伯的《一千零一夜》、《一千零一日》，乃至意大利薄伽丘的《十日談》、英國喬叟的《坎特伯雷故事集》。這也是文體的部分移植的一個典型例子。又如，從整體上看，日本的和歌是日本民族獨特的韻文文體，其五七五七七的格律形式是十分日本化的，但是，和歌的五、七言（音節）相間，卻與漢詩的五七言格律有著千絲萬縷的聯繫。也就是說，和歌是部分地借鑒了漢詩的五七調的格律，同時又打破了漢詩的偶數字數和對仗、對稱的格局，而採用了奇數字數與非對稱格局。因此，從比較文體學的角度看，和歌與漢詩在文體上有著深層的聯繫。再如，朝鮮的「《翰林別曲》體」與中國的詞、「時調」與中國的詞、歌辭與中國的辭賦、雜歌與元散曲，說唱、唱劇與元明清雜劇，都有內在的關聯，都借鑒了中國有關文體或受到中國文體的啟發，但又都是朝鮮民族獨特的民族文體。

文體移植的深刻化和廣泛化，必然帶來文體的世界性和國際化。文體國際化是文體移植的必然結果。文體國際化的進程在近百年來明顯加快。主要表現為，西方各種文體移植到了東方各國，對東方傳統文體造成了衝擊，使得東方的各種具有民族性的文體面臨分化、拆解、變形，向西方文體歸併，甚至退出文學舞臺。在詩歌方面，西方式的自由體詩成為東方各國現代新詩的主要形式，西方的小說文體取代了中國的章回小說，取代了日本的「物語」、「草子」等傳統體式，取代了朝鮮的「國語小說」，而成為東方占統治地位的小說文體。西方的自由體詩，取代了中國的詩詞曲賦，取代了日本的和歌俳句，取代了朝鮮的時調歌詞，取代了越南的「六八體詩」，而成為東方詩歌的通用文體。西方的戲劇（話劇）文學體式，雖沒有取代東方各國的傳統戲曲樣式，但卻成為東方現代戲劇的主導樣式。看來，百餘年來，東方文體的西方化是世界各國文體的國際化的主要表現方式。以至日本的一些學者早就指出，現代日本的長篇小說、詩歌、戲劇，其實就是用日語寫的西方的長篇小說、西方的詩歌和戲劇。如果僅僅是從文體的西方移植這個角度看，這種看法是基本符合事實的。在某種意義上，這個看法也適合用來概括中國現代文學的情況。但是另一方面，我們在比較文體學的研究中還應該注意到，東方文體的西方化不是絕對意義上的。比較文體學研究應該關注各種文體界限在國際化過程中的變動和重組，各種文體的相互交叉與滲透，關注文體的民族化與國際化的關係。本來，文體特徵在很大程度上是由語言來決定的，語言的不同會影響到文體的整體面貌。使用同一種文體樣式的不同的語言文本，其文體特徵會有顯見的差異。這種情況甚至在翻譯文學中也同樣存在，更不必說作家的獨立創作中了。例如，近代中國的林紓使用漢語文言文翻譯西方的作品，與後來的中國的其他翻譯家使用白話文翻譯同一種作品，其文體風格就很有些不同。必須看到，東方傳統文學的內在精神，對外來文體有著堅韌的改造能力。同樣是現代散文詩，在中國的現代散文詩中流貫著傳統散文的意境和韻味，在日本現代散文詩中有著傳統「俳文」的散淡；同樣是現代新詩，中國新詩有著漢語獨特的節奏韻律，而帶有傳統詩詞的精神風格，而日本的許多新詩則免不了帶有和歌俳句式的情緒與感覺。另一方面，在文體國際化的過程中，東方文體對西方文體也有影響。例如，眾所周知的以英語詩人龐德為代表的所謂「意象派」詩歌，就以「意象」為中心，有意識地吸收和借鑒了日本俳句和中國古典詩詞中的文體特徵。看來，歸根到柢是現代文體的國際化的形成，是世界各國、各民族文體相互滲透、交叉作用的結果。

在當代世界文學中，各國、各民族的各種文體的相互滲透與交互作用的另一個結果，就是使得不同文體的界限相對打破了。十九世紀後期散文詩這一新的現代文體的形成，就是散文與詩兩種文體交互作用所形成的。到了二十世紀，特別是二十世紀後半期，這種情況越來越突出了。在後現代主義的解構思潮的推動下，原有的各種文體的界限日趨模糊化。不同文體嫁接後，出現了許多交叉文體。例如，新聞報導與小說的嫁接，形成了「報告文學」或「紀實文學」，小說與散文的交叉，形成了小說化的散文，或散文化的小說；詩歌與小說的交叉，形成了抒情小說；小品散文與小說的結合，出現了微型小說或「小小說」；戲劇文體與小說文體的滲透，形成了不用來演出，而只供閱讀的「案頭戲劇」，等等。這種文體界限的曖昧化，反映了作家以文體為突破口尋求文學創新的努力。而文體界限的突破、重組、整合、更新的諸種趨勢，又為比較文體學的研究提出了新的課題。

比較詩學：侷限與可能[1]

一　「比較文論」與「比較詩學」

在談文學理論的比較研究——簡稱「比較文論」——之前，有必要涉及到一個相關的重要概念——比較詩學。眾所周知，「詩學」是古希臘哲學家亞里斯多德創立的一個概念。「比較詩學」這一概念也來自西方。它是二十世紀六〇年代由法國學者艾金伯勒（艾田伯）在《比較不是理由》一書中最早提出來的。現在讓我們看看艾金伯勒所說的「比較詩學」是什麼意思。艾金伯勒認為：對於具體文學作品進行細緻的比較研究而歸納出一個由諸不變因素構成的系統，這樣的系統與那些從形而上的原理中演繹出來的理論不同，是「真正具有實用價值的美學」。因此他認為，如果「將歷史的探尋和批判的或美學的沉思」這兩種對立的方法結合起來，「比較文學便會不可違拗地被導向比較詩學」。[2]這些話的意思原本很清楚，他指出了「比較詩學」並不就是文學理論本身的比較研究，並不意味著只是對現成的、已有的理論進行比較研究，也不是形而上的推論與演繹，而是在對具體文學現象進行細緻比較之後總結出的某些系統與規律。在艾金伯勒看來，「比較詩學」研究的神髓，就是在具體作家作品的比較研究中貫穿「美學的沉思」；強調在對具體文學現象與作家作品的研究中從個別

1　本文原載《中國文學研究》（長沙）2004年第3期。

2　艾金伯勒：《比較不是理由》。見干永昌編：《比較文學研究譯文集》（上海市：上海譯文出版社，1985年），頁116。

上升到一般，將研究結論提高到跨文化的、具有普遍概括性的理論高度。如果說「比較文學史」的研究意在揭示人類文學縱向的聯繫，那麼，「比較詩學」的研究則要揭示人類文學在精神上的橫向的相通性和差異性。從這個意義上說，比較詩學是比較文學研究的最高階段。艾金伯勒的「比較詩學」的概念，幾乎被我國所有比較文學概論方面的教材所徵引，但是幾乎遭到了普遍的、有意無意的誤解。比較文學學者們大都認為：比較詩學「專指不同民族不同文化體系的文學理論的比較研究」；「如果說比較文學指文學的比較研究的話，那麼，比較詩學則指文學理論的比較研究」。所以，「比較詩學」自然而然地就被等同於「文學理論的比較研究」或簡稱「比較文論」了。

基於對「比較詩學」的這樣的理解，我國的「比較詩學」研究幾乎完全定位在「文學理論」的比較研究上面。誠然，文學理論的比較研究是比較文學研究的重要方面。但是，我們還必須清楚地意識到，研究歷史上已有的關於文學的理論與學說，並不等同於研究和揭示文學規律本身；對已有的文學理論進行比較研究，未必就可以尋找出跨文化的共同的文學規律，建立起所謂「共同詩學」來。而實際上，鑒於文學文本具有多義性，任何一種文學理論只能在一定意義、一定程度上反映出理論家對文學本體的認識；文學理論本身是以文學為思考對象、以概念、命題與邏輯為手段的思維活動的結果。文學理論以探討文學的規律為己任，但探討者的不可避免的侷限，決定了這種探討只能是特定角度、特定層面、特定意義上的。徐復觀先生在談到中國美學與西方美學的問題時指出：「西方由康德所建立的美學及爾後許多的美學家，很少是實際的藝術家。而西方藝術家所開闢的精神境界，就我目前的了解，常和美學家所開闢出的藝術精神，實有很大的距離。」[3]徐復觀先生所指出的這種現象，不只是西方才有的個別現

3 徐復觀：《中國藝術精神》（瀋陽市：春風文藝出版社，1987年），頁6。

象。文學理論以文學為思考對象，但它並不依附於文學，它具有不同於文學創作的獨特的思維方法，是相對獨立的人文成果。不同時代、不同民族、乃至不同的理論家的文學理論，都帶有明顯的時代性、民族性乃至個人性。換言之，不同的文學理論，只能反映出對文學本體的一個側面的認識。在世界文學史及世界文學理論史上，往往有這樣的情形：不同民族、不同文化體系中的文學理論在思維方式、理論表述方式和結論上的差異，遠遠大於文學創造活動、文學作品本身的差異。例如：古希臘文藝理論家亞里斯多德提出文學的本質是「摹仿」，而同時代的中國文藝理論著作《樂記》則認為文學的本質是「感物」。而在文學創作的實踐中，中國文學不是沒有「摹仿」，西方文學也不是沒有「感物」。中國的《詩經》強烈的寫實性，是對自然現實和人類社會現實的出色的「摹仿」。這種「摹仿」在某種意義上說，和荷馬史詩的濃厚的神話色彩、希臘戲劇中強烈的宿命論比較起來，更能體現「摹仿」和「再現」現實生活的性質；同樣的，希臘的抒情詩，也和中國的古詩一樣，是「感物」的。然而，在古希臘和古代中國的文學理論中，兩者對文學認識的差異卻形成了「摹仿」說與「感物」說的巨大差異。這種差異並不能完全反映出創作本身的差異。這種情形表明，文學理論反映的是理論家對文學的認識，但這種認識並不就是文學規律本身；文學理論並不總是被動地反映文學創作的客觀實際，而只能反映出理論家對文學的獨特思考。也就是說，思考者（文學理論家及其理論）和被思考者（作家作品）並不是一回事，思考者未必能夠反映出被思考者的實相與實質。總而言之，研究歷史上已有的關於文學的理論與學說並不等同於研究文學規律本身；對已有的文學理論進行比較研究，也並不是尋找跨文化的共同的文學規律的唯一途徑。

對「文學理論」與文學創作之間關係的這種認識，也有助於我們處理「比較詩學」與「比較文論」的關係。如上所說，「比較詩學」

是以探討人類文學的共同規律為目標的比較文學研究。雖然文學理論的比較研究是尋找跨文化的共同文學規律的重要途徑之一，但僅僅進行文學理論的比較研究，還不能完全達到「比較詩學」的這個目標。我們可以把「比較詩學」分為兩個方面。第一，「比較文論」，即各國文學理論的比較研究，主要是從概念、範疇和命題入手，來總結、檢驗、並借鑒吸收現有文學理論家們對文學規律的認識成果；第二，對各國文學總體的美學風貌、美學規律和民族特色的研究。它需要從文學史、從作家作品出發，從微觀分析上升到宏觀概括。兩個方面合為一體，互為補充，才是完整意義上的「比較詩學」。中國的比較詩學，可以劃分為中西比較詩學和東方比較詩學兩大研究領域。從宏觀上進行概括和描述。不妨說，前者是後者的基礎，而後者則是前者的補充和提升。兩者加在一起，才是完整意義上的「比較詩學」。

二　中西比較文論與中西比較詩學

中西比較文論與中西比較詩學的研究，是近二十年來我國比較文學研究中的一個熱點領域和熱點課題。王國維、朱光潛、徐復觀、錢鍾書等老一輩學者，都在這方面做了開拓性的貢獻。近二十年來，出現了更多研究中國傳統文學思想及美學思想的著作。特別是葉朗教授的《中國美學史大綱》，論題雖是美學，但所涉及的基本材料和對象，卻是文藝理論，而且多有創見；曹順慶教授的《中西比較詩學》作為我國第一本有關的專著，在中西文論的相對應的有關概念、範疇的發現、對比與闡發上，頗多啟發性的見解；黃藥眠、童慶炳主編的《中西比較詩學體系》作為一部多人合作的有一定系統性的論文集，涉及到了中西比較詩學的更加豐富的內容。此外，余虹的《中國文論與西方詩學》、楊乃喬的《悖論與整合——東方儒道詩學與西方詩學的本體論、語言論比較》等，也值得一讀。但是，雖然我們已經擁有了相對豐富的研究實踐，但中西比較詩學的有關基本理論問題，仍有反思和探討的必要。

中國傳統文論與西方的傳統文論的比較研究，是兩種異質文化之間的平行研究。因此，如何在兩者之間建立平行比較的基準，是這類研究得以成立的先決條件。也就是說，必須明確中西比較文論的可能性和可行性究竟何在。從一般的現代學術的角度看，所謂「理論」是由一系列的範疇、概念、命題構成的抽象而又系統的思想表述方式。同樣的，「文學理論」也是由一系列的範疇、概念、命題構成的對文學問題的抽象而又系統的思想表述方式。但在中國的傳統文學觀念和表述方式中，像西方那樣內涵和外延都很明確的概念與命題，毋寧說是罕見的。中國傳統上對文學的思考採用的是感悟式的、鑒賞式的表述形式。它注重從總體上把握、擁抱文學對象，而不採取西方那種將對象加以條分縷析的方法。它與西方的那一套以抽象的理念、概念、命題，通過層層演繹和推理形成的「理論」形態，大相逕庭。在古漢語中，沒有現代意義上的「理論」一詞。「理論」這個漢語詞是近代日本人對英語的出 theory 一詞翻譯，然後中國又從日本原樣引進。雖然在古漢語文獻中也能查出「理論」兩個字，如鄭谷的詩句中有「理論知清越，生徒得李頻」，但這裡的「理論」並不是一個概念，與現代漢語中「理論」一詞的含義完全不同。東方人在傳統的學術上沒有西方式的「理論」追求。其文學觀念及其表述本身也不同於西方式的「理論」形態。它並不試圖建立一種抽象的以邏輯和概念構成的體系，而是努力描述出對文學的感覺和感受。西方的理論講究客觀性和必然性，中國則講究個人性和主觀性；西方的文學理論與文學創作有著清楚的分野，中國則將兩者緊密的融合。而且很多時候，中國人對文學的思考是以一種文學創作的方式表述出來的（如司空圖的《二十四詩品》）。

因此，假如將傳統上中國人對文學的思考看成是現代意義上的

「理論」，或者用西方的概念、思維模式來改造中國的相關材料，那就往往容易導致以西方式的「理論」標準來衡量中國，造成以「東」就「西」，將中國的文學觀念納入西方文學理論的價值體系。這樣的研究的用處是使西方人更容易理解中國古代文論，但同時也常常難免走樣或丟失原意。例如，我們對古人所使用的有關詞語「概念」，是根據現代研究者的理解加以「闡發」、「闡釋」呢，還是努力揭示出古人的原意？借用現在流行的西方哲學術語來說：是持「闡釋學」的觀點呢，還是持「現象學」的觀點？自然，在研究中，研究者都認為自己的研究揭示了古人的原義，或者闡發了古人的原義。但是，為什麼對同一個文學理論概念，不同的研究者的解讀有時候大相逕庭呢？例如，對於「意境」這一概念、「風骨」這一概念，現在仍然處於多種解釋並存的狀態。這表明，此概念在古代本來就沒有按照西方學術中所強調的那種同一律被規範地使用過。在這種情況下，我們現代研究者在研究中，是努力尋找出不同時代、不同人對同一個概念的共同理解的最大公約數呢，還是尊重歷史上不同人的個人的獨特見解？另一方面，在中國古代文論概念的詮釋方面，我們現在的研究自然是盡可能地用科學的、學術的語言將它們說明白、說清楚。但中國古代文論詞彙，很大程度上是一種「可意會不可言傳」的東西，即使我們把它們說清楚了，但同時我們對它的理解可能也偏離本體了。所謂「道可道，非常道；名可名，非常名」，講的似乎就是這個道理。這是一種迥異於西方的、只可體悟而不可闡述的東西。問題在於，我們現在所使用的中西比較文論的比較的基準並非來自於中國的文學理論傳統，而是來自於深受西方學術浸透的現代學術規範和操作方式。當我們把經過現代人理解、簡化和整理過的中國古代文論概念，拿來和西方的有關概念進行比較的時候，固然可以做到以西方的、現代的文學理論來「闡發」、引申中國古代文論，但卻難以做到有人所理想的「雙向闡發」，即同時也以中國古代文論來闡發西方文論。試想，中國古代文論在此前首先已被西方理論與現代方法「闡發」、過濾過了，在這種情況下，中西文論對等的「雙向闡發」如何可能呢？然而，中西比較文論一旦需要進行，就不得不按現代學術規範，將中國傳統文學思想及其表述中那些經常反覆出現的詞語，加以篩選、整理、廓清、釐定和闡發，從游移不定、模糊曖昧中，尋找出相對確定的意義，並進一步對其內涵和外延加以界定，然後才可能將它與西方進行比較。這就是中西比較文論研究中所常常遭遇的尷尬處境——知其難為而又不得不為，甚至知其不可為而又不得不為。一直以來，中西比較文論的研究就是在這種艱難的處境中探索著，推進著。

看來，中西傳統文學理論比較研究，也如所有的比較文學「平行研究」一樣，要追問一個「可比性」的問題。中西傳統文學理論不是絕對不可比的。但是，我們不能把這種「可比性」估計得過高。我認為，假如把中西傳統文論比較的目標鎖定在「共同詩學」的建立上，建立在尋求一種放之四海而皆準的詩學「通律」上，則恐怕是一種過高的奢望；假如我們通過中西傳統文論的比較，來發表、表達現代學者個人對文學問題或其他文化問題的看法，或者通過比較來加深對中西文論某些側面、某些特點的理解和認識，則是完全可能的、可行的。中西傳統文論比較研究的可能性就在這裡，而它的侷限性也在這裡。對此，我們應該有清醒的、恰當的認識。

除中西比較文論之外，「比較詩學」的另一個目標，就是對中西方文學的總體特徵的比較研究，包括對中西方不同的風格特點、不同的美學風貌、不同的發展規律等方面，進行比較研究。這是在「中西比較文論」基礎上的合乎邏輯的推進，因此它要比「中西比較文論」的邏輯起點更高。和比較文論有所不同的是，中西方文學的總體特徵的比較研究所依靠的材料，既有理論形態的文獻，更有文藝作品本身；既要注意歷史的縱深性，又要注意橫向的邏輯關聯；既要注意研究對象的具體性與可操作性，又要注意結論的概括性與宏觀性。就是說，要將以事實與史料為基礎的歷史研究的方法與以邏輯思辨為特徵的哲學研究的方法結合起來。從這種意義上看，對中西方文學總體特徵的比較研究，就與中西美學、乃至中西審美文化的比較研究相銜接、相貫通了。當我們把研究推進到了中西比較美學、中西比較審美文化學的層次，當我們要得出某些普遍性、規律性的見解或結論的時候，就必須充分意識到文學與藝術的相通性和相關性。於是，單以文學為對象的中西文學總體特徵的比較研究，就必然要擴展為以一切形式的文學藝術為研究對象。可以說，中西文學總體特徵與規律的比較研究，是一個具有高度概括性、抽象性、複雜性和困難性的研究。照理說，這種研究必須以大量的、豐富、扎實的中西文學的個案研究為基礎，必須等到這些個案研究有了相當的積累之後才能進行。它就像是一座大廈的頂層，必須等到基礎結構完成之後才能施工。但是，人們特別需要拿出高度概括性和抽象性的結論，以便儘快地找到認識中西文學總體特徵的簡便可行的角度、尺度與途徑。因此，在實際的研究中，往往是具體的個案的研究與概括的、抽象的研究同時進行，有時甚至超前進行。因此，這些概括的、抽象的研究常常只是一種方案。它們不乏啟發性，但並不是成熟的、被普遍認可的結論，更不是科學的定論。即使是某些較為流行的結論，離科學的定論也有相當大的距離。如葉朗教授在《中國美學史大綱》中，就對有關中西美學的若干流行的觀念進行了考察，他指出：所謂西方美學重再現、重摹仿，所以發展了「典型」的理論；中國美學重「表現」、重抒情，所以發展了「意境」的理論，這種觀念並不符合事實。中國美學中「道法自然」(《老子》)、「觀物取象」(《易經》)、「外師造化、中得心源」（唐・張璪）「度物象而取其真」（五代・荊浩）、「身即山川而取之」（宋・郭熙）等概念與命題，都不能歸結為「表現」。而在中國古典小說理論中，不但有「典型」論，而且得到了高度的發展。葉朗還指出：說西方美學偏於「美」與「真」的統一，而中國美學偏於「美」

與「善」的統一，也帶有很大的片面性。孔子及儒家學說強調「美」與「善」的統一，但老子、莊子、王充，乃至明清時代的王夫之、葉燮及小說、戲劇家們，都強調「真」，強調「美」與「真」的統一。[4] 由此看來，有關中西文藝總體特點的宏觀概括，儘管是不無益處的、有啟發性的，但同時難免要冒一個「大而無當」的風險。高度抽象的理論概括也許就是這樣，「抽象」總是要以抹殺某些「具象」為代價。但這也同時提醒我們，科學的、正確的、可靠的、經得住推敲的「抽象」結論，也絕不可超越特定的時間、空間與對象。例如，不能不顧中西詩學發展的不同歷史階段，而籠統地斷言中國詩學是「表現」，西方詩學是再現，中國人講直覺，西方人講思辨。事實是，在十七世紀後的中國明清小說及小說理論中，也特別重視「再現」；在十九至二十世紀的西方文藝與美學中，卻推崇和張揚「直覺」和「表現」。看來，理論概括要注意時空的涵蓋面，要考慮到一種結論的成立，必須受到時間、空間、個別與整體等諸多方面的限制。

隨著近現代中西文化的交流日益廣泛和深入，二十世紀以來，西方的文學觀念、文學理論不斷影響到中國。中西方傳統文論的相互隔絕的狀態已經終結。近百年來，直到今天，西方文論源源不斷地輸入中國，並對中國文論產生支配性的影響。因此，二十世紀中西文論比較研究的主要課題，是清理中西文論之間的影響與接受關係。在這方面，羅鋼教授的《歷史匯流中的抉擇──中國現代文藝思想與西方文學理論》、殷國明的《二十世紀中西文學理論交流史論》、陳厚誠、王寧主編的《西方當代文學批評在中國》等，都是有代表性的成果。鑒於中西現代文論的比較研究屬於常規的傳播研究和影響研究的對象，在此不贅。

4　葉朗：《中國美學史大綱》（上海市：上海人民出版社，1985年），頁11-14。

三　東方比較詩學

和聲勢頗大的中西比較詩學比較起來，我國的東方比較詩學領域顯得非常落寞，甚至一直到現在似乎還沒有人正式的提出「東方比較詩學」的概念，更不必說它作為一個學科領域在我國當代學術中占什麼地位了。照常理來說，中國作為東方國家，對以中國為中心的東方比較詩學，是沒有理由不重視的。可是事實上我們卻沒有重視。這其中的原因很複雜。第一，近代以來，「歐洲中心主義」在中國學術界頗有市場。五四時期激烈的反傳統主義和西化思潮，三〇年代以後激進的馬克思列寧主義，包括「右」的資產階級思想和「左」的共產主義思想，都來自於西方。二十世紀中國整整一代學人，是深受西化思潮影響的。可以說，「言必稱希臘」是二十世紀中國一代學人的下意識。第二，中國人所掌握的第二語言，大都是西語。而東方語言中，除了少數人懂日語外，通曉印度各種語言、阿拉伯語、波斯語、韓語的人，為數很少，在這些人當中從事學術研究的人更少。在我國的文學研究界，從事西方文學教學和研究的人成千上萬，而懂得東方文學的人似乎不會超過兩百人。在這種情況下，涉足「東方比較詩學」這一純學術的偏僻領域的人更是少見。由於對東方詩學傳統的無知和忽視，我國現有的比較詩學研究，常常是在除中國以外的東方各國詩學缺席狀態下的比較詩學研究。許多人習慣於以「中國」取代「東方」，甚至認為「東方」就是「中國」。例如有一本書，名字叫《東方意識流》；還有一本書，名字叫《東方後現代》，這裡的「東方」，指的就是「中國」。顯然，在比較詩學研究中，將研究對象簡化為「中國」和「西方」兩極，忽略印度、阿拉伯、日本、韓國等東方國家的詩學傳統，是完全不可能建立人們所理想的所謂「詩學通律」的。只是通過中西比較詩學所得出的某些結論，是否適合東方各國，也是很成問題的。

輕視東方的情況從詩學文獻的研究和譯介上也可以看得很清楚。近百年來，特別是近二十年來，我國介紹和研究歐美—西方文論的專書、教科書等，已近數百種，光叢書也有十幾種。而研究東方文論的專著，只有黃寶生的《印度古典詩學》（北京大學出版社，1993 年）和倪培耕的《印度味論詩學》（灕江出版社，1997 年）兩種。除了張伯偉在《中國詩學研究》等研究中國詩學的專著中有介紹韓國和日本古代詩學的專節外，研究日本、朝鮮、阿拉伯等其他東方國家和地區的文論及詩學的著作，在我國還沒有。我國所翻譯的西方詩學文獻，估計也不下上千種；而東方詩學，除了譯出了日本世阿彌的《風姿花傳》和日本近現代的幾十種有關著作之外，印度的單行本譯本只有金克木先生翻譯的不足十萬字的《古代印度文藝理論文選》，現代文論的譯本也只有泰戈爾和普列姆昌德的兩本文學論文集。而韓國、越南、阿拉伯、波斯文論的譯本，仍處於空白狀態。好在四川人民出版社在一九九六年出版了曹順慶主編的《東方文論選》，選擇了上述東方各國的傳統文論文獻，近七十萬字，算是填補了我國東方文論綜合性選擇本的一個空白，也為讀者了解東方文論提供了條件。最近，邱紫華的《東方文論史》也由商務印書館出版，對東方文論做了較為系統的梳理。

由於東方詩學的譯介在我國遠不成規模效益，東方詩學的成就尚沒有引起比較詩學研究者的充分注意。在許多人的印象中，除中國以外東方各國無「詩學」或「文論」可言。事實上，單從文學理論的角度看，除中國外，東方各國有著豐富的詩學遺產。季羨林先生就認為，世界上有三大文藝理論體系：歐洲、中國和印度。印度的詩學是世界上最古老的詩學形態之一，而且有著自己的鮮明的特點。它的詩學建立在語言學、修辭學和文藝心理學的基礎上，關注的是文學作品的語法修辭、語義、詞彙、風格的分析，以及讀者和觀眾的審美接受的心理機制。用現代的術語來說，印度的古典詩學是形式主義詩學和文藝心理學。在許多人的印象中，日本的文論是從中國傳入的，日本沒有形成有民族特色的獨特的文論體系。事實上，日本的文藝的特殊性決定了日本文論的特殊性，遠不是用「摹仿中國」就能概括的了的。例如，它的「物哀」、「幽玄」、「花」、「寂」、「粹」、「通」、「好色」等審美觀念，都有著日本獨特的美學蘊涵。此外，韓國、越南、阿拉伯、波斯等，也有自己的文藝理論傳統。但是，和西方比較而言，東方的詩學傳統不只是表現為理論形態，東方人的審美理想、理念，審美趣味，更多地不是表現在現成的理論形態中，而是表現在具體的文藝創作中。東方比較詩學的難點就在這裡。如果僅僅拘泥於對古人所提出的那些內涵並不是非常明確的概念術語和命題的研究，那就不能發現和挖掘出東方詩學思想的全部寶藏。傳統理論是古代人創造的，它代表的是古代人對文學藝術的認識。而我們現代人今天具備了更高的學術視野和更好的學術裝備，我們應該在對東方文學創作的研究中，創造更能揭示東方詩學規律的新的理論見解。

所謂「東方比較詩學」，是一種地區性詩學的比較研究。與中西詩學的比較研究不同，東方比較詩學就在東方文化範圍內進行。由於歷史上東方各國在文化上有著密切的交流和聯繫，東方詩學之間也有著許多直接或間接的聯繫。如，印度古代詩學著作《文鏡》早在十三世紀時就被譯成藏文，對我國藏族的文論產生了一定的影響；印度佛教的直覺、頓悟的思維方式，對中國禪宗哲學、禪宗詩學的形成，有著很大的影響；而韓國、日本、越南等國，又通過佛教的東傳，直接受到中國、間接受到印度的影響。中國的儒家詩學觀念、道家詩學觀念，中國的詩話、小說評點等詩學表述方式，也傳播到了日本、朝鮮、越南等國；伊斯蘭教的審美觀念、波斯的美學對東南亞、中亞、西亞、北非地區各國，對我國西北穆斯林地區的文學藝術也有很大影響。近代以來，中國、朝鮮等國，均以學習日本為學習西方的捷徑，也從日本翻譯介紹了不少文藝理論方面的著作，日本的著名文藝理論家，如坪內逍遙、夏目漱石、廚川白村、本間久雄的理論主張，對中國現代作家及現代文論都有影響。印度現代文豪泰戈爾的文藝思想，對中國現代文學、日本現代文學的影響都比較大。可見，東方詩學無論是傳統詩學還是現代詩學，都有著較為密切的聯繫。中國詩學著作在亞洲各國的傳播問題，儒家傳學、佛教詩學、伊斯蘭教美學對亞洲詩學的影響問題等等，都是東方比較詩學中的重要的、切實可行的研究課題。因而，東方比較詩學不存在「可比性」的問題，也不存在比較的共同基準問題。它具備了比較研究的一切應有的前提和基礎。

對我們中國學者來說，立足於中國詩學，或以中國為中心、為出發點的東方比較詩學研究，有著得天獨厚的優勢和條件。可以先考慮以中國與某一個東方國家比較詩學為研究對象，如中日比較詩學，中朝（韓）比較詩學、中印比較詩學等。也可以考慮在此基礎上再擴大範圍，以東方的不同文化區域來確定研究課題，如東亞比較詩學、南亞比較詩學、中東比較詩學等。當然，以整個東方為對象的綜合性的詩學比較研究也非常必要和重要，但現階段做起來還缺乏基礎，難度很大。應注意將宏觀研究與微觀研究結合起來，在東方傳統詩學的聯繫中看其差異性。既要揭示東方詩學的普遍性、一般性，又要揭示東方各國、各民族的特殊性。例如，日本的文學觀念在許多方面與中國大相逕庭，中日比較詩學研究應當注意揭示這種差異在文學創作及文學觀念上的表現，以幫助人們加深對兩國文藝特徵的理解認識。當東方比較詩學的成果積累到一定程度後，我們再來談「東西比較詩學」才會有足夠的底氣。把東西方各主要民族和國家的詩學都納入研究視野的真正完善的「比較詩學」體系的建立，必有賴於東方比較詩學研究的充分展開。我們應該以此作為今後「比較詩學」努力的方向。

論「涉外文學」與「涉外文學」研究[1]

一　「涉外文學」這一概念的提出

什麼是「涉外文學」？簡單的解釋是指「涉及外國的文學」，包括以外國為舞臺背景，以外國人為描寫對象，以外國問題為主題或題材的作品。這裡所謂的「外國」，是一個可以雙向指涉的關係概念，而不是以某國為特定立場的單向性的特指概念。例如，對於中國來說，美國是「外國」；而對於美國來說，中國又是「外國」。在各國文學當中，凡涉及到「外國」的文學作品，都可以歸為「涉外文學』的範疇。由於「涉外文學」所具有的跨文化、跨國界的性質，我們把「涉外文學」作為比較文學研究所特有的研究對象或研究領域。

我提出「涉外文學」這一概念，既受到了「形象學」這個概念的啟發，同時也是由於對「形象學」這個概念的不滿。「形象學」與我提出的「涉外文學」，有重合的地方，但兩者並不相同。「形象」的本質是其具象性而非抽象性。但在涉外文學中，作家對異國的描述與評價——這些是最令人感興趣的——卻常常是通過感想、議論等非「形象」的手段來表達的。「形象」固然是文學作品對異國進行反映和描寫的主要途徑與手段之一，但它又不是唯一的途徑和手段。通常而言，「形象」形成於對某一對象的摹仿，而法國的「形象學」理論家

1　本文原載《社會科學評論》（西安）2004年第1期。

們則傾向於把「異國形象」看成是作家的主觀想像的「幻象」或「社會整體想像物」。他們在研究中注重的是對異國異族的主觀性強烈的、想像性、虛構性的作品，而相對忽視了對客觀寫實性、紀實性作品的理論概括與表達。事實上，任何一種文學形象都是主觀與客觀的統一、特殊與一般的統一；在所有形式的文學作品中，絕對客觀而寫實的形象都是不存在的。「異國形象」是如此，「本國形象」又何嘗不是！而在不少情況下，作家對異國形象的描寫恰恰是因為和異國有了距離，而比有些「本國形象」更為客觀和真實。有些作品，如異國遊記文學，還可以彌補歷史文獻之不足的史料價值。在涉及到異國異族的各國文學作品中，這類富有文學價值的非虛構作品相當豐富，我們沒有理由將這些作品摒於研究的範圍之外。所以，「涉外文學』與「形象學」的不同，首先在於「涉外文學」的內含和外延都大於「形象學」。「涉外文學」當然可以涵蓋「形象學」的研究對象──異國形象及異國想像，但同時它又不侷限於異國形象及異國想像。它包含了一個國家涉及到另一個國家的所有形式的文學作品以及該作品的所有方面，包括了異國人物形象，也包括了異國背景、異國舞臺、異國題材、異國主題等；它包括了「想像」性的、主觀性的純虛構文學，也包括了寫實性、紀實性的遊記、見聞報導、報告文學、傳記文學等。換個角度說，「涉外文學」包括了通常我們今天所謂的純文學，也包含了許多非純文學，它具有文學研究的價值，也有超越於純文學的多方面的文化價值。

我們只要粗略地回顧一下與中國相關的幾個國家的「涉外文學」──涉及外國的中國文學和涉及中國的外國文學，就可以清楚地看出「涉外文學』在中外文學與文化交流史上有多麼顯著的位置，作為比較文學的研究課題與研究對象又有多麼重要。在我國，「涉外文學」的歷史源遠流長。例如，在中國與印度的文化交流的大背景下，東晉時期，著名高僧法顯遊歷印度取經，回國後寫成《佛國記》一書，這是中印文化交流史上第一本以印度為記述對象的書，也可以說是中國文學史上第一種「涉外文學」的著作。到了唐代有著名高僧玄奘的《大唐西域記》。明代隨著十五世紀初年鄭和下西洋這一壯舉的實現，出現了一大批涉外文學著作。如隨同鄭和下西洋的三個文人作家，都留下了相關的著作。其中，擔任鄭和的通事（即翻譯）的馬歡在《瀛涯勝覽》一書中，記錄了二十個國家的見聞，還附有紀行詩；費信的《星槎勝覽》記載了隨鄭和下西洋的見聞，也附有詩篇；鞏珍的《西洋番國志》記錄了他隨鄭和第七次下西洋的見聞。這些著作不僅有詩有文，而且在文字上具有相當的文學性。還有《三寶太監西洋記通俗演義》，則是以鄭和下西洋為題材的長篇通俗小說，也是典型的「涉外文學」作品。除了我國與印度等「西洋」各國的交流之外，我國與日本、朝鮮、越南等東亞國家的交流也很密切，並在漫長的歷史時期中產生了涉及這些國家的作品。例如，從唐代開始，中國詩歌中就有大量的以中日、中朝交往為題材的詩篇。相應的，在日本與朝鮮等國，也有不少涉及中國的文學作品。以日本文學為例，早在八世紀的《本朝文萃》等文獻中，就有許多有關中國的故事與傳說。在十二世紀短篇故事總集《今昔物語集》中，就有一百八十多個中國題材的故事，而《唐物語》則全部是中國題材的作品。在日本的漢詩中，有大量吟詠中國歷史、中國人物、風物、或記載與中國人交往與友誼的詩篇。在日本的古典戲曲文學「謠曲」與「淨琉璃」中，也有許多中國題材的劇碼，如「謠曲」〈漢高祖〉、〈呂后〉、〈咸陽宮〉、〈楊貴妃〉、〈邯鄲〉、〈白樂天〉、〈昭君〉等。「淨琉璃」則有近松門左衛門的《國姓爺合戰》等。大量的日本古代市井通俗小說，有不少是根據中國作品改編的。到了近代，在日本軍國主義覬覦中國的大背景下，在日本文人與作家中興起了持續不斷的「中國旅行熱」，由此產生了大量的「中國紀行」和涉及中國的散文隨筆。侵華戰爭期間，日本大部分作家都或多或少地染指「戰爭文學」——其中有相當部分是侵華文學。以中國淪陷區為背景和題材的散文、小說、報告文學等，一時主導文壇。如火野葦平的《兵隊三部曲》、上田廣的《鮑慶鄉》、《黃塵》等。戰後，一些良心未泯的日本作家反省侵華戰爭給中國人民造成的災難，寫了一些以中國為舞臺、以侵華戰爭為背景的作品。一些主張中日友好的作家，如本多秋五、中野重治、水上勉等寫了一些中國題材的散文、隨筆、詩歌等。當然，也有以蓄意分裂中國為目的的作品，如司馬遼太郎的《臺灣紀行》等。同時，中國題材的歷史小說、傳記小說，仍然是許多日本作家——如武田泰淳、井上靖、陳舜臣等——的重要的創作樣式。在朝鮮，涉及中國的文學作品更多。我國朝鮮文學專家韋旭昇教授在其《中國文學在朝鮮》一書中這樣寫道：「朝鮮文學作品中，有不少是寫中國的。一些抒情或寫景的詩歌，以中國的歷史人物、事件及風景名勝為題材；一些傳奇、小說，則將舞臺設在中國，人物籍貫也是中國。這類作品數量之多，在朝鮮文學——特別是在小說中所占比例之大，恐怕是任何一個國家的以外國為題材的作品，都難以望其項背，無可企及的。」[2]可以說，涉及中國的朝鮮文學作品簡直就占了朝鮮古典文學的半壁江山。朝鮮古典文學中的第一流的作品，如《九雲夢》、《謝氏南征記》、《玉樓夢》、《熱河日記》以及朝鮮文學中最長（篇幅相當於中國《紅樓夢》的四倍多）的小說《玩月會盟宴》等，都是朝鮮的涉及中國的「涉外文學」。

進入近代以來，由於世界各民族、各國家之間的交往和交流空前密切，為「涉外文學」的產生造就了必要的條件和土壤。涉外文學在各國文學的比重也不斷提高。仍以我國文學為例，清末民初，「涉外」的著作——包括「涉外文學」著作——數量猛增起來。湖南嶽麓書社八〇年代中期出版了鍾叔河先生主編的《走向世界叢書》，收一九一一年以前的中國人訪問、遊歷西方國家和日本的有關著作，已出

2 《韋旭昇文集》（北京市：中央編譯出版社，2000年），卷3，頁272-273。

十冊二十七種，近六百萬字，蔚為大觀，是我們研究中國近代「涉外文學」的重要文獻資料集。我國現當代文學中的「涉外文學」作品，特別是純文學作品，越來越多。中國近現代文學史上的大多數有成就的作家，都寫作過涉外文學。如黃遵憲的《日本雜事詩》，魯迅的《藤野先生》，郭沫若的《牧羊哀話》、《落葉》、《喀爾美蘿姑娘》，郁達夫的《沉淪》，張資平的《約檀河之水》，艾蕪的《南行記》、《南國之夜》，巴金的《沉默》、《海行雜記》，徐志摩的《巴黎的鱗爪》、《遊歐漫錄》，朱自清的《遊歐雜記》、《倫敦雜記》，特別抗戰時期大量的涉及日本人形象的抗日文學等等。在以外國文學為例，近代以來涉及中國的外國文學作品很多，如一九三八年獲諾貝爾文學獎的美國作家賽珍珠的《大地》三部曲，法國現代作家馬爾羅的以二十世紀二〇年代中國革命為題材的《戰勝者》等三部長篇小說等等。

二　涉外文學研究的著眼點：文化成見與時空視差

「涉外文學」的豐富資源，為比較文學中的「涉外文學」研究提供了廣闊的空間。「涉外文學」研究實際上就是將文學史上涉及外國的作家作品，作為一種特殊的文化和文學現象，用比較文學的視野與方法加以研究。換言之，「涉外文學」既然是「涉外」的，那麼研究者就必須用跨文化的眼光而審視它。倘若幽閉在自身文化之中，就無法看清「涉外文學』的特質。「涉外文學」的跨文化、跨國界的性質，決定了「涉外文學」的研究者要有一個明確的文化立場和著眼點。一切涉外文學，不論作者對所涉及到的「外國」及「外國人」是善意的，還是惡意的，是客觀的，還是主觀的，都普遍存在著時空視差問題、文化成見問題。而文化成見、時空視差問題，正是涉外文學研究者所應注意的基本問題，也是研究的基本立場和著眼點之所在。

首先是涉外文學中的文化成見（或稱「既定視野」、「定型視野」)，特別是意識形態偏見問題。

任何一個作家都屬於某一特定的種族、時代和階級，即屬於特定的文化群體，因而，任何一個作家都有自己的文化成見，乃至意識形態的傾向性，並在自己的創作中或多或少、或明或暗地表現出來。在涉外文學作品中，這個問題就顯得更為重要和更為突出了。因為文化成見、乃至意識形態偏見，在與異質文化的對照與衝突中才能凸顯。「涉外文學」研究的核心問題，首先就是確認某作家的獨特的文化立場、文化成見乃至意識形態偏見，然後要分析這些因素在作品中的表現，分析其主觀與客觀的原因，指出這些因素如何影響作家對異國異族的認識、判斷、評價與情感態度。

每個時代的每個國家都有自己的社會理想、社會制度，有獨特的信念、信仰和世界觀、價值觀，這一切就構成了該時代和該國家的意識形態。這種意識形態在各國的相互對比中，更能顯出其自身的特殊性，顯出它與其他意識形態的趨同、或差異與矛盾。一般說來，很少有作家能夠完全擺脫意識形態的束縛。而在「涉外文學」中，該作家就會以自己或自己所屬的意識形態來看待、衡量和評價外民族、外國的意識形態，或認同之，或反對之。作家的這種意識形態定見在許多情況下決定了某種「涉外文學」的基本的思想取向和價值觀念。例如，在歐洲文學史上涉及中國的文學作品中，意識形態定見始終左右著作家對中國、對中國歷史文化的判斷、評價和情感態度。英國十八世紀著名小說《魯賓遜漂流記》的作者笛福在他的另一種重要著作——《魯賓遜感想錄》(1720，該書早就有林紓和曾宗鞏的合作的文言譯本）中的第二卷中，對中國文化多有描寫和議論。作者寫魯賓遜來到中國做生意，經澳門、南京等地來北京，在北京逗留了四個月，並購置了十八駱駝貨物。然而做生意歸做生意，魯賓遜雖購置中國的貨物，卻對中國人、中國文化嗤之以鼻。他說：「他們（指中國人——引者注）的器用、生活方式、政府、宗教、財富和所謂光榮，都不足掛齒」;「我看見這些人在最鄙陋愚鈍的生活之中，目空一切，盛氣淩人，就覺得沒有什麼人比他們更可笑，更令人作嘔了」;「他們最高明的學者也都是冥頑不靈。他們對天體的運行一無所知，竟以為日蝕是巨龍擁抱了太陽」;「我竟覺得最野蠻的野人，比他們也略勝一籌」。在這部作品中，笛福借魯賓遜之口廣泛貶斥了中國的政治制度、宗教文化、風俗習慣、技術和藝術，其用詞之尖刻，詆毀之徹底，據說令當時的譯者林紓譯到此處，氣憤至極，差點兒連原書帶譯稿撕個粉碎。在這個例子中，我們可以清楚地看出意識形態定見在涉外文學中的作用。笛福是歐洲近代典型的處於上升和開拓時期激進的資產階級的代表，也是資產階級意識形態的代言者。他用資產階級所鼓吹的自由貿易、科學和理性，來衡量和評價當時尚處於封建制度之下的中國，說出那樣詆毀中國的話，並在字裡行間，表現出英國資產階級及大英帝國對相對落後的中國的那種優越感，現在看來是完全合乎邏輯的。

在最近一百多年來的現當代各國的「涉外文學」中，意識形態問題顯得更為突出了。資本主義的意識形態與共產主義的意識形態的對立，西方列強與東方貧苦國家的對立，成為現代世界各國的最突出的對立。例如，在西方的涉及中國的文學作品中，中國人遭到了肆無忌憚的醜化和妖魔化。香港學者吳振明先生在《醜陋中國人？——西方俗文化裡的中國人形象》[3]一書中，做了一個值得我們參考的統計：在西方的英語小說中，涉及到中國及中國人的，約占百分之一點五至二之間，而在每一百本此類小說中，華人充當歹角的，約占百分之七十五；而充當正面角色的卻只有百分之一。吳先生並指出：華人在西方通俗小說中的「正角與歹角之比例，為何如此懸殊，這問題要牽涉

3　吳振明：《醜陋的中國人？——西方俗文化裡的中國人形象》（香港：創意文化公司，1990年）。

到西方俗文化界的集體意識形態，以及中國和列強在近代史上的惡劣關係」，具有複雜而又深刻的根源。而這一切又源於西方國家對中國所持有的「定型視野」。什麼是「定型視野」（stereotype）呢？吳先生援引美國《韋氏大字典》上的解釋：所謂「定型視野」就是「一種被界定為定型的事物，缺乏自己的特徵和個性。例如，一群人的腦海中對某事物或某人種，所持的標準化的印象。這代表一種過分簡化的意見，一種具有影響力的態度，和一種不經審慎的判斷」。還進一步引用新聞家華爾特・李普曼在《輿論》中對「定型視野」的解釋：「定型視野走在理性之前，是一種洞悉事物的方式，在外界的事物到達我們的智力領域之前，它已經把一種特定的形態套在該事物身上。」西方現代文學，特別是英美文學、澳大利亞現代文學中涉及到中國的文學作品，對中國及中國人的傲慢與偏見，都來自這種「定型視野」。奸詐、狠毒、卑瑣、好色、骯髒，成了許多西方人的筆下的中國人形象的典型特徵。造成這種對異國異族形象歪曲和醜化的原因，除了意識形態的偏見之外，也有種族偏見的原因。在許多西方作家的作品中，有色人種常常受到歧視和侮辱，有些西方作家甚至視我們中國人為「黃禍」。可見，種族優越感和意識形態成見一樣，在「涉外文學」中造成了對異國異族的傲慢與偏見。

涉外文學研究中值得注意的第二個問題，是時空視差問題。

由於涉外文學的跨國界與跨文化的性質，就必然造成作家作品與描寫對象之間的時間與空間的距離。我們可以把這種距離稱為「時空視差」。一方面，時空距離可以影響涉外文學家對異國異族的情感態度。通常，作家與所描述的異國異族的時空距離越大，它對異國異族的寫實性也就越減弱，主觀性也就越強烈。作家常常利用這種時空視差，將異國異族的形象加以主觀化描寫，從而有利於表達自己的某種思想觀念。有時候，一個作家也需要從某個遙遠的外來文化中尋找能夠支持自己的思想意識的東西。例如法國啟蒙主義思想家、作家伏爾泰，曾在馬約瑟編譯的元曲《趙氏孤兒》的啟發下，寫了一個以中國歷史為題材的劇本《中國孤兒》。在這個作品中，伏爾泰表達了他對中國歷史文化、特別是對孔子及儒家思想的共鳴與好感。在劇中主人公身上，表現了中國人忠君愛國的道德操守，也宣揚了中國文化對外來野蠻文化的巨大的感召力和同化力。作為政治思想比較保守、而又堅定地反對基督教教權主義的啟蒙作家，伏爾泰欣賞中國的帶有強烈人本性質、理性色彩和自然宗教色彩的孔教，而中國相對穩定的大一統的皇權統治，又為他那開明君主的政治思想提供了範本。伏爾泰就是這樣，在中國題材的作品中，以認同中國文化的方式，來表達自己的思想意識。至於伏爾泰本人對中國歷史和現實真正了解多少，反映了多少，則是另外一回事。一方面，時空視差也是造成涉外文學中將異國異族理想化、觀念化，並使之成為「烏托邦文學」的必要條件之一。當作家們不滿本國的社會現實的時候，就刻意渲染、美化異域情調，將某一外國或外國文化作為理想的寄託，例如英國作家毛姆在長篇小說《刀鋒》中，將印度的傳統文化與宗教理想化，從而表達了他那反對現代工業文明、追求自然原始的生活理想。另一方面，在涉外文學中，時空視差還常常決定著作家對異國異族的價值判斷和情感態度。一般而論，異國異族與作家的時間距離越長，與該作家的利害關係就越少，意識形態的因素也越少，而審美的因素相應地也就越高。例如，在西方和日本的涉及中國傳統文化的文學作品中，一般都對中國古代人、中國傳統文化懷有善意，甚至崇敬之情。而當他們描寫現代中國的時候，情況則常常相反。例如有些日本作家懷著崇敬的心情，描寫有關中國古代聖哲、英雄或帝王將相，而在大量涉及現代中國的作品中，則充滿對中國的蔑視、敵意和歪曲。

三　涉外文學研究的基本課題

涉外文學在我國的比較文學研究中，是一個十分廣闊的研究領域。在世界文學史上，涉外文學作品數量很大，而從比較文學的、跨文化的角度去研究這些作品，卻相當不夠。可以說，在世界比較文學界，涉外文學的研究還是一個薄弱環節。我所知道的與中國相關的涉外文學研究的重要著作（大部分有中文譯本）有：歐文·奧爾德里奇的《龍與鷹——美國啟蒙運動中的中國人》，德國學者顧彬的《關於「異」的研究》，美國學者哈羅德·伊薩克斯的《美國的中國形象》，葡萄牙人費爾南·門的斯·平托編選的《葡萄牙人在華見聞錄》，英國人莫利循的《中國風情》，澳大利亞華人學者歐陽昱的《澳大利亞小說中的中國人》，香港學者吳振明的《醜陋中國人？——西方俗文化裡的中國人形象》等，大陸學者周寧的《永遠的烏托邦——西方的中國形象》等，為數寥寥。

中國的涉外文學研究，應該以中國的涉外文學和外國涉及中國的文學這兩方面為中心，發現和尋找研究課題。

首先是涉及外國的中國文學。這類作品數量不少。但長期以來，這類涉外文學的文獻資料還沒有得到全面系統的整理，迄今為止也還沒有一部研究中國的涉外文學的專門著作。在以往中國文學研究的既定視野中，涉外文學往往被置於中國文學研究的邊緣位置，或把它們看成是不值得展開分析的非重點作品，或認為它們不是純文學作品，而予以忽略。有的作品雖在有關文學史上被提到或被論述到，但研究和評論的視角卻囿于國別文學研究之內，而缺乏比較文學跨文化的視野。因此，中國的涉外文學研究，應該說基本上還是一個空白。

在涉及外國的中國文學作品的研究中，大體上可以劃分出兩大研究方向。第一是中國文學中的外國人形象的研究。對這個問題可以進行個案研究，也可以進行總體的、整體的研究。在個案研究中，可以對中國文學中某一部涉及外國人形象描寫的作品，或某一時期的某一類涉及外國人形象的作品加以研究。如我的一篇題為〈日本的侵華文學與中國的抗日文學——以日本士兵的形象為中心〉[4]的論文，就是站在涉外文學——比較文學的角度，對抗戰期間中國抗日文學有關作品中的日本士兵形象進行了總體的分析。並得出了這樣的看法：中國抗日文學「對日本士兵的理解和描寫，顯然採取了無產階級國際主義立場，而不是民族主義或國家主義的立場；對日本士兵的定位和分析所採用的也是中國左翼文壇習慣用的階級分析的方法。……這些作品的出現，一方面是出於對敵宣傳的需要，另一方面也表明我們的作家對日本軍人以『忠君愛國』為核心、以『義理』、『榮譽』、『廉恥』、『復仇』、不成功便成仁的『自殺』、絕對服從主子或上司等武士道精神為基本內容的日本民族性、民族精神缺乏研究，缺乏深刻的認識，也就不可能做全面深刻的表現和描寫。這些作品在『對敵的研究工作』方面，實際上是走向了另一種片面」。看來，對中國人筆下的外國人形象進行分析，實際上就是探究中國作家的外國觀及決定這種觀點的特定的時代環境、立場與出發點。由於現在的研究者與研究對象有了相當的時代距離，我們有條件站在歷史文化的更高的視點上，對文學史中外國人形象的特定形態及這種形態與歷史真實的差距，進行客觀、科學的研究，並從中梳理出可貴的資料，獲得某些有益的啟發。

涉及外國的中國文學的第二個研究方向，就是對涉外文學進行綜合性的或宏觀的研究。應該在大量個案研究的基礎上，寫出一部或幾部綜合性較強的類似專題文學史的專門著作，系統地梳理中國文學中所涉及到的若干外國及外國人。諸如《中國文學中的印度人形象》、《中國文學中的日本人形象》、《中國文學中的歐洲人形象》、《中國文

4　王向遠：〈日本的侵華文學與中國的抗日文學——以日本士兵的形象為中心〉，載《北京社會科學》1997年第3期。

學中的美國人形象》等等。然後在此基礎上，寫出一部《中國文學中的外國及外國人》、《中國涉外文學史》或《涉外題材中國文學史》這樣的更加系統全面的中國涉外文學研究專著。這樣的研究不僅可以填補中國文學研究中長期被忽略的一個重要領域的空白，而且可以從「涉外文學」這個獨特的角度，看出我國與世界各國文化交流的一個重要的側面；可以看出不同歷史階段我國文學家觀察外國、評價外國的不同的立場、角度、方法和心態，並從一個側面揭示中國人的外國觀的形成與演變的軌跡。這對我們當代中國的對外開放與交流肯定會有多方面的啟發。

再說中國涉外文學研究中的涉及中國的外國文學。這是對外國文學的研究，但又不是一般的外國文學的研究。我國的外國文學研究經過二十世紀近百年的積累，已經有了相當扎實的基礎，取得了不少成果，由中國人撰寫的各種外國的國別文學史著作、作家作品的專題研究著作，乃至各種綜合性的外國文學史、世界文學史著作，已有數百種。但是，數量雖多，角度卻過於單一。作家作品的傳記式研究方法、教科書式的文學史的寫法，占了絕大部分。中國的外國文學、世界文學的研究要深化和發展，必須強化中國人獨特的學術個性，必須發揮中國學者獨特的優勢、利用我們得天獨厚的、外國人不可取代的條件進行富有獨創性的研究。其中，研究涉及中國的外國文學，就是一個很好的突破口。

從許多方面看，中華民族都是世界上極為重要的族群，中國是一個世界大國。中國的古代文學在世界上影響深遠，而近現代的中國的相對落後，與外國列強關涉極深。因此，世界各國文學中，都有與中國有關的作品。這些作品或以中國問題為主題，或以中國為題材，或以中國為背景，或寫到了中國人，或對中國及中國人有所涉及、有所描寫和有所評論。總之，中國、中國人，在外國文學中占有重要的地位。但是，無論是外國學者，還是我們中國學者，對這類涉及中國的外國文學都缺乏深入的研究。除少數單篇論文外，我們暫時還沒有發現有哪一個國家的學者將該國文學中涉及到中國的文學作品，用專著的形式加以系統全面的研究。我們中國學者應該把這類外國文學重視起來。因為我們的讀者關心我們的國家和民族、我們的文化在國外的際遇，我們的讀者希望通過這類外國作品，了解歷史和現實中的外國人對中國及中國人的態度與評價。外國的那些涉及中國的政治的、哲學的、歷史的著作，對中國的態度評價恐怕遠不如文學作品那樣具體、生動和富有情感性。涉及中國的外國文學彷彿是外國人手裡拿的照出中國及中國人的一面鏡子，不管是寫實的平面鏡還是歪曲的哈哈鏡，我們借來攬鏡自照，對於了解我們自己，了解照出我們的外國人，都是有用的。所以，我們今天的比較文學研究者，很有必要把涉及中國的外國文學作為一種獨特的文學現象，用比較文學和比較文化的方法加以科學的清理和研究。在這方面，我們並不比國外學者做得更多些。需要做而沒有做的工作實在太多了。例如，中國題材的某國文學的研究，外國作家筆下的虛構的中國人形象的研究，外國作家筆下某一個非虛構的中國人形象的研究，等等，都是有價值的研究課題。其中，涉及中國題材最多的幾個國家的文學，如朝鮮、日本、越南等國家的文學，特別需要進行系統全面的研究情理。但是，長期以來，這類研究不管在我國，還是在有關國家，都處於空白狀態。筆者承擔的「十五」期間國家社會科學研究項目《中國題材日本文學史》，就是試圖填補這方面的空白，並因此積累涉外文學研究的經驗。筆者認為，像《中國題材日本文學史》這樣的研究課題，有助於從一個獨到的側面，深化中日文化交流史的研究，有助於進一步揭示中國文學、中國文化對日本文學的巨大的、持續不斷的影響，有助於中國讀者了解日本人如何塑造、如何描述他們眼中的「中國形象」，並看出不同時代日本作家的不斷變化的「中國觀」。同樣的，研究其他國家的中國題材文學史，當然也可以收到這樣的成效。

試論文學史研究的三種類型及其與比較文學的關係[1]

對一定地域、一定時間範圍內的文學現象進行總體的、縱向的評述與研究，屬於文學史的研究。文學史的研究實際上是文學現象的一種綜合性的研究。文學史的研究，是在縱向的時序演進和橫向的相互關聯中，對文學史現象進行系統梳理、去蕪存精、區分主次、甄別輕重、科學分析、客觀評價、恰當定位。這種研究本身就與比較文學有著千絲萬縷的密切關係。比較文學的學科發生本身，也與文學史研究有著極深的姻緣。當初的「法國學派」的有代表性的學者，都是文學史家，他們是在治文學史的過程中探索和運用比較文學方法的。法國學派的代表人物之一伽列在為基亞寫的《比較文學》初版序言中，為比較文學下的定義就是：「比較文學是文學史的一支」。

文學史按其研究論述的範圍，可分為三種，即國別文學史、區域文學史、世界文學史。

一　國別文學史研究與比較文學

國別文學史是對某一特定國家的文學史所做的研究。國別文學史的寫作與研究不一定是比較文學的研究，但是，最好是具備世界文學的視野和比較文學的觀念。因為，一個國家的文學往往不是在與其他

1　本文原載《外國文學研究》（武漢）2003年第3期。

民族、其他國家隔絕的情況下發展起來的。它可能接受了外來影響，有時候這種影響對國別文學的發展至關重要；它也可能對其他民族、其他國家的文學造成影響，有時候這種影響對外國、外民族來說也至關重要。國別文學的寫作必須具備這種開放的世界文學的意識。在我國傳統的文學史研究中，學者們體會到文學研究必須運用比較的方法。如漢代鄭玄在《詩譜序》中就曾說：「欲知源流清濁之所在，則循其上下而省之；欲知風化芳臭氣澤之所及，則旁行而觀之。此詩之大綱也。」但是這種比較的意識還只是侷限在中國文學之內的。二十世紀以來，我國學者才開始站在世界文學的高度，自覺地運用比較文學的方法研究中國文學史，出版了上百種中國文學史方面的著作，其中包括文學通史、斷代史和專題文學史等。優秀的、經得住時間考驗的著作，大都具備世界文學的視野和比較文學的眼光。二十世紀頭二三十年出現的有關著作，在這方面做出了很好的榜樣。黃人的《中國文學史》（1904）是我國第一部中國文學通史，就較為自覺地運用了比較文學方法；魯迅先生的《中國小說史略》和《漢文學史綱》，也有明顯的比較文學色彩。在談到六朝志怪小說的時候，魯迅指出了印度思想的輸入對志怪小說所起的作用。胡適的《白話文學史》中，用了兩章的篇幅，較深入地論述了印度佛經翻譯及其對中國的影響。但是，大部分中國古代文學史著作，在運用比較文學的觀念與方法上，有不少的缺欠。特別是二十世紀下半葉由於政治文化環境的制約，研究者眼界的狹窄，中國古代文學史方面的書大都表現為封閉的格局。這表現為，既沒有揭示中國文學對周邊民族與國家文學的影響力，也沒有以世界其他國家的相關文學現象為參照，來評價中國作家作品並給予恰當的定位。這是難以令人滿意的。例如，談唐代詩人白居易，而不提他對日本文學的巨大影響，恐怕難以充分估價白居易在世界文學史上的地位。又如，唐代詩人寒山，在現有的所有中國文學史著作中，幾乎找不到他的名字。然而，正是寒山的詩，對現代日本文學、美國文學產生了出人意料的影響。這種影響遠遠超出了其他中國古代詩人對現代國外文學的影響。中國文學史著作如果忽略中國詩人的國際影響，就勢必置寒山於文學史著作之外，也就無法正確估價中國文學在世界文學中的地位。在中國近現代文學史的研究中，世界文學與比較文學意識，就顯得更為必要和更為重要。必須把中國近現代文學置於世界文學的大背景中，揭示中國文學思潮、流派、運動及作家、作品與外國文學的關係，才能正確揭示中國近現代文學在中外文化衝突與融合中，在接受和消化外來影響中發展嬗變的歷程。在這方面，現有的大量著作和教科書，雖然做到了，但是做得還很不充分，還不夠到位。在分析作家作品時，或因為缺乏相關的外國文學知識，或由於擔心談及某作家與外國文學的關係會對作家的創造性的評價造成妨害，便淡化或者無視來自外國作家作品的影響的分析。同時，在對魯迅、周作人、茅盾、巴金、郭沫若等重要作家的研究和論述中，很少甚至完全沒有講到他們的翻譯文學。這顯然不利於揭示一個作家的創作活動的全貌。看來，一部國別文學史著作的學術水平的高低，在很大程度上取決於它有沒有世界文學視野，有沒有比較文學的觀念和有沒有運用比較文學方法。

二　區域文學史研究與比較文學

所謂「區域文學」，是指若干民族和國家文學形成的集合體。由於各民族文學的相互交流、相互關聯，而使某一地域內的各民族文學出現了一定程度的共通性和相似性，這就形成了「區域文學」。對某一「區域文學」的發展演變進行綜合的研究和論述，構成了「區域文學史」的內容。

「區域文學」的形成，是「民族文學」和「國別文學」之間相互交流與影響的結果。一般說來，一個區域文學的形成，要有四個基本的條件。一是地域上的毗鄰，這是區域文學形成的客觀的自然的前提。我們現在所說的「西歐文學」、「東歐文學」、「澳洲文學」、「中東文學」、「拉丁美洲文學」等區域文學，首先是從地理上劃分出來的；二是政治上的推動。區域內各國在政治上要具有密切的聯繫，和平條件下的文化交流，甚至戰爭帶來的文化交流，都可能對區域文學的形成有所推動。例如「歐洲文學」區域形成的過程中，有著羅馬人、希臘人、日爾曼人、高盧人、斯拉夫人等民族之間的戰爭與和平及文化上的相互滲透與交流。同樣的，戰爭與和平等不同的政治環境，都從正反不同的方面促進了中東地區各國之間的聯繫，為文學區域化的形成創造了條件。三是宗教的紐帶。民族文學的交流常常需要借助宗教為其載體，有時候宗教傳播借助文學形式，有時候文學作品的傳播借助了宗教的方式和途徑。由於宗教觀念常常滲透於文學作品中，同一種宗教信仰對各民族文學的相互接受和理解打下了基礎。四是語言上的關聯。例如，在以漢文化為中心的東亞文學區域中，漢語在相當長的時期裡被朝鮮、日本、越南使用，後來這些民族的語言的形成也受到漢語的啟發與影響。語言上的這種淵源關係和親和力，在東亞文學區域中起到了巨大作用。

區域文學的認定、劃分的角度和範圍的寬窄可以有所不同，但不可過於瑣碎。一般認為，在中世紀古典文學時期，在世界範圍內大體形成了四大文學區域。即：以漢文化為中心的東亞文學區域；以印度文化為中心的南亞、東南亞文學區域；以猶太文化、波斯文化、阿拉伯—伊斯蘭文化三種文化錯綜交叉的中東文學區域；以古希臘、羅馬文化為源頭的歐洲文學區域。到了近現代時期，隨著拉丁美洲地區、黑人非洲地區和大洋洲地區各民族文學的興起，也相應地形成了黑非洲文學、拉丁美洲文學和澳洲文學等區域文學。

但上述各文學區域不是相互隔離的，其劃分也是相對的。如漢文學區域與印度文學區域之間，以佛教文化為紐帶，有著深刻的交流。

中國、朝鮮、日本、越南等國的文學，都受到了印度佛教文化和佛教文學的影響。中東文化區域、特別是該區域內的波斯文學，與印度文化、文學，有著多方面的聯繫。同樣的，中東文學區域與歐洲文學區域之間的聯繫也較為密切，特別是在「希臘化時期」和十字軍東征時期更是如此。這些情況說明，四大文學區域的劃分是相對的，它們相互之間並不是經久不變的封閉格局。隨著時間的推移，亞洲及北非地區的三大文學區域在發展交流的過程中，區域的界限逐漸趨於消融。佛教、印度教、伊斯蘭教等宗教，成為遍布東方廣大地區的國家性宗教，並對東方各國文學產生了深刻影響。東方各國文學在社會文化背景、思維方式、審美理想、價值取向等方面的一致性越來越明顯，越來越顯出「東方文化」與「東方文學」的共通性，並與世界文學的另一方——西方文化或稱歐美文化——形成對照。在西方，文藝復興運動後歐洲社會和歐洲文學進入近代時期，歐洲文學以近代工業革命為背景，通過文藝復興、古典主義、啟蒙主義、浪漫主義等幾次全歐性的文藝思潮和運動的推動，進一步強化了歐洲各國文學內在的關聯，並在十八世紀後逐漸波及美洲、澳洲各國，形成了具有廣泛相通性的「西方文學」大格局。於是，從大處著眼，可以看出十四世紀前後「西方文學」與「東方文學」的兩大分野正逐漸趨於形成。世界近現代文學實際上是「東西方文學」兩大體系並立的時期。

在區域文學史的研究和寫作中，以上述四大文學區域為單元，可以分別寫成《東亞文學史》、《印度及南亞、東南亞文學史》、《中東文學史》或《阿拉伯—伊斯蘭文學史》、《歐洲文學史》等。也可以以「東方文學」、「西方文學」兩大文學區域的劃分為依據，分別進行「東方文學史」與「西方文學史」的研究。國內外學術界關於印度及南亞東南亞文學區域、中東文學區域等方面的研究，仍相當薄弱，幾近空白。關於東亞文學史方面的著作，目前的成果也不多。其中，張哲俊先生即將出版的《東亞比較文學概論》，以中、日、朝三國的傳統文學為研究內容，系統地梳理了中國文學對朝、日文學的影響以及東亞三國文學之間的共通性。關於《歐洲文學史》或《歐美文學史》的研究，國內外的研究較多。我國在六〇年代初出版的、楊周翰等人主編的《歐洲文學史》，迄今為止在國內出版的多種同類著作中，仍然是最好的一種。它將歐洲各民族文學的相關性、聯繫性，以及在歐洲文學史上的特色和地位，作了清晰、準確的描述和概括。其特點是歐洲文學研究與比較文學研究水乳交融，對後來的同類著作產生了很大的影響。八〇年代以來，關於東方文學的總體研究，取得了可喜的進展。季羨林主編的長達一百二十萬字的《東方文學史》（1995），欒文華主編的《東方現代文學史》（1994）都是扛鼎之作。筆者的《東方文學史通論》（1994）試圖在已有研究的基礎上，強化區域文學的整體觀念，突破已有的著作將東方各國文學按古代、中古、近代、現代、當代這樣的時序相累疊的辦法，將東方文學發展史劃分為「信仰的文學時代」、「貴族化的文學時代」、「世俗化的文學時代」、「近代化的文學時代」、「世界性的文學時代」共五個文學時代，試圖為東方區域文學史總結出一個較嚴整的理論體系，使區域文學史研究中的比較文學方法的優勢充分發揮出來。

三　世界文學史研究與比較文學

「東方文學」、「西方文學」兩大體系一旦形成，就在發展自身的同時消解自身。這個消解的動因同樣源於東西方文學的交流。在十四至十九世紀的東西方文學分途發展的五、六百年中，東西方文化、文學的關係實際上劃出了前後兩個階段。前期——中國文化、阿拉伯文化等對歐洲的近代化變革產生了一定影響。中國的四大發明，阿拉伯所翻譯保存的古希臘羅馬的典籍，都成為歐洲文藝復興運動的重要條件；後期——大約是在十八世紀以後，工業化了的西方列強開始對東方各國進行政治、經濟、文化各領域的殖民主義侵略，東方各國在反抗西方殖民主義的鬥爭中，也由傳統社會向近代社會過渡。因此，十八世紀以後，特別是十九世紀，東西方在對立衝突中，在分途發展中，呈現出空前密切聯繫的局面。東方各國文學在十九世紀前後的近代化過程，其實質就是東西方文化在衝突中緩慢融合的過程，就是東方各國引進西方文學、改造傳統文學的過程。西方文學與東方文學的先後相繼的近代化進程，使東西方文學兩大分野逐漸拉近，在差異性中顯示出越來越多的共通性。

到十九世紀末二十世紀初，這種趨勢越來越明顯了。從世界比較文學史的角度看，此時期東西方文學的兩大分野的劃分對於了解世界文學史實際上已不再適用。二十世紀上半期，由於西方文化與文學的支配性影響，東方文學在完成近代轉型後，與西方文學進一步接近。西方現代文藝思潮，如各種現代主義思潮，現實主義思潮，左翼文學思潮等，也進入東方文學，使這些文學思潮成為東西方文學共通的國際文學思潮。東西方文學在劇烈的文化衝突中艱難地實現著文化融合，在傳統與現代、東方與西方、民族與世界的矛盾對立中，東方各國文學逐漸地不同程度地「西方化」，同時也不斷地探索西化中的民族化道路。二十世紀下半葉，世界大戰結束了，西方對在東方的殖民統治也大體終結了，世界基本進入了和平發展的新的歷史時期。西方文學仍然對東方文學產生著支配的影響，但東方文學也在繼續接受這種影響的同時，將外來的、西方的東西，包括現代西方思潮、西方文體、西方新手法等，加以改造、消化、吸收，使之與民族文學傳統相融合，並由此探索發展民族文學的更為廣闊的途徑和道路，出現了世界一流的具有跨文化視野和東方風格的大作家。二十世紀泰戈爾在印度文壇的出現，日本文學的繁榮，拉丁美洲文學「爆炸」，黑非洲文學的崛起，事實上已經相當程度地打破了「西方文學中心」的格局。人類文學進入了一個新的時代，即「世界文學」的時代。

我們可以把這個世界文學的特徵概括為「相互趨近與多元共生」。所謂「相互趨近」，是針對世界各國文學的互相聯繫的緊密性而言。在這個時代，不同民族和國家的作品，通過當代快捷的信息傳媒，依靠各國之間日益頻繁的文化往來，借助越來越成熟化、藝術化的翻譯文學，而成為世界各民族文學的共同的精神產品。文學思潮的世界化，審美風尚的全球化，主題、題材、文體形式的國際化，成為世界各國文學相互趨近的主要表徵。不過，「趨近」不是「趨同」。「趨近」既不是文學的民族性的消解，也不是放棄文學的民族個性而追求一種抽象的共同性和一體化，它只意味著各國文學的更加開放和包容。因此，「相互趨近」實際上就是中國古代哲人所說的「和而不同」，用現代術語來說，就是「多元共生」。每一個民族、每一個國家的文學都是世界文學多元中的一元，它是獨特的、無可替代的。此「一元」彼「一元」處於一種互為關聯、互為依存的共生關係中，這就是現已形成的「世界文學」的新的格局。德國文學家歌德早在十九世紀初就預見並呼喚的「世界文學』，現在實際上已經形成。人類文學已經走進了相互趨近與多元共生的「世界文學」時代。同時，也應該看到，這個時代事實上只不過剛剛開始，由於數百年間形成的東西方文化發展的落差，由於不同的社會制度和意識形態的對立衝突仍然激烈，由於少數資本主義發達國家掌握著文化的「話語霸權」，使得世界各民族文學在深層上的溝通受到制約，而真正完全平等的世界各國文學的「多元共生」，對於許多國家和民族而言，仍是一個艱難的奮鬥目標。

世界文學時代的到來，為我們從總體上研究世界文學史提供了充分的必要性與可能性，也提供了前所未有的研究基礎與研究條件。所謂世界文學史，就是將世界各國文學作為一個整體進行宏觀研究的文學史。這裡的所謂「世界文學」有兩個基本含義。一個是指世界各國文學，這也是它的研究範圍；一個是指能夠作為世界文化遺產、作為全人類的、跨越時空而共用的共同文化財富而加以弘揚的經典作家作品。這也是世界文學史選材取捨的原則尺度和評價標準。同時，世界文學史又是一種比較文學史。所謂「比較」又有兩層基本含義。其一是描述世界各國文學在不同歷史階段的相互交流與相互影響的關係，其二是對世界各國文學發展演進的進程、民族特色加以比較研究，並由此尋找出世界文學發展中的某些基本規律，揭示出各民族文學在世界文學總體格局中的特色和地位。可見，世界文學史，其實質是比較世界文學史，也就是自覺地運用比較文學的觀念與方法寫出的宏觀視野的全球總體文學史。

研究比較世界文學史，必須處理好世界文學史與國別文學的關係問題。世界文學的研究必須以國別文學的研究為基礎，應充分利用國別文學研究所提供的基本材料，吸收國別文學史研究的成果。同時也應該承認，在文獻資料的豐富與翔實方面，在作家作品研究的充分展開方面，與國別文學研究相比較而言，世界文學史並沒有優勢。由於論述範圍的廣大和篇幅的限制，世界文學史所能吸收和容納的文獻資料是相當有限的。如果由個人獨立撰寫世界文學史，那他所掌握的語言語種更為有限；即使多人寫作，語言語種上的制約仍然很大。因而世界文學史的寫作不可能完全運用第一手資料，尤其是在作品的研讀上，不得不使用譯本。然而，儘管有這些侷限和困難，世界文學史的綜合研究仍然是必要的，仍然有著它的用處。世界文學史有著國別文學史難有的宏觀視野，它可以取得一個理論制高點，它可以體現出人們對於世界各國文學由分到合、由個別到一般、由局部到整體的認知需要。沒有國別文學史研究的基礎，世界文學史就成了無源之水；而沒有世界文學史的整體布局，國別文學則無從定位，也就失去了深入認識自身的外部參照。

看來，研究和撰寫世界文學史的關鍵環節，是要在各民族文學發展演進的縱向比較中，找出世界文學史共通的發展規律；同時，還要在各民族文學的橫向比較中，認識各民族文學的特性。而要做到這一點，就要用研究者的思想來處理材料，就必須要建立一個嚴整而又開放的邏輯的、理論的體系框架，否則，像通常所做的那樣，按照歷史線索把世界主要國家和民族的文學編在一起，那只不過是國別文學的簡單相加，是「世界文學簡編」而不是嚴格意義上的「世界文學史」，還是不能體現世界文學史的學術性質和研究宗旨。

外國學者有不少世界文學史、比較文學史方面的著作。在我國影響較大的有兩本。一本是美國人約翰・馬西的《世界文學史話》[2]；另一本是法國人洛里哀的《比較文學史》[3]。兩書——特別是後者——都運用了比較文學的方法來寫世界文學史。但在整體上仍缺乏嚴整的理論體系。它們或以一般世界歷史所慣用的古代、中世紀、近代、現代的時期劃分法，或單純以時間線索來安排章節。更為嚴重的是，這些著作表現出了明顯的西方中心論的偏見。東方文學在他們的著作中或者作為一種古老的背景，或者一略而過。鄭振鐸先生三〇年代出版的《文學大綱》，是我國學者撰寫的第一部世界文學史，雖然在體例框架上大都沿用了上述西方學者的模式，但它近百萬字的篇幅規模，它對東方文學的重視，它的比較文學方法的運用，直到現在都難以超越。近二十年來，我國的有關外國文學史、世界文學史方面的教材、專著出版了多種，但可惜並沒有在鄭振鐸的《文學大綱》的基礎上有多大出新。自覺地運用比較文學觀念與方法撰寫的有關著作，尤其少見。二十世紀九〇年代初以後出版的《比較文學史》和《世界文學發展比較史》兩種教材都具有強烈的比較文學史的寫作意識，但可惜在理論體系的構建上未見突破，仍保留著以往的外國文學史教材的板塊分割的格局。鑒於世界文學史研究的這種現狀，筆者與陳惇、

2　胡仲持譯，原題 *The Story of World's Literature*（上海市：開明書店，1931年）。

3　傅東華譯：《比較文學史》（北京市：商務印書館，1930年）。

劉象愚教授合作主編的《比較世界文學史綱》[4]在這方面做了嘗試與探索，我們為《比較世界文學史綱》設計了一個新的理論框架體系，這個體系以四個基本範疇——民族文學、區域文學、東西方文學、世界文學——為中心，以這四個基本範疇所形成的平行（橫向聯繫）遞進（縱向嬗變）關係為支撐，描繪出了世界文學史的基本面貌。全書分上中下三冊。三冊的標題分別為「世界各民族文學的起源與區域性文學的形成」、「東西方文學的分途發展」、「世界各民族文學的相互趨近與多元共生」。

由於不同的研究者對世界文學史的把握方式不同，《世界文學史》的寫法就不會是一種模式。但無論如何，《世界文學史》的研究都必須表達出研究者對世界文學總體發展規律的認識和理解，體現出世界文學史總體研究與比較文學研究的有機結合，世界文學史的縱向演進與各民族文學、各地區文學的橫向交流、橫向聯繫的有機結合。這是需要比較文學與世界文學研究者不斷努力實現的目標。

4　《比較世界文學史綱》（南昌市：江西教育出版社，2002年）。

中外文學關係研究與中國比較文學「跨文化詩學」的特性[1]

八年前，我在一篇文章中曾說過：「長期以來，我國的比較文學的研究實踐已經表明：『立足於中國文學的中外比較文學研究』，是中國比較文學研究的特徵……〔它〕表明了中國比較文學研究者的獨特的環境、氛圍，立場和出發點……又概括了多少年來我國比較文學的獨特的創新成果。」[2]現在看來，「立足於中國文學的中外文學比較」，與錢林森先生等學者身體力行倡導的「中外文學關係研究」，在內涵與外延上完全一致。我理解，「中外文學關係」，既包括了文學的相互「交流」，即中外文學的事實聯繫，也包括對應關係、對比關係、類同關係等各種非事實聯繫；既包括歷史性課題的研究，也包括現實性課題的研究，幾乎可以囊括中國文學與外國文學比較研究的所有領域。（「外外」文學關係的研究不是沒有，但極少。）我的《中國比較文學研究二十年》和《中國比較文學百年史》兩書中的幾乎所有章節，也都可以涵蓋於「中外文學關係」。這就意味著，中國比較文學的幾乎所有成果都集中在「中外文學關係研究」中。這一領域對中國比較文學研究者而言可謂得天獨厚。當然，外國學者也可以從事這一領域的研究，並且也發表了一些優秀的成果，但從成果的數量與品質兩方面總體來看，中國學者的研究已經遙遙領先。反過來說，假如中國學者在「中外」文學關係研究領域不能遙遙領先，就不能說是盡

1　本文原載《跨文化對話》（南京）第24輯（2009年第1期）。

2　王向遠：《王向遠著作集》（銀川市：寧夏人民出版社，2007年），卷7，頁293。

到了我們的學術職責，也就沒有發揮出中國學者獨特的優勢。

中國比較文學的學術形態與學術特色的形成，與中外文學關係研究密不可分。本質上，中外文學關係研究，就是以中國文學為出發點的東西方文學比較研究，它超越了法國學派的囿於歐洲文學的傳播研究、美國學派缺乏歷史感的平行研究，而使比較文學進入了一種跨文化的整合階段。對此，幾年前我在與樂黛雲先生合寫的一篇文章中指出：「世界比較文學發展的第三階段，或稱第三個歷史時期，已經在中國展開。中國比較文學所代表的是世界比較文學發展中的一個階段，賦予它生命的是一個時代，它不只是一般意義上的如『法國學派』、『美國學派』那樣的『學派』。」[3]我們沒有提「學派」，而是提「階段」。近來，我在即將出版的《比較文學系譜學》（北京師範大學出版社）一書中，又進一步提出了這樣的看法：比較文學經歷了三個階段：第一個階段是古代偶發性的「文學比較」，為學科歷史積澱期；第二個階段是近代歐洲的「比較文學批評」，為學科先聲期；第三個階段是現代的學科化階段，比較文學由「文學批評」形態轉換為「文學研究」形態。而學科化階段的比較文學又漸次形成了三種學術形態：十九世紀末二十世紀初法國學派的「國際文學交流史研究」是「文學史研究」形態，一九五〇年代後美國學派、蘇聯學派各從不同的立場出發，將比較文學由「文學史研究」形態轉換為以理論概括與體系建構為主要宗旨的「文藝學」形態。一九八〇年代至今，中國比較文學繼日本之後，將比較文學由一種西方的學術形態與話語方式，進一步轉換為一種東方西方共有的話語方式與學術形態，提升為一種包容性、世界性、貫通性的學「跨文化詩學」這一新的學術文化形態。「跨文化詩學」這一結論的做出，是對此前的「特徵論」和「階段論」的進一步闡發。

---

3 樂黛雲、王向遠：〈中國比較文學百年史整體觀〉，《文藝研究》2005年第2期。

「文化詩學」這一概念是美國「新歷史主義」代表人物格林布拉特於一九八〇年代初提出來的，我國已有學者對此做過一些研究與闡釋。[4]進入一九九〇年代中期後，我國有學者不拘泥於這個外來概念的學派與語境的限制，吸收其合理成分，結合中國學術文化的實踐對「文化詩學」的概念做了闡發，從而把它改造為概括與總結一九八〇年代後中國詩學、文藝學研究的理論與實踐，並指導未來方向的、頗具包容性、綜合性但又不空泛的、含義明確的學術概念。[5]該概念的主要闡釋者童慶炳先生認為：「文化詩學」有以下五種品格：第一，雙向拓展，一方面向宏觀的文化視角拓展，一方面向微觀的語言分析的角度拓展；第二，審美評判，即用審美的觀念來評判作品；第三，就是將此前美國人韋勒克對文學研究所劃分的文學的語言、結構等「內部研究」與社會歷史文化等因素的「外部研究」加以貫通；第四，就是關懷現實；第五，是跨學科的方法。[6]可以說，「文化詩學」的本質就是超越、打通、整合、融匯，這與比較文學研究的宗旨非常吻合。我認為，從比較文學的角度來說，「文化詩學」就是「跨文化詩學」，亦即在中外文化、人類文化、世界文化視閾中研究文學、文藝學問題，它的基本特徵就是跨越、包容、打通、整合。具體說，就是跨越民族、國家、語言與文化，包容以往不同的學術方法與學術流派，打通文化各領域、各要素與詩學之間的壁壘，整合文學與各知識

4　張進：《新歷史主義與歷史詩學》（北京市：中國社會科學出版社，2004年），頁316-340。

5　一九九五年，蔣述卓發表〈走文化詩學之路——關於第三種批評的構想〉（《當代人》1995年第4期），從「文學批評」觀念更新的角度初步提出了「文化詩學」的概念。一九九九年，童慶炳發表〈中西比較文論視野中的文化詩學〉（《文藝研究》1999年第4期）、〈文化詩學的學術空間〉（《東南學術》1999年第5期）、《文化詩學是可能的》（《江海學刊》1999年第5期）等文章，從文學理論及文藝學的角度對「文化詩學」做了論證。

6　童慶炳：《美學與當代文化講演錄》（桂林市：廣西師範大學出版社，2006年），頁234-235。

領域而提升為詩學理論形態。換言之，「跨文化詩學」的基本宗旨就是兼收並蓄，就是超越以往的學派分歧（例如法國學派與美國學派的分歧），而走向文化與詩學的融合。

將「跨文化詩學」作為中國比較文學的特徵與發展方向，並不排斥此前其他的相關提法，並且能夠更加有效地整合、包容、凝練、概括此前一些學者提出的觀點。例如，「跨文化詩學」可以將「跨文化研究」或「跨文明研究」的提法包容進來。以「跨文化研究」或「跨越東西方異質文明」的「跨文明研究」，來說明中國比較文學的性質，固然沒有錯，但「跨文化研究」和「跨文明研究」作為一個概念，其本身未能表述出「文學研究」的內涵，要清楚地表述出這一內涵，只能加上「文學研究」或「比較文學研究」字樣，表述為「跨文化的文學研究」或「跨文明的比較文學研究」之類，這從術語、概念的角度看，就不免冗長拖沓。更重要的是，倘若以「跨文化」的眼光來看比較文學，則任何國家的比較文學都是「跨文化」的，而跨越「東西方異質文化」的也不僅僅是中國的比較文學，日本、朝鮮、印度等許多東方國家的比較文學也跨越了「東西方異質文化」，況且西方的「東方學」也是「跨越東西方異質文化」的。但「跨文化詩學」這一概念就不同了，雖然它相當包容，但又具有明確的特指性，它不像「跨文化」那樣可以概括所有國家、所有階段的比較文學，而是最適合概括中國的比較文學。具體地說，英國波斯奈特提出的比較文學，和後來法國學派的比較文學，本質上是一種歷史學的、國際關係史的研究，「文學性」（詩學）的因素相對淡薄。梵．第根更是明確地將審美分析從比較文學中剔除出去，因而法國學派的比較文學本質上缺乏「詩學」研究的性質。後來美國學派雖則極力矯正法國的「非詩學」性，同時強調跨文化，但美國學派的研究在實踐中出現了兩種偏向：一種是受「新批評派」的影響，在理論上過分強調「文學性」，在實踐上過分注重對具體作品的語言形式與文本結構的分析與評論，由於歷史維度與實證研究的缺失，使「比較文學研究」在一定意義上復歸於學科化之前的「比較文學批評」；另一種偏向就是在理論上強調「跨學科」與「跨文化」，但卻使比較文學喪失了它應有的學科邊界，外延變得模糊不清，使比較文學走向了泛文化的比較，「比較文學」被「比較文化」淹沒。可見，世界比較文學系譜中的這兩大學派，在理論與實踐中都存在著「文化」與「詩學」兩者的背離和悖論，因而都難以使用「文化詩學」或「跨文化詩學」這一概念來加以概括。更為重要的是，「文化詩學」或「跨文化詩學」以其超越、打通、整合、融合的性質，而超越了對「學派」特性的概括。以此來概括的中國比較文學的特徵，不是作為「學派」的特徵，而是代表了世界比較文學新時代的特徵。與此相反，以「跨文化研究」或「跨文明研究」來概括中國比較文學，是以「學派」的思路來看待中國比較文學的。而「學派」的本質就是宗派、派別，「學派」往往旗幟鮮明，而又各執一端。中國比較文學顯然已經超越了這樣的「學派」範疇。

從根本上說，中國比較文學「跨文化詩學」這一學術形態與學術特性的形成，是在中國學者的「中外文學關係研究」這一獨特的研究實踐中逐漸形成的。正是在這一領域的研究中，東方文化與西方文化融合，文化視閾與詩學立場融合，文學交流的傳播研究、文本分析的影響研究、文學現象異同的平行對比等多種學術方法相結合，形成了中國比較文學的「跨文化詩學」的學術特色與學術形態，也使世界比較文學進入了「跨文化詩學」的新階段。

應該在比較文學及中外文學關係史研究中提倡「比較語義學」方法[1]

中國的比較文學研究及東方文學交流史研究發展到今天，在豐富的研究實踐中矯正了來自西方的某些方法論的侷限與弊病，形成了自己若干行之有效的方法論範疇，對此，我在《中國比較文學百年史》、特別是《比較文學系譜學》中有過總結與論述。隨著研究實踐的不斷推進，方法也需要不斷探索和更新，而方法的自覺更新，又必然推動研究上的創新。就中外文學關係史、特別是東方文學關係史研究而言，尤其如此。

中外文學關係史及東方文學關係史研究，可以劃分為「點、線、面」三種類型。「點」就是具體個案問題的研究，如日本學者丸山清子的《源氏物語與白氏文集》、楊仁敬先生的《海明威在中國》之類，重在材料發掘與微觀分析，追求的「深度模式」；「線」就是許多個案在縱向時序鏈條上的關聯性研究，如錢林森教授主持的十五卷本《中外文學交流史》、王曉平先生的《近代中日文學交流史稿》等書，重在歷史性的系統梳理，追求的「長度模式」；「面」就是空間性的、橫向的關係研究，如童慶炳主編的《中西比較詩學體系》、錢念孫先生的《文學橫向發展論》等書，重在理論性的概括與總體把握，追求的是「高度模式」。三種類型互為依存，相輔相成。其中，「點」的研究是全部研究的基礎與出發點，「點」的研究不足，「線」也無法

1　本文原載《跨文化對話》（南京）第26輯（2010年第1期）。

連成，中外文學關係史就寫不出來，同時，相關的理論概括就缺乏材料的支撐，「面」就不成其「面」而流於支離空疏。只有「點」的研究積累到一定程度，才可能有系統的「線」性著作出現，才可能有總體性綜合性的「面」的理論著作問世。而隨著「點」的研究的不斷增多，又會不斷補充其「線」、充實其「面」，促進中外文學關係史類著作與相關理論概括類著作的更新與提高。可見，「點」的研究實最為基礎、最為重要。

「點」的研究很重要，「點」的研究方法的更新也很重要。但迄今為止，關於「點」的研究的方法的探索與概括，最為不足。例如以兩個以上作品本文的審美分析為特徵的「影響研究」，固然屬於「點」的研究，但這種方法如果缺乏明確的學術動機與問題意識，弄不好就會流於「大膽的假設」，而最終無法求證，對「中外文學關係研究」而言，有時不免失之於「虛」；美國學派提出的「平行研究」法，主要在沒有事實關係的兩個以上的對象之間進行比較，也屬於「點」的研究，但這種「平行比較」的方法流行簡單化，而缺乏學術價值，它得出的結論很有許多難被「文學關係史」所採信。我國學者在「平行研究」基礎上修正而成的「平行貫通研究」法，不滿足於 X 與 Y 兩個「點」的比較，而追求連點成線，所以它不再屬於「點」的研究方法的範疇。更不必說法國學派的以文獻實證為特色的「傳播研究」方法，則屬於「文學史」的研究方法的範疇，更適合於系統的文學發展史的研究。可見，在我國、乃至世界比較文學學術史上，關於「點」的研究方法的探討，最為薄弱，問題也最大。

最近一兩年，我在申報與承擔國家資助的相關研究項目的過程中，試圖在「點」的研究尋求突破，並謀求在方法論上有所更新。我所思考和探索的方法，是「比較語義學」。

眾所周知，在中國傳統學術中，有一門研究古漢語詞義解釋的一般規律和方法的學科，叫作訓詁學，它與文字學、音韻學共同構成傳統「小學」的三大內容。訓詁學的宗旨是對古代文獻的詞義做出盡可能正確的解釋，以幫助今人理解古字古詞古文，因此訓詁學也可以稱作古漢語詞義學，這與現代「語義學」有相當的類似。先秦時代的「名家」及「名學」，還有發展到漢代末期至魏晉時期的「名理之學」，都圍繞名實（概念與實在）關係加以考辨，也與現代「語義學」相近。歐洲各國則有淵源流長的「闡釋學」，但闡釋學主要是對文本意義的闡釋，而不是對詞語意義的解釋。十九世紀初葉，發端於德國的「語義學」，則是當時的語言學繁榮發達的產物，它將闡釋的重點轉到詞語及其含義上。一八三八年，德國學者萊西希較早主張把詞義的研究建成一門獨立的學科，他稱這門學科為「語義學」。一八九三年，法國語言學家布雷阿爾首先使用了「語義學」這個術語，並於一八九七年出版了《語義學探索》一書，從此，語義學逐漸從詞彙學中分離出來，成為語言學的一個新的分支學科，並逐漸影響到英美世界。此後，語義學逐漸方法論化，並向相關學科遷移，並出現了三個主要的分支與流派。一是「語言學語義學」，作為語言學的一部分，主要是運用詞彙統計學的方法，研究詞義之間的關係及其演變；二是「歷史語義學」，不是對普通詞語，而是對特定名詞概念（關鍵詞）的語義生成及嬗變進行歷史的詮釋，也稱「概念（或觀念）史研究」，三是「哲學語義學」或稱「語義哲學」，主張只有語言才是哲學分析、邏輯分析的最主要的甚至是惟一的對象，注重對語詞和語句做所謂「話語分析」。

近幾年來，已有人注意到了國外的「語義學」、「歷史語義學」的研究並加以提倡，武漢大學還專門召開過關於「歷史文化語義學」的國際學術研討會，並編輯出版了題為《語義的文化變遷》的會議論文集（武漢大學出版社，2007 年）。其中，歷史文化語義學的主要提倡者和實踐者、武漢大學的馮天瑜教授在收入該書卷首的〈「歷史文化語義學」芻議〉一文中，認為陳寅恪提出的「凡解釋一字，即是作一部文化史」的名論，昭示了「歷史文化語義學」的精義，歷史文化語義學就是要「從歷史的縱深度與文化的廣延度考析詞語及其包蘊的概念生成與演化的規律」。從我國近年來的相關研究的實踐上看，在文學研究領域出現的一系列所謂「關鍵詞」的研究，包括《中國當代文學關鍵詞》、《西方文論關鍵詞》、《文化研究關鍵詞》等書的立意布局，顯然都是受到了語義學方法、特別是歷史語義學方法的影響。這種方法的運用使相關研究在各個「點」上更為凸現和深化，又具有歷史意識的貫穿，故能每每新人耳目。但是，我國現有的許多的「關鍵詞」研究，僅僅是對「語義學」方法的運用，還不是我所說的「比較語義學」。因為不管是中國的訓詁學，還是歐洲的語義學，還是當代中國的「關鍵詞」研究，大都是在同一種語言、同一種文化體系內進行的。只有當「語義學」研究擴大到跨語言、跨文化的範圍，那麼「語義學」才能成為「比較語義學」。

我認為，我想，可以將「語義學」的方法加以擴展與改造，使之發展為「比較文學語義學」，可簡稱「比較語義學」，並將它作為比較文學、特別是東方文學關係史的研究，是十分必要和可行的。同時需要指出的是，比較語義學，更為準確的稱謂或許應是「比較詞義學」。因為它是對構成語句的最小、最基本單位的「詞」的研究，特別是對那些形成了概念乃至範疇的「詞」的研究，而主要不是研究那些由一系列詞彙構成的語句。不過，鑒於「比較語義學」的稱謂已有約定俗成的傾向，所以如此沿用下去也未嘗不可。

那麼，作為比較文學研究方法的「比較語義學」是什麼呢？就是在跨語言、跨文化的範圍與視野中，對同一個概念範疇在不同民族、不同國度、不同時代的文學交流中的生成與演變，進行縱向的梳理與橫向的比較，以便對它的起源、形成、運用、演變的歷史過程做追根溯源的考古學的研究，描述其內涵的確立過程，尋求其外延的延伸疆界，分析某一概念的內涵與外延發展變化的具體的歷史文化語境，從豐富的語料歸納、分析與比較中，呈現出、構建出相關概念範疇的跨文化生成演變的規律。

在西方學者已有的研究實踐中，有對某些名詞概念進行跨語言、跨文化的語義研究，自然屬於以上我所界定的「比較語義學」的範疇。但對西方的「語義學」來說，跨語言、跨文化的比較研究雖然也有，卻不是必要的條件。換言之，在一種語言內部從事語義學研究也完全可行的，並且是語義學研究的主流。而且，歐美世界的語義學研究，即使跨出了某種民族語言的範疇，也是在西方語言系統內部進行的。並且，他們似乎並沒有形成「比較語義學」的學科方法論的自覺，而作為比較文學方法論的「比較語義學」，似乎更是無人提及。

中國學者來說，從事「比較語義學」具有天然的優勢、豐富的資源。中國與西方各國，特別是與亞洲鄰國，都有著源遠流長的文化與文學交流關係，細察之下，就可以發現這些交流常常是以某些名詞、術語、概念為契合點的。特別是在東亞漢字文化圈中，在東方比較文學的框架內，對流轉於中國、韓國、日本、越南各國的漢字名詞、概念、術語、範疇等，進行上下左右的比較研究，對中國學者而言是得天獨厚的。當我們的中外文學關係史研究由通史、斷代史的「線」的研究轉向更具體深入的「點」的研究時，最閃亮的「點」之一，可能就是在中外文學交流中形成的若干概念或範疇。

中國學者雖然還沒有人在理論上明確提出「比較語義學」方法概念，但實踐走在理論前面，在「語義學」及「歷史文化語義學」的方法論指導下，近幾年來我國學者在歷史文化、政治、哲學等領域的研究實踐中推出了一些成果，很好地體現了「比較語義學」方法的特點與優勢。例如，陳建華先生的《革命的現代性——「革命」話語考論》（上海市：上海古籍出版社，2000 年）一書，從中國古代的「革命」、到西方的「革命」、到日本的「革命」，從文化文學的「革命」，再到政治的「革命」，從作為翻譯語的「革命」，到作為本土語言的

「革命」，都做了周密的上下左右的關聯研究，從而圍繞「革命」這個詞，生成了一個嚴密可靠的知識系統。同樣，馮天瑜先生的《新語探源——中日西文化互動與近代漢字術語生成》（北京市：中華書局，2004 年）一書，對清末民初在外來影響下一系列漢字術語的生成過程與傳播的歷史文化背景，都做了細緻的比較、分析與研究。馮天瑜先生的另一部著作《「封建」考論》（武漢市：武漢大學出版社，2006 年）一書，對中國古代的「封建」概念，日本傳統的「封建」概念，作為西歐譯詞的「封建」概念，都做了橫跨東西方的比較研究。對「封建」這個概念的來龍去脈、歧義與演變，做了前所未有的梳理與呈現。方維規先生用德文寫作的《近現代中國「文明」「文化」概念的產生與變遷》（2003，亞琛），用中文寫的《西方「政黨」概念在中國的早期傳播》（2007，香港）等論文，也是成功的「歷史語義學」的研究。此外，還有學者對「人民」、「政黨」、「國會」、「哲學」、「心理」、「科學」、「藝術」等在中、日、西之間輾轉遷移的關鍵詞做了「比較語義學」的研究。這樣的研究，不懂中文、日文的西方學者做起來很困難，中國學者則顯得得心應手。相比而言，不無遺憾的是，目前在我國的比較文學領域，還沒有出現運用成功「比較語義學」方法的代表性成果。不過，以上提到的相關學科已有的成果，卻很值得比較文學界加以充分注意，並應該從中汲取方法論上的啟示。

我認為，在比較文學研究及東方比較文學研究中，「比較語義學」的方法涉及到兩種不同的研究對象。

第一種，某一名詞、概念或範疇，以同形（寫法相同）、通義（意思大致相同）、近音（讀法相近）的形態，在不同國度的輾轉流變。例如，在宗教哲學領域，漢譯佛教詞語、儒家哲學倫理學的基本概念之於中、印、日、韓、越等國。在文學領域，中國的「詩」與「歌」字的概念之於傳到朝鮮、日本各國。中國古代的「自然」概念傳到日本，近代日本人用「自然」來翻譯歐洲的「自然主義」，然後

「自然主義」這一譯語再由日本傳到中國，等等之類。這種情況在東亞漢字文化圈，有大量的研究資源。以相同文字（例如漢字）書寫的某一個概念，在不同國度與不同語言中的移動或轉移，我們可以稱為「移語」，這方面的研究也可以叫作「移語研究」。

第二種，就是將一種語言翻譯為另一種語言所形成的詞語概念，叫作「翻譯語」，可簡稱「譯語」。例如，「文學」這一概念，在中國，有作為本土概念的「文學」概念，有從日本引進的作為西語之譯語的「文學」概念。再如，中國古代文論有「味」的概念，印度梵語詩學中也有「味」的概念，而梵語的「味」則是中文的譯語。對譯語的「比較語義學」研究，與翻譯學研究中的譯詞研究有一定關聯，但作為「比較語義學」的研究，所研究的詞語，必須是在文學交流史上形成的具有概念與範疇意義的詞語，而非一般詞語。

當然，但在具體的比較文學研究中，根據研究目的的需要，「移語」研究與「譯語」研究可以分頭進行，也可以交叉進行。但是，比較文學中的嚴格的「比較語義學」的方法，主要運用於同一詞語、概念或範疇的跨文化的傳播、影響與接受、變異等的研究，而不是完全沒有傳播、沒有影響關係的詞語、概念之間的平行比較。例如中國的「道」與西方的「邏各斯」、中國的「風骨」與西方的「崇高」之類的概念範疇，因互相之間沒有傳播與流動，則不屬於「比較語義學」的適用範圍。歸根結柢，「比較語義學」是國際文學交流史中以詞語、概念或範疇的傳播與影響為中心的個案研究與專題研究的方法。對相關詞語、概念或範疇的平行的對比，也應該在事實關係的基礎上進行。若不如此界定，則「比較語義學」作為研究方法就會瀰漫化、普泛化，並最終失去它的具體可操作性。另一方面，「比較語義學」的方法運用到比較文學中，又不同於通常的文學交流史的傳播研究中的實證主義，它要求語言學與文學的跨學科的交叉，要求對語義做動態的歷史分析與靜態的邏輯分析，對語義形成流變起重要作用的哲學、宗教、歷史等的深度背景，也要予以揭示。因此，「比較語義學」既是一種具體可操作的研究方法，也是一種有著廣闊學術視野與深厚思想底蘊的學術觀念。

「比較語義學」的方法，對東亞漢字文化圈區域文學的比較研究，尤其具有適用價值。

我在近來所做的有關中日文學關係、中日文論關係的相關研究中，也在自覺運用並檢驗「比較語義學」的方法。在《日本古代文論選譯》、《日本近代文論選譯》兩書的基礎上，我又運用「比較語義學」的方法，對中日古典文論的一系列關鍵概念，進行比較研究。這些概念包括：一、文；二、道；三、心；四、氣；五、誠；六、秀；七；體／姿；八、雅；九、豔；十、寂；十一、花／實；十二、幽玄；十三、物哀；十四、情／餘情；十五、風流，等。

例如，我在〈道通為一——日本古典文論中的「道」、「藝道」與中國之「道」〉一文中，認為，日本的作為抽象名詞的「道」是從中國傳入的，但這個「道」在日本卻失去了作為本原與終極本體的最高抽象意義，日本古代文論對中國之「道」的理解，受制於日本儒學對「道」的「人道」及「聖人之道」的規定，同時又迴避了儒學之「道」中的「性」、「理」的抽象內涵，而專指學問或學藝，「道」由此而與日本古典文論產生了密切關係，並成為日本古典文論的元範疇。由「道」為中心產生了「和歌道」、「連歌道」、「俳諧道」「能樂道」等一系列相關文論概念，並最終形成了統括性的範疇——「藝道」。

再如，〈從「文」到「文論」——中日「文論」範疇的構造與成立〉一文中，認為：「文」這一概念是中日傳統文學深度關聯的一個重要的契合點。在中國，「文」的含義有兩個基本層次：一是哲學之「文」、二是「文學」之文；在日本，「文」也有兩個基本層面，一是文學之「文」，二是語言學之「文」。兩國之「文」的含義有一層上下的錯位——哲學意義上的「文」未能深度融入日本文化，而語言學意義上的「文」在中國很少使用。但在文學的層面上，兩國之「文」是完全嚙合的，並且成為兩國統括各體文學的最高範疇。在「文」及「論文」的基礎上形成的「文論」這一概念，作為統括中國傳統文學理論與文學批評的最恰切的範疇，無可替代，對日本傳統文學也同樣適用。

又如，我在〈日本古典文論中的「心」範疇及與中國之關聯〉一文中，指出，日本古代文論中的「心」範疇，涉及到文論中的創作主體論、心詞（內容與形式）關係論、審美態度論、主客統一論。日本的「心」「有心」「無心」的概念均來自漢語，在語義上接受了中國影響，但在中國，這些主要都是哲學概念而不是文論概念，在日本則主要是文論概念。日本文論中的「心」論及其衍生出來的「心・詞」、「歌心」、「有心・無心」等概念，都與中國有關，但相比於中國文論中的「心」論，具有較高的範疇化程度，「心」論在日本古典文論中的地位與作用，也較中國的「心」論為高。

接下來，對於中日近代文論中的基本概念也選擇了十五個，並對此做比較語義學的研究，這些概念包括：一、革命／文學革命；二、古典文學／近代文學／現代文學；三、西學／中學（國學／國粹／國故）；四、民族文學／國民文學；五、貴族文學／平民・民間・大眾文學（雅／俗）；六、東洋（方）文學／西洋（方）文學；七、世界文學；八、文學史；九、新文體；十、翻譯／翻譯文學；十一、佛典（經）翻譯文學；十二、寫實／寫實主義；十三、美／審美／耽美；十四、悲劇／喜劇；十五、餘裕。對以上三十個關鍵概念與範疇，以「比較語義學」的方法加以深入探究，在語言學、哲學、美學、宗教學、文學等多學科交叉的視閾中，研究中日這些相關概念的生成及歷史文化背景的關聯，相關詞語遷徙流布的路徑，詞義的對應與錯位，相關詞語的概念化、範疇化的過程及其相互影響。此部分的研究，是本人主持的國家教育部人文社會科學研究基地二〇〇八年度重大項目《中國近現代文學理論基本概念的起源與發展》課題中的一部分，並將以《中日文論相關概念比較考論》為題，將古典與近代兩部分合併出版。

總之，比較文學過去是、現在仍然是個很前沿的學科。它的前沿性主要應該體現於它的理論創新上的探索性、學術觀念的包容性與開放性，學術方法的多樣性與新穎性。「語義學」無論在中外學術中都不是一種新方法，但在此基礎上改造優化而成的「比較語義學」方法，對比較文學研究而言無疑是一種新方法。它的運用，可以一定程度地更新既成的比較文學研究模式，特別是對中外文學交流史、東方文學、東亞文學關係史而言，「比較語義學」的研究方法的運用，必將能在文學交流通史、斷代史、專門史等「線性模式」之外，在「點」的研究上有所加深，從而開闢另一新的天地。

比較文學史上的宏觀比較方法論及其價值[1]

一

宏觀比較文學「指的是以民族（國家）文學為最小單位、以世界文學為廣闊平臺的比較研究」。[2]縱觀世界比較文學學術史，最早的比較文學形態，即具有比較文學性質的議論、評論，大都屬於「宏觀比較」的範疇，其特點是印象式的判斷，鳥瞰式的總覽、同時必然與價值判斷聯繫在一起。

在古代世界，希臘、印度、中國等文明古國，由於其文明優越感，缺乏異文化存在感和比較意識，跨文化的比較文學觀念遲遲未能形成。而比較文學意識最強的，則屬人類文明發展史上第二階段興起的國家，如橫跨歐亞非的阿拉伯帝國、東亞的日本和朝鮮。在這些國家中，有的本來就是多民族融合的帝國（如阿拉伯帝國），有的是在文明中心國（如中國）的影響下成長起來的（如日本、朝鮮），容易產生異文化觀念及跨文化比較的意識。

先以西元八至十一世紀的阿拉伯帝國為例。那時阿拉伯帝國廣泛接收和吸納東西方各民族文化，熔鑄成新的阿拉伯—伊斯蘭文化。在各民族交往日益頻繁的大背景下，學者、文學家們自然產生了文學與

1　本文原載《中國比較文學》（上海）2014年第1期。

2　王向遠：《宏觀比較文學講演錄》（桂林市：廣西師範大學出版社，2008年），頁20。

文化的比較意識。早期的阿拔斯王朝時代，各民族文化產生了深度融合和激烈衝突，並出現了所謂「反阿拉伯人的民族主義」思潮，即「舒畢主義」思潮。學者們就阿拉伯文化與其他民族文化孰優孰劣的問題展開了激烈爭鳴，其中也自然涉及到了語言文學的比較。據伊本·阿布德·朗比在《珍奇的串珠》一書記載：八世紀著名學者、作家伊本·穆格發曾多次對波斯、羅馬、中國、阿拉伯各民族的文化特點做了比較評論。他認為阿拉伯人聰明睿智，擅長語言表達，「寫什麼，像什麼，作什麼，成什麼。一枝生花妙筆，肆意褒貶」。[3]當時阿拉伯帝國統治下的各民族及周邊各國，也自覺地將自己的詩歌（文學）與阿拉伯民族相比較，據八世紀文學史家伊本·薩拉姆在《詩人的品級》一書記載：阿拉伯人描寫戰役、歌頌民族英雄的詩歌很多，相比之下，另外一些民族覺得自己民族在這方面的詩歌太少，於是就「藉口齒伶俐的傳述者來杜撰詩歌。」[4]也有人在比較中對阿拉伯人及其詩學水平不以為然，上述的阿布德·朗比在《珍奇的串珠》一書認為：阿拉伯人「雖在詩歌方面稍有成就，然而詩歌發達的民族，並不只是阿拉伯人，其他民族的詩歌，也是發達的，如羅馬也產生過瑰奇美妙的、音調鏗鏘的詩歌。」[5]面對這些對阿拉伯人的貶抑，九世紀著名學者、作家查希茲在《修辭與釋義》（一譯《解釋與說明》）一書中給予駁斥，在該書第八卷中，他將阿拉伯民族和希臘、印度、波斯等別的民族作了比較，認為：「阿拉伯人，無論講什麼，都無暇深思，不事推敲，直感所及，便如受了感召似的，一念之下，意思便湧上心頭，言辭便脫口而出。阿拉伯人是文盲，不知書寫，是自然人，

---

3 轉引自艾哈邁德·愛敏撰，朱凱、史希同譯：《阿拉伯—伊斯蘭文化史》（北京市：商務印書館，1990年），第1冊，頁45。

4 曹順慶主編：《東方文論選》（成都市：四川人民出版社，1996年），頁465。

5 轉引自艾哈邁德·愛敏撰，納忠譯：《阿拉伯—伊斯蘭文化史》（北京市：商務印書館，1982年），第1冊，頁33。

不受拘束。不以強記他人的學問，模仿前輩的言辭為能事。他們的言辭多半發自內心，出於肺腑，同自己的思路，緊密相通；不矯揉，不造作，不生吞活剝。他們的言辭鮮明爽朗，豐富多采。」[6]還比較說：「波斯人說話是經過深思熟慮、反覆推敲的，而阿拉伯人講話則是憑直感，脫口而出，好似靈感、天啟一般。」他還在比較後斷言：「世上沒有一種語言比智慧過人、能言善辯的阿拉伯遊牧人的語言更加有益、更加華麗、更加動聽、更加使人心曠神怡，更加符合健康理智的邏輯、更加有利於鍛煉口才。」[7]在《動物集》一書中，查希茲又說：「地球上沒有一種語言，其動聽、優雅能比得上聰明的遊牧人的言談話語；沒有一種語言，比阿拉伯學者的雄辯更理智、更暢達，更富於啟迪和教益。地球上沒有一種享受，能比聆聽他們滔滔不絕的言詞更令人心曠神怡。」[8]西元十世紀的阿拉伯學者、文學家艾布·曼蘇爾·賽阿裡比在《稀世珍寶》中，記載並評論了阿拉伯文學史上的著名詩人，並對他們做了比較。他按照詩人所在的地區、國家如沙姆（先敘利亞、黎巴嫩地區）、埃及、摩洛哥、伊拉克等地，等來劃分詩人的類別，並基於這樣的地域劃分進行比較評論。例如他寫道：「沙姆阿拉伯詩人以及它鄰近地區的詩人比蒙昧時代以及伊斯蘭時代的伊拉克詩人及鄰近伊拉克地區的詩人更富詩意，其原因是這些民族在古代與現代比其他民族更卓越。這是由於他們接近賈希茲，遠離外國人。而伊拉克人與波斯人、奈伯特人接近，並與他們混合。而沙姆地區的詩人更兼具伶俐的口齒及文明人文雅甜蜜的巧辭。這些詩人受哈姆達尼族及瓦爾格烏族國王的供養。而這些民族酷愛文學，以光榮

6 轉引自艾哈邁德·愛敏撰：《阿拉伯伊斯蘭文化史》（北京市：商務印書館，1990年），第1冊，頁33。

7 轉引自艾哈邁德·愛敏撰：《阿拉伯—伊斯蘭文化史》（北京市：商務印書館，1990年），第2冊，頁45。

8 曹順慶主編：《東方文論選》（成都市：四川人民出版社，1996年），頁475。

的歷史及慷慨大方而聞名，並兼具文治武功。他們中有傑出的文學家，不僅寫詩而且加以批評，對最優秀的學者給予報酬。這些優秀的文學家獨具才華、文筆洗鍊。他們循著一條阿拉伯人走過的道路寫作……。」[9]在這段文字中，賽阿里比在比較中流露出明顯的阿拉伯民族主義傾向，在同書中他甚至聲稱：「阿拉伯詩歌是一種令人欣羡的文字，是阿拉伯人而非其他民族的一門學科」，附帶著強烈的優劣高低的價值判斷。

與中國的情況不同，中國的東鄰朝鮮和日本兩國始終感受到了中國文化、中國文學的強大存在，因此很早就產生了異文化觀念和國際文學的眼光。

在相當長的歷史時期內，朝鮮文學一直使用漢字、寫作漢文，因此基本上是中國文學的一個分支。三國時期和統一後的新羅時期，一般文人士大夫，面對中國，自稱「東人」或「東方」，而稱漢學為「西學」，對漢文化特別是唐朝文化的繁榮強盛，普遍具有敬畏感、自卑感，同時也產生了民族國家意識和民族文學的自覺追求。例如新羅時代著名詩人學者崔致遠少年時代留學中國，並在唐朝為官多年，著有大量的漢詩漢文作品。他在〈真鑒禪師碑銘並序〉一文中認為，在學問面前，不應有大國小國之分，流露出對新羅士大夫階層中小國自卑論的不滿和批評。他又在〈遣宿衛學生首領等人朝狀〉一文中強調了「東人西學」的跨文化觀念。西元十至十四世紀的高麗時期，在統治者的大力扶持下，朝鮮的漢文學創作取得了高度繁榮，藝術水平趨於成熟。與此同時，他們不再將自己的漢詩漢文視為中國文學的一個分支，而是認為高麗的詩歌是高麗人自己的文化遺產。這時期的一些「詩話」作品，滿懷自豪之情弘揚本國的漢詩文創作傳統，並在與中國作品的比較中，強調高麗的漢詩文「美於中國」。例如詩人、學

9 曹順慶主編：《東方文論選》（成都市：四川人民出版社，1996年），頁519。

者崔滋（1188-1260）在《補閑集》〈序〉中聲稱本朝人文化成，賢俊間出。姜希孟（1424-1483）在為當時非朝鮮詩人徐居正的《東人詩話》刊行作序時，也稱朝鮮的詩學不亞於中國。李朝的梁慶遇在《霽湖詩話》中，拿杜甫的詩作比較，極力稱道朝鮮詩人盧守慎的五言律詩所取得的成就。小說家、詩人金萬重（1637-1692）在談到詩歌時，也在朝、中兩國文學的相互觀照、比較中，強調朝鮮民族詩歌的獨特價值，指出朝鮮的詩文作者不能捨棄自己的語言而學習「他國之言」，否則無論怎樣相似，都是鸚鵡學舌。這些都表明，在學習模仿中國文學上千年後，朝鮮人的語言文學中的民族意識已經相當自覺，這與他們的國際視野和宏觀比較互為表裡的。

日本的情況與朝鮮一樣，在中國語言文學的影響下，在認同漢文化的先進性的同時，相對於「唐土」，他們有了「本朝」、「日本」、「皇國」之類的民族與國家觀念，並逐漸產生了民族文學的自覺。到了十八世紀江戶時代的「國學」家那裡，在與中國的總體比較中，他們也闡發了日本文學的特殊性和優越性。「國學」思潮中最有代表性的學者本居宣長（1730-1801）在研究《源氏物語》的專著《紫文要領》中，把日本的「古道」與所謂來自中國的「漢意」對立起來，認為以《源氏物語》為代表的日本文學的「物哀」傳統與中國文學的道德意圖完全不同[10]；在研究和歌的專著《石上私淑言》中，又拿中國詩歌做反襯，論述日本和歌的獨特性，他認為中國的《詩經》尚有情趣，與日本和歌無異，但發展到後來，在經學的影響下，中國詩歌多豪言壯語，喜歡說教，不表現真實的內心世界，只是「自命聖賢、裝腔作勢」，而日本人在和歌中則表現為率心由性，古樸自然。[11]本居宣長的這種中日兩國比較論，流露出強烈的大和民族主義，其結論雖有

10 本居宣長撰，王向遠譯：《日本物哀》（長春市：吉林出版集團，2010年），頁96。

11 本居宣長撰，王向遠譯：《日本物哀》（長春市：吉林出版集團，2010年），頁220-226。

參考價值，但與古代所有的宏觀比較一樣，都帶有文化民族主義傾向和好壞優劣的價值判斷。

二

在歐洲的比較文學學術史上，十八世紀伏爾泰的《論史詩》對歐洲各國文學的統一性和差異性所做的評論，開宏觀比較文學的先例。此後，這種宏觀比較評論的方法在法國的浪漫主義先驅作家、批評家斯達爾夫人（1766-1817）的《論文學》（1800）和《德意志論》（1813）兩部著作著作中，被充分運用並展開了。受孟德斯鳩地理環境、地理氣候決定論的觀點的影響，在《論文學》一書中，斯達爾夫人將歐洲各民族文學劃分為「南方文學」與「北方文學」兩部分。指出「有兩種完全不同的文學存在著。一種來自南方，一種源出北方。前者以荷馬為鼻祖，後者以莪相為淵源。希臘人、拉丁人、意大利人、西班牙人和路易十四時代的法蘭西人，屬於我稱之為南方文學的這一類型。英國作品、德國作品、丹麥和瑞典的某些作品應該列入由蘇格蘭行吟詩人、冰島寓言作家和斯堪的那維亞詩歌肇始的北方文學。」[12]她認為南方天氣晴朗，溪流清澈，叢林密佈，人們生活愉快，感情奔放，但不耐思考。北方陰鬱多雲，土地貧瘠，人們性格趨於憂鬱，但長於哲學思辯。因此，南方文學較普遍地反映民族意識和時代精神，北方文學則較多表現個人性格。斯達爾夫人對「南方文學」「北方文學」的劃分與研究，開創了歐洲區域文學劃分與研究的先例。在《論德國》的第二部分中，斯達爾夫人指出：

12 斯達爾夫人撰：《論文學》，見伍蠡甫編：《西方文論選》（上海市：上海譯文出版社，1979年），上卷，頁124-125。

只有對這兩個國家進行集體性的、現實的比較，才能弄清楚為什麼它們難於相互了解。[13]

可以把這句話看作是斯達爾夫人的宏觀比較方法論。從《論德國》第二部分的整體內容上看，所謂「集體性的、現實的比較」，不是單個作家的一對一的比較，而是一個國家與另一個國家的「集體性的」比較，亦即總體的、描述性的比較。所謂「現實的比較」，似乎可以理解為與「歷史的比較」相對而言，斯達爾夫人的比較全都是為了解答「為什麼法國人不能公正地對待德國文學」，解釋兩國人民及其兩國文學為什麼「難於相互理解」的問題，這些都是現實問題。斯達爾夫人是在當時德法文學的現實語境中來從事兩國文學比較的，因而這種比較與強調歷史縱深度的「歷史的比較」，即文學史的比較研究，是有一定區別的。一句話，所謂「集體性的、現實的比較」是斯達爾夫人對其宏觀比較文學方法的自覺概括。

從「集體性的、現實的比較」這種方法論出發，斯達爾夫人一方面是在比較中描述德、法、英文學的總體風格的不同，另一方面是將文學本身的影響因素與文學的背景因素——政治、社會、民族心理、生活習俗等，作為一個互為聯繫的整體，解釋它們之間的相互關聯。關於德法兩國文學總體民族風格的不同，關於不同的民族語言對文學風格的影響，關於英、德、法各國的宗教、民族性格及其與文學的關係、關於德法兩國文學與社會大眾、與讀者的關係，關於德國人與法國人的不同的思維特點對文藝創作的影響等，斯達爾夫人都做了比較闡發。即使是比較單個的作家，斯達爾夫人也是將其置於一個國家的總體的文化、文學背景上加以比較考察。換言之，她不是孤立地看待

13 斯達爾夫人撰，丁世中譯：《德國的文學與藝術》（北京市：人民文學出版社，1981年），頁2。

某個國家的某個作家作品，總是將他們作為一個國家、一個民族的「集體」的有機組成部分，並在這個前提下進行比較。例如，關於法國作家狄德羅與德國的歌德，斯達爾夫人比較說：「兩人似有天壤之別。狄德羅受到自己思想的羈絆，而歌德卻能駕御自己的才智；狄德羅著意追求效果而不免做作，而歌德對於功名成敗不屑一顧，竟使別人在感奮之餘對那種瀟灑作風頗感不耐。狄德羅處處要顯示博愛精神，便不得不添油加醋地補足自己所欠缺的宗教感情，歌德卻寧可尖酸刻薄而絕不自作多情，但他最突出的一點，還是自然質樸。」[14]總的說來，斯達爾夫人的論述對當時歐洲的文學大國德、法、英等國的文學所進行的總體上的印象式的比較評論與概括，是宏觀比較文學的較為成熟的形態。

在理論與方法上對宏觀比較文學做出最大貢獻的人物，首推德國浪漫主義作家、理論家弗．施勒格爾（1772-1829）。他在古希臘羅馬、德國及整個歐洲文學批評與文學研究中，進一步強化了歐洲各國文學的民族性與歐洲文學的統一性的觀念，在「民族文學」與「區域文學」的相互關聯中看待和評論作家作品與各種文學現象。他在《法蘭西之旅》中說：「如果不是作宏觀把握，而是細緻入微地觀察，那麼甚至在外在的生活方式上，兩個民族的差異僅僅是在第一印象裡才不甚顯著，倘若作進一步觀察，人們就會發現存在著一個巨大的差異。」[15]換言之，「宏觀把握」有助於在總體上把握民族文學之間的「巨大差異」。在《古今文學史》「前言」中，施勒格爾宣稱：

> 對於一個民族整個的後來發展和全部精神存在而言，文學首先

14 斯達爾夫人撰，丁世中譯：《德國的文學與藝術》（北京市：人民文學出版社，1981年），頁29。

15 弗．施勒格爾撰，李伯傑譯：《浪漫派風格：施勒格爾批評文集》（北京市：華夏出版社，2005年），頁231。

> 正是在這個歷史的、按照各民族的價值來對各民族進行比較的觀點上顯示出她的重要性。[16]

換言之，只有對「對各民族進行比較」，文學才能「顯示出她的重要性」。這種對「比較」的重視與強調貫穿在施勒格爾的歐洲文學史評論與研究中。他承諾：「我現在將努力勾勒出一幅全歐文學的圖畫來，而不僅限於德國文學。」明言其寫作目的是強化歐洲文學之間的聯繫性。施勒格爾還特別強調他的文學和以往的文學史的不同，就在於——

> 我的這部作品絕不是一部本來意義上的文學史……這部著作的主旨僅在於整體的描述。[17]

「整體的描述」的文學史實際上就是一部「宏觀把握」的文學史。此前，在歐洲文學史研究中還很少見。後來，英國著名散文作家和學者卡萊爾（1795-1881）的系統描述與評論歐洲文學史的《文學史講演集》，在理論與方法上可以見出施勒格爾影響的痕跡。施勒格爾這種「整體的描述」的方法，也就是以上引述的所謂「宏觀把握」的方法。

三

從文化哲學的高度，為宏觀比較文學進一步提出學理依據的，是

16 弗·施勒格爾撰，李伯傑譯：《浪漫派風格：施勒格爾批評文集》（北京市：華夏出版社，2005年），頁273。

17 弗·施勒格爾撰，李伯傑譯：《論古今文學史》，見《浪漫派風格·施勒格爾批評文集》（北京市：華夏出版社，2005年），頁267。

十九世紀法國文學理論家丹納（一譯泰納，1828-1893）。他把達爾文科學進化論學說和黑格爾哲學，孔德、斯賓塞實證主義哲學，以及十八世紀法國孟德斯鳩的地理環境決定論、斯達爾夫人的地域文學論結合起來，在文學史研究中提出了影響和決定文學發展進程的「種族、環境、時代」的「三要素」論，並在其代表作《藝術哲學》中，形成了自己的藝術哲學的理論體系。丹納在其《英國文學史》的序言中宣稱，全書意在闡明文學創作及其發展取決於三種力量或三個元素：種族、環境、時代。[18]在丹納看來，「種族」是一種生物學、遺傳學的範疇，是由先天所決定的某些民族特性，強調的是固定不變的生物學的特徵，「環境」則主要是社會人文環境，還有自然的物質環境，包括地理、氣候因素，強調的是橫向的地理性、空間性的因素；「時代」則是一種時序上的區間劃分，強調的是歷時的、縱向的歷史性因素。在法國及歐洲的比較文學學術史上，丹納的文學「三要素決定論」，一直被法國學派的巴登斯貝格等人認為是和比較文學「背道而馳」的。[19]因為按照種族環境與時代的三要素決定論，越是具有民族性的、不受外來影響和制約的文學藝術越是完美，因而各民族文學之間的相互交流與影響就成為微不足道的甚至有害無益的東西。而後來比較文學作為一門學科和學派在法國成立的時候，恰恰就是以研究文學傳播交流與相互影響為主要任務的，因而丹納的觀點消解了這種研究的意義和價值。從法國學派的立場上看，丹納確實是「比較文學的敵人」。同時，以德國的歌德、馬克思等為代表的「世界文學」論者或稱文學的「世界主義者」，看上去也與丹納的強調民族特性的「三要素決定論」不相相容。但是今天在我們看來，只要超越法國學派的文

---

18 丹納撰，傅雷譯，楊烈譯，見伍蠡甫等編：〈序言〉，《英國文學史》（北京市：人民文學出版社，1963年），頁235-241。

19 巴登斯貝格撰，徐鴻譯：《比較文學：名稱與實質》，見干永昌等編選：《比較文學研究譯文集》（上海市：上海譯文出版社，1985年），頁39。

學交流史研究的實證主義、事實主義的觀點，則丹納的「三要素決定論」不但不與比較文學為敵，而且從一個獨特的角度，為比較文學中的宏觀性的平行比較提供了理論前提。對比較文學而言，尋求文學的民族特性，與尋求人類文學的共通性一樣，如鳥之兩翼，缺一不可。而由三要素所決定的民族特性，恰恰必須在宏觀層面上的比較研究中才能見出。誠然，在《藝術哲學》一書中，丹納雖然很少直接提到「比較」（在第一編第一章他只是說：「我想做個比較，使風俗和時代精神對美術的作用更明顯。」[20]），但他的「三要素決定論」，卻為比較文學劃出了一個座標。對於比較文學而言，「種族」的因素，即「民族性」是一個基本的出發點，沒有民族的差異，「比較」就無從談起；而「環境」和「時代」則是「比較」的兩個座標軸，是文學的兩個外部影響因素或決定因素。可見，丹納的「三要素」本身，就是在「比較」中劃分出來的，「種族」的區分是各民族相互比較的結果，「環境」的因素常常是跨越國界和種族界限的，而不同的民族都活動在不同的「時代」，即使是相同的時代，也有不同的時代特色。因此，「三要素」中的任何一個要素的成立，都含有跨文化、跨地域、跨時空的比較。而且，「三要素決定論」不但是跨越民族國家界限的，更跨越學科界限，為文學與民族學及文化人類學（「種族」）、與歷史學（「時代」）、與社會學（「環境」）的跨學科的比較研究，提供了理論支援。

到了十九世紀末二十世紀初，為宏觀比較文學在文化哲學的層面上進一步提出方法論依據的，是以德國斯賓格勒的「基本象徵」論、英國湯因比的「文明形態」論。

斯賓格勒（1880-1936）在《西方的沒落》中創立了「世界歷史形態學」，將各種文化視為一種生物有機體，認為世界各種文化都要

---

20 丹納撰，傅雷譯：《藝術哲學》（北京市：人民文學出版社，1963年），頁8。

經過一個起源、生長、衰落與死亡的過程，每一種文化都具有不可替代的特殊性質，同時又有著生物進化意義上的「同源性」，因此在不同文化之間，就具有了「比較」研究的可能性。正是在這個意義上，斯賓格勒又把他的「世界歷史形態學」稱之為「文化的比較形態學」。[21]由此，他將世界文化分為八大形態：埃及文化、巴比倫文化、印度文化、中國文化、古典文化、阿拉伯文化、西方文化和墨西哥文化，並且以他那直覺的、「觀相」的、審美的方法，通過整體的鳥瞰方法和同源的模擬方法，為每一種文化找出了一種所謂「基本象徵」（一譯「原始象徵」），如古典文化（希臘羅馬文化）的原始象徵是「有限的實體」，西方文化的原始象徵是「無窮的空間」（又可稱為「浮士德文化」），古埃及文化的原始象徵是「道路」，阿拉伯文化的基本象徵是「洞穴」，中國文化的原始象徵是「道」，俄羅斯文化的原始象徵是「沒有邊界的平面」等等。雖然這些「基本象徵」物的抽象與解說大都失之於晦澀難解，但卻在文化多元主義的基礎上，為各民族文化的總體的對等比較提供了前提。而且，所謂「基本象徵」的發現與概括本身，更以其直覺的審美性與相當濃厚的文學趣味，對比較文化學及比較文學成為獨立的學科具有相當大的啟示作用。例如，美國當代文化人類學家本尼迪克特在《文化模式》一書中評價說：「斯賓格勒的更有價值和獨創性的分析是對西方文明中文化構型的對比研究」。[22]本尼迪克特在《菊與刀》中，將日本的「文化模式」歸納為「菊花」與「刀劍」，這兩者也就是日本文化的「基本象徵」。後來有日本學者和辻哲郎在《風土》（商務印書館，2006 年）一書中，將世界風土分為「季節型文明」、「沙漠型文明」、「牧場型文明」，日本學

21 斯賓格勒撰，吳瓊譯：《西方的沒落》（上海市：上海三聯書店，2006年），卷1，頁6。

22 本尼迪克特撰，孫志民等譯：《文化模式》（杭州市：浙江人民出版社，1987年），頁52。

者筑波常治在《米食・肉食的文明》一書（日本放送協會，1970年）中，將西方文明概括為「肉食的文明」，將東亞文明概括為「米食的文明」。還有的有中國學者將中華文明概括為「黄土」、將以古希臘為代表的地中海文明稱為「藍海」等等。這些「基本象徵」物的發現和概括，在經驗性的具象中，包孕著巨大的意義資訊，為比較文化提供了奔騰的靈感和新穎的角度，特別是對各民族文學的宏觀整體的比較，即筆者所提出的「宏觀比較文學」，具有巨大的參考價值。例如筆者在《宏觀比較文學講演錄》一書中，用「一」字來概括猶太文學的特徵，用「十字路」概括波斯文學的四方交匯的「介在性」特徵，用「沙漠特質」、「沙漠性情」、「沙漠結構」來概括阿拉伯傳統文學的三個特色，以小巧玲瓏的「人形」（偶人）來概括日本文學的「以小為美」，諸如此類，都受到了「基本象徵」的啟發。

將斯賓格勒的歷史形態學繼承並發揚光大的，是湯因比（1888-1960）。他在長達十二卷的《歷史研究》（1934-1961）的「緒論」部分中，首先提出了歷史研究的「單位」（或譯單元）問題，即歷史研究以什麼為基本單位的問題。湯因比尖銳批評了以往西方史學研究中將一個民族國家加以孤立研究的弊端。他提出，近幾百年來，許多國家試圖自給自足，實現自我發展，這種表面現象誘使歷史學家們一直把「民族國家」作為歷史研究的基本單位，即對各個民族國家進行個別的、孤立的研究。事實上，整個歐洲根本就找不到一個民族國家能夠自行說明其自身的歷史。無論是作為近代國家之典型的英國，還是作為古代國家之典型的古希臘城邦，二者的歷史都證實，歷史發展中的諸種動力並不是民族性的，「發生作用的種種力量，並不是來自一個國家，而是來自更寬廣的所在。這些力量對於每一個部分都發生影響，但是除非從它們對於整個社會的作用做全面的了解，否則便無法了解它們的局部作用。」[23]因此，為了理解各個部分，必須放眼於整體。因為只有這個整體才是一種「可以自行說明問題的研究範圍」。湯因比的這種「整體」的研究，就是以「文明社會」為基本單位的「跨文明的比較研究」。為了更好地展開這種「跨文明的比較研究」，湯因比將斯賓格勒劃分的失之於粗放的八種文明形體，再加以細化和優化，將世界歷史上的各民族文明劃分出了二十一種文明，後來又增加到二十六個、三十七個文明，並且認為西方文明不是特殊的中心，而不過是這一類文明中的一個，世界上的各個文明是「價值相等的」。[24]他還把各種文明都視為一個生命有機體，為揭示各種文明的興衰規律，而建立了一套「挑戰—應戰」的文明存續的「模式」，並以這套模式進行所謂「經驗的比較研究」。

四

綜上，在比較文學作為獨立學科成立之前的上千年的學術史上，「宏觀比較文學」是最為通行的比較形態。特別是古代阿拉伯帝國，日本、朝鮮，都有了豐富的宏觀比較的實踐。到了十九世紀初的歐洲，斯達爾夫人、施勒格爾等人在研究實踐的基礎上，明確提出了「集體的比較」、「整體描述」、「宏觀把握」的方法論。隨後，丹納的「三要素決定論」為沒有事實關係的文學現象的整體平行比較建立了座標軸，斯賓格勒的「基本象徵」論為宏觀比較提供了聚焦點和切入點，湯因比的「文明形態」論為宏觀比較文學提供了基本的比較單元。

宏觀比較文學無論在理論還是實踐上，都具有重大的作用價值，

23 湯因比撰，曹未風等譯：《歷史研究》（上海市：上海人民出版社，1959年，中文節譯本），上冊，頁5。

24 湯因比撰，曹未風等譯：《歷史研究》（上海市：上海人民出版社，1959年，中文節譯本），上冊，頁53。

它和梵・第根為代表的作為獨立「學科論」的微觀比較文學方法論的路數很不相同，差異很大。法國學派開創的作為學科的比較文學，總體上屬於對具體作家作品、對具體事件的微觀比較研究，其基本性質是重材料、重實證的事實判斷；而宏觀比較文學則是民族文學、國民文學之間的總體比較，重印象描述、重直觀感受，重總體把握，所做的直覺、觀相的審美判斷。

宏觀比較文學與美國學派也有不同。美國學派是以理論研究為旨歸的比較研究，以具體的理論「問題」為基本單元，它要探討的是規律性，尋求的是規律性、整體性，指向的全球性、世界性、普遍性。而宏觀比較文學則以整體的民族文學、國民文學為比較對象，所要描述和呈現的主要是「形態性」，追求個別性、民族性、特殊性。

可見，宏觀比較文學超越了比較文學學科史上的法國學派、美國學派，是一種源遠流長、綿綿相繼的觀念與方法。它將「比較文學批評「與「比較文學研究」結合起來，將詩學方法與科學方法結合起來，將「比較文化」的理念方法與「比較文學」的理念方法結合起來，具有獨特的、不可取代的學術的和方法論的價值。但是，由於使用這種方法的多在古代東方世界，或者多在比較文學學科成立之前的近代歐洲，而且使用這種方法的也不是專門的比較文學「學科」人士，而是思想家、文學評論家、文學史家、歷史學特別是文明史研究家。宏觀比較的印象描述的詩學方法，與學科化之後的比較文學所強調的微觀的文獻實證方法相去甚遠，兩者方鑿圓枘，難以相容，因而長期不被比較文學「學科」與「學派」的人士所重視。在歐美比較文學界，也一直未見有人將「宏觀比較」作為一種方法論明確提出來並加以論證。

實際上，在今天，在政治、經濟、文化等各種領域，以民族國家為基本單元的宏觀比較幾乎可以說寓目盈耳、無處不在，已經成為有國際意識的現代人思考和表達的基本習慣。換言之，在國際間、在各個領域進行整體的、直覺的、印象的、觀相的、形態的描述、評論與比較，已經成為人們把握世界的一種方式。宏觀比較可以不斷敏銳地發現真相、提出問題，而微觀的比較可以對此加以謹慎的具體實證，也就是說，將宏觀層面的「大膽的假設」和微觀層面的「小心的求證」結合起來，兩者之間可以相反相成、相輔相成。就比較文學而言，宏觀比較文學與微觀比較文學的結合，可以克服一些微觀比較文學研究一味膠著於個別事實的刻板與僵硬，在微觀比較的「研究」中，引進宏觀比較的「評論」；在微觀比較的「實證性」中，借助宏觀比較的「印象性」和「觀察性」；在微觀比較文學的「學科性」、「學術性」中，加入宏觀比較的「詩性」與「理論想像力」，注入宏觀比較的「思想性」。

事實上，詩性智慧、理論想像力、思想創造力，這些恰恰是我們現在的比較文學研究所欠缺的。比較文學學科化之後，特別是受法國學派的實證主義比較文學的深刻影響，許多人貶斥所謂「宏大敘事」，卻不假思索地認可和推崇「微小敘事」，滿足於只見樹木而不見森林。這似乎正是比較文學研究的「思想生產力」不足的根本原因所在。檢考學術思想史，就會發現恰恰是宏觀比較及其方法對思想的貢獻度最大。思想大廈的基礎是核心範疇、關鍵概念，而核心範疇或關鍵概念，都是在對世界各民族加以宏觀考察、宏觀比較的基礎上創制出來的。例如，德國思想家赫爾德在《人類歷史哲學要義》中，用「詩的時代」、「散文的時代」、「哲學時代」三個概念，對世界歷史的進程做了劃分；黑格爾在《美學》中，創制了「象徵型」、「古典型」、「浪漫型」三個範疇，對世界美學的發展階段進行劃分並作出宏觀的比較分析；法國社會學家孔德在《實證哲學教程》中，使用「神學階段」、「形而上學階段」、「科學階段」三個階段，將人類的歷史文化做了劃分和敘述。這些都是憑藉宏觀比較的方法，發揮了大膽的理論想像力，並在此基礎上，對世界各國歷史、美學史或哲學史進行宏觀性的比較研究，並得出了一系列經典性的思想結論。這些對我們的比較文學應該具有足夠的啟發性。

比較文學原本就是一門以世界文學為背景的宏闊學問，也應該是一門很開放的、很活躍的學問。在今後的比較文學學科理論探討和建構中，我們就要重視宏觀比較文學的理論與實踐的研究，以突破法國學派的傳播研究或影響研究、美國學派的平行研究方法論的侷限，要將宏觀比較文學及其方法論也納入研究模式或研究方法的範疇，在今後的《比較文學概論》課程或教材中，也應該對學生講述宏觀比較的方法。[25]只有這樣，我們才能使微觀層面、宏觀層面上的各種方法論共存共生，互相補充，互動互用，推動比較文學學術理念與方法不斷自我更生，適應時代要求，謀求新的建樹和突破。

25 參見王向遠：〈宏觀比較文學與本科生比較文學基礎課教學內容的更新〉，原載《中國大學教學》2009年第12期。

「宏觀比較文學」與本科生比較文學課程內容的全面更新[1]

一　本科生的比較文學教學為什麼需要改革

比較文學在一九九八年重新納入我國高等教育體制，成為文學專業本科生的基礎必修課程後，在學科建設與課程教材建設上取得了很大成就，但也始終面臨著如何使教學內容與教學對象、教學目的相適合的問題，而且這個問題一直沒有得到很好的解決。

這首先主要表現在，許多人將「比較文學」課理解為「比較文學概論」課，將比較文學的學科內容鎖定在比較文學學科概念、方法論、研究對象，比較文學與其他學科之間的關係等純理論問題上，向學生傳授的是應該如何進行比較文學研究。這作為研究生的課程固然十分適宜，但作為本科生的課程教材，則過於繁瑣和抽象，對大二、大三的本科生而言偏難、偏於枯燥。眾所周知，本科生的「本」字是「基本」的意思，本科生之所以叫「本科生」，就在於他需要掌握某專業領域的基本知識與素養，過早地要求他們從事具體的研究，對文學學科這樣的需要長久積累才能具備研究能力的人文學科而言，是不甚合適的。本科生與研究生兩個學歷層次的根本區別也在這裡。因此，本科生的比較文學課不應該主要傳授學科理論與研究方法，而應該以中外文學知識的系統化、貫通化、整合化作為主要宗旨和目的。

1　本文原載《中國大學教學》（北京）2009年第12期。

而現有的以講授學科理論及研究方法為主要內容的「比較文學概論」的課程體系，則很難實現這一目的。

其次，二十多年通行的比較文學「概論」、「原理」類的教材，大都過多加入了哲學、美學、西方文論、文化理論等相關學科的內容，導致教材篇幅膨脹，每每長達三、四十萬字以上，內容上也日趨駁雜。要在有限的課時（一般為三十六節課時）內消化這樣多的內容簡直不可能。文科教材應該追求概括凝練，以便使授課教師在課堂上有自由發揮的餘地與空間，比較文學教材篇幅的膨脹，使得教師連教材上寫的內容都無法全部複述完成，教師的教學主動性、主導性難以體現，教學效果勢必受到影響。更重要的是，比較文學教材內容的駁雜化，也使比較文學課與文學理論、西方文論等其他課程出現了許多重疊與交叉，影響了比較文學課程的獨特功能與獨特作用的發揮。

第三，自從一九九八年起教育部將「比較文學」、「世界文學」兩個二級學科合併為一個二級學科以來，在不同的大學一直存在著「比較文學」與「世界文學」兩者之間的厚此薄彼、甚至顧此失彼的現象。一些老師不願下力氣更新知識結構，對比較文學有排斥心理，許多大學一直沒有這門課的主講教師，沒有將比較文學作為必修課來開設，甚至在號稱全國規模第一的一所綜合性大學的文學院都是如此。許多大學的文學院的教師們仍然習慣於按照老辦法講授只有歐美（西方）文學的「外國文學」，即以歐美（西方）文學代替「世界文學」。而另一些大學的教師則很重視比較文學，卻相對輕視「外國文學」或「世界文學」，對外國文學課時量的壓縮，導致東方文學被進一步摒棄於「外國文學」、「世界文學」必修課之外，這些顯然都不符合比較文學與世界文學學科宗旨與基本原則。

第四，據我的了解與調查，近二十多年來，由於「比較文學概論」課程內容定型化和知識體系封閉化的傾向，導致本科生的比較文學課程與研究生的比較文學課程大同小異，甚至幾乎沒有什麼區別。

在大學課堂講的問題，到了研究生階段還要講，只不過是講得更細緻些罷了。因而，本科生課程與研究生課程之間一直存在著的層次不清的問題，使一些研究生不免由此而誤以為比較文學基礎理論課程「無非如此而已」，學習與研究的熱情和新鮮度都受到削弱。

由於上述的原因，從目前全國有關大學的同事同行回饋的情況來看，比較文學課程的授課效果一般來說不夠理想，授課教師多有困惑。

比較文學教學中出現的這些問題，並不表明在本科生階段開設比較文學基礎課本身是問題。恰恰相反，比較文學在文學專業的課程體系中占有不可或缺的特殊地位，對本科生開設此課程十分必要和十分重要。打個比方說，文學學科本科生的各門分支課程是大廈的主體構造，那麼「比較文學」則是為大廈封頂。在現有的文學學科的所有基礎課程中，只有比較文學課才能切實幫助學生在古今中外的比較中建立起總體文學的觀念，幫助學生將中外文學史、文學論的各門課程統馭起來，對中外文學加以整合、提升並使之成為一個知識系統。本科生階段的比較文學基礎課，應該切切實實發揮這一作用，完成這一使命。

有鑑於此，本人對以往比較文學教學經驗教訓加以總結的基礎上，對北京師範大學文學院本科生的「比較文學」基礎課的課程內容做了大幅度的更新和改革，將學科概論、學科原理及研究方法為主要內容的「微觀比較文學」，置換為「以世界文學宏觀比較論」為主要內容的「宏觀比較文學」，並把「微觀比較文學」劃歸為研究生的教學內容，把「宏觀比較文學」確定為本科生的教學內容，試圖以此來解決本科生比較文學教學內容的繁瑣化、比較文學與其他課程的重疊交叉化、研究生與本科生課程的無層次化、「比較文學」與「世界文學」的分裂化、東方文學與西方文學的不平衡化等困擾已久的問題，在此基礎上嘗試性構建了針對本科生的「宏觀比較文學」的理論體系與教學框架，在課堂試用和試講後，收到了預期的教學效果。

二　「宏觀比較文學」與「微觀比較文學」的區分

任何科學研究都有一個從個別到一般、從具體到總體，微觀到宏觀的探索過程。在這個過程中，具體的、個別的、微觀的研究是基礎，而在「基礎」之上，還需要總結規律、提升本質，抽象概括，把握全貌，從而進入更高級的研究層次，即宏觀研究的層次。比較文學作為一門學科，尤其同樣需要這樣的由微觀到宏觀的層次。我曾在《比較文學學科新論》一書中給比較文學下了這樣的定義：「比較文學是一種以尋求人類文學共通規律和民族特色為宗旨的文學研究。它是以世界文學的眼光，運用比較的方法，對各種文學關係進行的跨文化的研究。」[2]這個定義中的第一句話指出了比較文學的最終目的和宏觀特徵，最後一句話中的所謂「各種文學關係」，包括了「微觀的文學關係」和「宏觀的文學關係」。

所謂「微觀的文學關係」，是指國際文學關係中的具體事件、具體事實以及相互傳播、相互影響的關係。在已有的比較文學研究中，大部分成果屬於這種「微觀的文學關係」的研究，亦即「微觀比較文學」。以筆者主編的《中國比較文學論文索引（1980-2000）》（江西教育出版社，2002 年）一書所收的文章標題來看，微觀的研究在一九八〇至二〇〇〇年的比較文學類論文中占了絕大部分。綜括起來看，「微觀比較文學」研究的對象範圍，絕大多數是雙邊關係，即在範圍上只涉及兩個國家，涉及三個以上的「多邊關係」研究的占極少數。大多數的雙邊文學的交流，雙邊文學的翻譯，雙邊文學中的特定的兩位作家或作品的平行比較研究等，都屬於微觀比較文學。「微觀比較文學」作為具體文學現象的跨文化的比較研究，它以具體的作家作品、局部的、或某一側面的文學現象作為研究課題；它著眼於具體

2　王向遠：《比較文學學科新論》（南昌市：江西教育出版社，2002年），頁5。

的、局部的、個案的問題。這樣的研究完全可以就事論事，只談微觀問題，沒有世界文學的宏觀視野一般也不影響研究的品質。例如《朴燕岩與中國文學》，只將朝鮮作家朴燕岩與中國文學的關係講清楚就已足夠。然而，微觀研究所得出的結論，也是具體的、個案的，一般難以提升到具備普遍意義的理論高度。這種微觀研究，當用來以實證的方法來研究文學史上雙邊文學交流的史實的時候，其價值一般來說無可懷疑，如〈司馬遷《史記》及其在日本的傳播與影響〉之類的文章，儘管對世界文學的宏觀把握沒有多大用處，但其微觀的學術價值卻是一望可知、不言而喻的。

但是另一方面，對兩個沒有事實關係的文學現象、作家作品進行平行比較的時候，其學術價值常常令人懷疑。例如，《杜甫與歌德》、《李白與華滋華斯》、《王熙鳳與福斯塔夫》之類，這類平行比較的文章常常只是 A 與 B 之間異同的羅列，本來就不能揭示與呈現事實，如果再沒有宏觀的世界文學視野，得出的結論往往失之於簡陋，也難以具備普遍的理論價值。此類平行的微觀比較的範圍有時可以放大一些，例如中國文學與「西方文學」之間的比較，即把中國文學作為一方，把西方（歐美）文學作為另一方的比較，也就是在中國的比較文學研究中最多見的「中西比較」模式，這類比較只在「中國」與「西方」兩者之間進行，在材料的收集、結論的得出等方面，常常忽略了印度文學、阿拉伯文學、波斯文學、日本文學等東方文學的參照，這樣得出的結論也只在「中西」範圍內有效，一旦置於世界文學中，則難以成立。例如有關中西小說比較研究的一部專著中的一句結論性的話：「中國第一部現實主義傑作《金瓶梅》，也是世界第一部現實主義傑作。」之所以得出《金瓶梅》「是世界第一部現實主義傑作」的不正確的結論，顯然是因為只在「中西」之間進行比較，因而比《金瓶梅》早五、六百年的日本古典寫實性長篇小說《源氏物語》就不在其視野範圍內，其結論就有相當的侷限性。

上述侷限實際上是微觀比較文學所難以避免的侷限。對於這種侷限，比較文學學科史上早就有人有所覺察。如法國比較文學家梵·第根就敏銳覺察到這類「比較文學」研究「限於二元關係比較」的侷限與不足，他認為即使這類研究工作做得再多，「人們也不能了解一件國際的文學大事實的整體」[3]，即難以建立起國際文學的整體概念。為了彌補「比較文學」的侷限與不足，他提出了「總體文學」這個概念，認為國別文學研究、比較文學研究、總體文學研究這三個概念代表著三個研究層次。「國別文學」研究主要處理一國文學之內的問題，是一切文學研究的基礎；比較文學研究一般處理兩種不同文學的關係，是國別文學的必要補充；「總體文學」則探討更多國家文學所共有的事實，是「比較文學」的進一步展開。他認為，總體文學的研究領域主要有這樣幾個方面，「有時是一種國際的影響」，如伏爾泰主義、盧梭主義、托爾斯泰主義等；「有時是一種更廣泛的思想感情和藝術潮流」，如人文主義、浪漫主義、自然主義等；有時是一種藝術或風格的共有形式，如十四行詩體、古典主義悲劇、為藝術而藝術等。[4]梵·第根的上述見解，表明了他對「比較文學」侷限性的發現與認識，對我們今天「微觀比較文學」與「宏觀比較文學」的劃分是很有啟發意義的。

不過，梵·第根的這種認識與當時法國學派將比較文學視為文學交流史的狹隘定義相關。關鍵在於，法國學派所定義的「比較文學」不是我們今天所界定的比較文學，實際上只是一種「微觀比較文學」。梵·第根所看出的「比較文學」的侷限，實際上就是「微觀比較文學」的侷限。為了突破這種侷限，梵·第根才在「比較文學」之外，提出了「總體文學」這一概念。然而，「總體文學」這一概念顯

3　劉介民：《比較文學譯文集》（長沙市：湖南人民出版社，1984年），頁117。

4　劉介民：《比較文學譯文集》（長沙市：湖南人民出版社，1984年），頁69。

然並不是無懈可擊的。「總體文學」這個概念有些模糊不清，容易造成混亂，後來遭到了美國學派代表人物韋勒克和雷馬克的批評。實際上，「比較文學」與「總體文學」根本無法分開。梵・第根將「比較文學」限定為兩國文學之間的研究，而多國文學關係——現在可以稱之為多邊文學關係——的研究屬於「總體文學」。但無論是雙邊文學，還是多邊文學的基本觀念與方法都是「比較文學」的，兩者無法截然區分。正如兩個人的比較是比較，三個人的比較是比較，一千個、一萬個人的比較也是比較一樣。不能說兩個國家文學的比較是比較文學，三個國家以上的文學比較就不是「比較文學」而只是「總體文學」。另一方面，即使是研究兩國之間的雙邊文學關係，也需要「總體文學」的視野，需要將雙邊文學關係置於總體文學、世界文學的大背景下，才可能獲得科學而有價值的發現。反過來說，即使是研究多邊文學關係的「總體文學」研究，也必須以多個具體的雙邊文學關係為基礎。因此，無論是梵・第根所說的雙邊的「比較文學」研究，還是多邊的「總體文學」研究，實際上都是比較文學的研究，它們的區別在於前者是「微觀比較文學」，後者是「宏觀比較文學」而已。

什麼是「宏觀比較文學」呢？

「宏觀比較文學」指的是以民族（國家）文學為最小單位、以世界文學為廣闊平臺的比較研究，是各民族文學、各區域文學乃至世界文學之間的差異性與相通性的研究，是一門揭示和描述各民族文學、世界文學形成、發展規律的「科學」[5]，其實質就是「世界文學宏觀比較論」。從教學上說，宏觀比較文學課程不在於向學生教授具體的研究操作，而是全面吸收和借鑒已有的中外文學研究成果，並在此基礎上加以整理、綜合、概括、提煉與提升，從而使世界文學形成一個

5　眾所周知，所謂科學，就是「反映自然、社會、思維等的客觀規律的分科的知識體系」。見商務印書館《現代漢語詞典》「科學」條。

緊密關聯的可靠的知識系統。它的基本宗旨是引領、幫助本科生運用比較文學的方法，對已經修過的中國文學史、外國文學史（含東方文學、西方文學）的課程知識加以整合和提升。它的主要目的不在直接地向學生教授如何進行具體的比較文學研究，而是教會學生如何宏觀地看待、總結、概括具有全球意義的重大文學現象。在這一過程中，學生可以自然而然地對傳播研究、影響研究、平行研究、超文學研究等比較文學的基本研究方法有所體會、有所把握，並能夠建構世界文學的寬廣視野。

三　宏觀比較文學的學科內容及三個層面

可以將宏觀比較文學劃分為三個基本的層面：

宏觀比較文學的第一個層面是民族（國家）文學特性的宏觀概括與研究。

法國比較文學學派及代表人物梵・第根認為，「國別文學研究」不屬於「比較文學研究」，因為這種研究沒有跨國的比較。但是實際上，在國別文學本身也有許多複雜的層次與角度，其中，對一個國家文學的民族特性、民族風格的研究與概括，是國別文學研究中的不可迴避的課題。尤其在今天的全球化時代，任何一個國別文學的研究，都必然需要給該國文學加以定性與定位，就是要在世界文學的參照下，對該國文學的特色和特性、對該國文學在世界文學總格局中的地位做出判斷。而要概括某國文學的特性，沒有外來參照與外來比較則完全不可想像，也沒有任何意義。例如在中國文學研究中，中國文學研究專家所撰寫的有關中國文學宏觀研究類的書籍文章中，多少涉及到中國文學特點的總結，有的書則專門談到中國文學的特點或特色。其中較有影響的袁行霈教授的《中國文學概論》一書，該書的第一章《中國文學的特色》中，將中國文學的特色歸納為四點。一、「詩是中國文學的主流」；二、「樂觀的精神」；三、「尚善的態度」；四、「含蓄美」。[6]但倘若以宏觀比較文學的角度看，這四點恐怕都很難成為中國文學的特點。要說詩是文學的主流，古代希臘、印度、阿拉伯，波斯都是如此，甚至更為突出，中國正統文學實際上卻是詩與文並重；「樂觀的精神」是拿古希臘悲劇這一種文體與中國文學比較得出的看法，這只能是相對的，古希臘人也有喜劇，希臘人實際上並不比中國更悲觀，至少比中國更開朗、更注重人生享樂，而且中國文學中的悲觀色調與樂觀色調並存，傳統文學中存在著一種感傷的文學傳統。[7]說中國文學「尚善」，說中國文學表現一種倫理精神和人格力量，這是不錯的，但俄羅斯文學、朝鮮文學的「尚善」傾向也相當突出，更何況恐怕沒有一個民族的文學是「尚惡」的。說中國文學有「含蓄美」也不錯，但在含蓄美的追求方面，日本文學顯然比中國文學有過之而無不及。這就表明，研究國別文學的民族特色或特性，必須採用宏觀比較文學的觀念與方法，否則，所概括出的所謂「特色」，實際上常常只不過是某些「突出現象」，而不是他國缺乏、唯我獨有的真正的「特色」。

要言之，要科學地研究和總結文學的民族特性，就必須在比較文學、特別是宏觀比較文學的平臺上進行，而宏觀比較文學研究中的國別文學特性的研究，需要開闊的世界文學視野和宏觀比較文學的觀念與方法，需要寬廣深厚的知識積累，需要文學學科之外的歷史、文化、哲學、宗教等各學科的知識基礎的支撐，特別是與國民性研究（現在歸為「文化人類學」學科）密切相關。這是一件十分不容易的工作。這個工作，數百年來歐洲和日本的文學學術研究中已經有較為悠久的傳統積累。但在我國，長期以來，由於極左意識形態的束縛和

---

6 袁行霈：《中國文學概論》（北京市：高等教育出版社，1990年），頁11-26。

7 徐國榮.：《中古感傷文學原論》（北京市：中國社會科學出版社，2001年），頁7-8。

比較文化、比較文學觀念的缺失，國民性研究及文學的民族特性研究十分薄弱。本來，五四以降至一九三〇年代，在西方和日本學術的影響下，「國民性」研究在文化研究中是很活躍的部門，在有關「文學概論」、「文學原理」類的著作與教科書中，頗有一些作者將「文學與國民性」作為「文學原理」中的重要內容，單列章節予以論述。但是到了後來，由於意識形態信仰的左傾化和一元化，由於堅信只有具體的「階級性」而沒有抽象的「國民性」，在文學研究中談論文學的國民性或民族特性逐漸成為一種禁區。誠然，國民性或民族性，或文學的民族特性，都是一個歷史的、發展變化著的概念，沒有絕對的一成不變的、適合每個國民的國民性。但是，同時又不得不承認，在國民性及其文學的民族特性的發展變化中，也有一些綿延不絕的獨特的傳統潛流，支配和左右著該國文學的發展進程，在文學形成了其特有的題材主題、特有情感的表達方式，特有的敘事與描寫的模式，形成了該國國民區別於其他國民的較為顯著、較為穩定的性格特徵，由此形成了一個國家的文學特性。因而，不是民族文學特性不存在，而是我們研究不力，總結不力，而研究總結不力，是因為我們缺乏比較文學、特別是宏觀比較的觀念與方法。因為這樣的原因，新中國成立後，幾乎所有的文學概論類教科書都不再把這個問題納入文學倫理的構架中，這就導致了文學研究中虛假的「世界主義」傾向的氾濫，導致在中國學者撰寫的所有的國別文學史，例如英國文學、法國文學、俄國文學、日本文學、朝鮮文學、印度文學等教科書與專著中，大都不提一個國家、一個民族不同於其他國家、其他民族的民族特性究竟是什麼，於是，讀者從這些國別文學史上所看到的，就是全世界各國文學似乎都共同具有的「現實主義」、「浪漫主義」、「人道主義」、「人民性」，還有「時代的反映」、「社會的批判」、「理想的嚮往」等等觸目皆是的、永恆不變的「文學史寫作關鍵詞」。在筆者所過目的上百種中文版的「×國文學史」著作中，似乎只有余匡復先生的《德國文學史》在「前言」中將德國文學的民族特色做了一些概括。而作為一部國別文學史，假如對某國文學的民族特性沒有認真的提煉和概括，就不能算是圓滿地完成了國別文學史寫作的任務。從大學生文學教育教學的角度看，假如教師們教完了、學生們學完了全部的中外文學史及相關理論性課程之後，卻對中國文學的民族特性，對世界主要國家的文學的民族特性說不出個子丑寅卯來，那就是只見樹木，未見森林，只拿到了顯微鏡，而沒有拿到望遠鏡，都無助於學生宏觀思維能力的培養，都不能算是成功、到位的文學教學。當然，我們不能苛求所有文學課程都一定要凸現比較文學的意識與世界文學的眼光，但是我們有必要建立一個獨立的比較文學課程，來完成文學教學的這一使命；我們一定要以宏觀的比較文學的途徑與方法來達到這一目的。

宏觀比較文學的第二個層面是區域文學的研究。

所謂「區域」，是指由若干民族和國家形成的集合體；由各民族文學的相互交流、相互關聯，使某一區域內的各民族文學出現了相當程度的聯繫性、共通性和相似性，這就形成了「區域文學」，或稱「文學圈」。一般地說，一個文學區域的形成，要有四個基本條件，一是地理上的毗鄰，二是政治上的密切關係，三是宗教的紐帶和推動作用，四是語言上的關聯與翻譯文學的媒介。某一個地域文學的形成，往往是該地域內某一文明中心國的文學向外輻射的結果。一般認為，在古典文學時期，在世界文學格局中大體形成了四大文學區域，即以漢文化為中心的東亞文學區域；以印度文化為中心的南亞、東南亞文學區域；以阿拉伯—伊斯蘭文化為紐帶的中東文學區域；以希臘、希伯來為源頭的歐洲文學區域，後來又在「新大陸」出現了拉丁美洲文學區域、黑非洲文學區域等。這些區域文學的形成，打破了民族文學的相對封閉狀態。文學區域中各民族文學的交流比較密切，在語言、文體樣式、文學觀念等諸方面受惠於文明中心國所提供的典範文學，而在接受典範文學影響的同時，區域內各民族的文學民族風格不斷成熟。因此，區域文學是區域特徵與民族風格的辯證統一，是一致性與多樣性的統一。

作為宏觀比較文學的區域文學研究，是對不同層次的國別文學集合體之間的廣泛聯繫性加以研究，以揭示各民族之間的相互交流、相互影響而形成的超出民族文學範圍的共通性。區域文學研究主要是研究區域文學的劃分，區域文學的形成機制，區域文學中各國別文學之間的事實聯繫、交流關係和內在精神的關聯，「區域文學」如何發展為「世界文學」等。研究區域文學所採用的相應的基本方法，不再是國別文學特性研究中所使用的平行比較法，而是以實證研究為基礎的「傳播研究法」和以文本的審美分析為特徵的「影響研究法」。通過傳播研究法，解釋某一區域內不同國別文學之間的交流；通過影響研究法，分析、推斷它們之間超乎事實聯繫之上的內在的精神聯繫，並指出這些聯繫如何導致了某一區域文學的形成。並揭示某一區域不同於其他區域文學的共同特徵。

區域文學研究之所以是宏觀的比較文學研究，不是因為它的研究範圍超越了國別文學的界限，而是要求它在研究中一定要具備世界文學的宏觀視野。不具備世界文學的視野的區域文學研究，就難以達到宏觀比較文學的高度。在我國現有的上百種《西方文學史》、《歐美文學史》和《東方文學史》之類的教材與專著中，看上去都屬於區域文學研究，但除少數外，一般均缺乏比較文學與世界文學的觀念與眼光，因而還不能算作是真正的宏觀比較文學研究。例如，有一本研究東方文學的專著，在第二章《東方文學的基本特徵》中，作者為東方文學總結了五個特徵：一、歷史悠久，源遠流長；二、民族特色，濃厚鮮明；三、道路漫長，迂迴曲折；四、民間文學，繁榮興旺；五、宗教影響，既廣且深……。[8]誠然，這些概括不能算錯，但若從宏觀

8 何乃英：《東方文學概論》（北京市：中國人民大學出版社，1999年），頁60-104。

比較文學的角度看，這些幾乎都不能稱之為東方文學的「特徵」，因為西方文學的特徵也同樣可以用同樣的詞語加以概括。由此可見，作為宏觀比較文學的區域文學史，必須具有世界文學的觀念與眼光。遺憾的是，由於西方中心論的影響，現有的西方文學史，在構架立論方面，幾乎很少把東方文學作為參照。沒有東方文學參照的西方文學史以及沒有東方文學參照的東方文史，都沒有全球視野和世界文學觀念，都不符合宏觀比較文學的宗旨，也不是理想的區域文學史。當然，東西方文學互相參照可以是內在的、暗含的，不必事事都作表層的比較。在這方面，新中國成立以後人民文學出版社版的我國第一部歐洲區域文學史——《歐洲文學史》（上下冊）和後來的商務印書館出版的四卷本增補新版，就是一部暗含著東西方文學視野的、有著良好的國際感覺的區域文學史。另外，徐葆耕先生的《人的文學：西方文學》、趙德明先生的《拉丁美洲文學史》等也是頗有特色的區域文學史。只可惜這樣的著作還太少。

第三個層面是「世界文學」研究。

世界文學是各民族文學、各區域文學在長期的相互聯繫、相互影響基礎上形成的一種文學全球化現象。因此，從全球化的角度研究世界文學現象，本身就是一種最高層次的宏觀的比較文學，也是文學史研究、文學理論研究所追求的最高形態。本世紀初，法國著名比較文學家戴克斯特曾說：「十九世紀是國別文學史形成和發展時期，而二十世紀的任務將無疑是寫比較文學史。」[9]美國比較文學學者韋勒克也曾呼籲：「無論全球文學史這個概念會碰到什麼困難，重要的是把文學看作一個整體，並且不考慮各民族語言上的差別，去探索文學的發生和發展。」[10]可以說，世界文學的研究，世界文學史的研究，是

9 韋勒克·沃倫：《文學理論》（北京市：生活·讀書·新知三聯書店，1984年），頁44。

10 干永昌等編選：《比較文學研究譯文集》（上海市：上海譯文出版社，1985年），頁6。

二十世紀文學史研究中的顯著趨向，也將是二十一世紀文學研究和比較文學研究的大有可為的領域。

世界文學史，作為宏觀的、全球視野的文學史研究，它有兩個基本含義：一個是指世界各國文學，這是它的研究範圍；一個是能夠作為世界文化遺產、作為全人類共用的文化財富而加以弘揚的優秀經典作品，這也是世界文學史的選材取捨的原則尺度和評價標準。同時，「世界文學史」又是一種「宏觀比較文學史」。所謂「宏觀比較」，又有兩層基本含義：其一，是描述世界各民族文學在不同歷史階段的相互交流與相互影響的關係；其二，是對世界各民族文學發展演進的歷史進程、民族特色加以比較研究，從而尋找出世界文學發展的某些基本規律，揭示出各民族文學在世界文學總體格局中的特色和地位。除世界文學史研究外這一研究模式外，還有世界文學性的專題研究。例如，錢理群先生的著作《豐富的痛苦——堂吉訶德和哈姆萊特的東移》（1993）通過誕生於歐洲的兩個世界性的文學形象的東移軌跡的追尋、描述與分析，揭示了東西方文學交流的一個側面，是專題性宏觀比較文學研究的範本。

總之，宏觀比較文學與微觀比較文學是比較文學研究中兩種不同分野、不同層次。微觀比較文學需要宏觀比較文學的廣闊的世界視野，宏觀比較文學也需要微觀比較文學的具體翔實的實證材料；微觀比較文學是宏觀比較文學的基礎，宏觀比較文學是微觀比較文學的擢升。在總結國別文學特性、揭示區域文學聯繫性、把握世界文學總體面貌方面，宏觀比較文學構成了相對獨立的研究領域，構成了一個相對完整的知識體系。鑒於宏觀比較文學在知識整合、理論提升方面的強大功能，在本科生高年級開設宏觀比較文學，並用宏觀比較文學置換此前的微觀比較文學，是十分必要和十分重要的。較之原來的比較文學「概論」、「原理」類課程，「宏觀比較文學」不是比較文學課程的通俗化淺顯化，而是比較文學學科內容的拓展化、中外文學、東西方文學的整合化，理論教學與文學史教學的統一化。在「宏觀比較文學」課程中少了一些概念，多了一些概括；少了一些主觀論斷，多了一些客觀提煉。「宏觀比較文學」較之以往的比較文學概論類課程應該具有更大的知識含量、更密集的信息，應該能夠對學生施加強烈的信息衝擊，說明他們完成知識統合，方能收到預期的良好的講授效果。

打通與封頂：比較文學課程的獨特性質與功能[1]

像「中國語言文學」這樣的一級學科的教學與課程，是一個完整的體系。「比較文學」作為中文系基礎課程之一也是整個課程體系中的一個有機組成部分。對於比較文學在這個體系中占有怎樣的位置，需要在比較文學與其他二級學科的相關課程的關係中加以論證與確認。例如，比較文學課程與外國文學史課程之關係，比較文學課程教學與中國文學史課程之關係，比較文學課程教學與文藝學、文學理論課程之關係，比較文學課程教學與民間文學概論、兒童文學概論課程之關係，比較文學與語言學概論、古漢語與現代漢語等語言類課程之間的關係，都是需要一一加以討論的問題。將這些問題從理論上說清楚，才能更好地使比較文學課程的老師、其他相關課程的老師充分認識比較文學課程教學在中文系課程體系中的地位，切實認識比較文學課程的開設為什麼是必不可少的。

將除比較文學之外的中文系的課程按其性質，似乎劃分為三種類型：

第一，是「概論」課，目前各大學的主要基礎課程有《文學概論》（或叫作《文學原理》《文學理論》）、《語言學概論》等，是一種以概念、範疇、命題的展開為特點的橫向性的課程。

第二，是中外文學史類的課程，目前的各大學的主要基礎課程包括《中國古代文學史》、《中國近現代文學史》、《外國文學史》（包括

1　本文原載《燕趙學術》（石家莊）2013年春之卷。

《東方文學史》和《西方文學史》）等。這是在中外文學史的發展脈絡中、以重點作家作品的講解與分析為主要特徵的縱向性課程。

第三，是個案研究課，包括文學史、文學理論中的某些領域中的某些具體問題。這類個案課一般作為選修課來開設，開課的理由與依據，要麼在研究應該具有前沿性，要麼要具有方法論上的啟示。從空間結構上，如果說概論性課程是「面」，文學史課程是「線」，那麼個案言研究課則是「點」。

那麼，「比較文學」在以上三種課程類型中屬於哪一種呢？我認為，從性質與功能上說，比較文學課程並不屬於上述課程中的任何一類。

首先，它不是概論性質的課程。許多人把「比較文學」理解為「比較文學概論」，現在的課程目錄上的名稱就是「比較文學概論」，所以把比較文學理解為概論性質的課程。這種理解固然沒有大錯，但卻是不全面的。「比較文學」課程中應該含有「概論」的成分，要講述學科定義、學科原理、學科構成、研究對象、研究方法等問題。但是，「概論」不是比較文學的全部內容；換言之，「比較文學概論」並不等於「比較文學」。我們這門課程應該成為「比較文學」，而不是「比較文學概論」。倘若我們把「概論」作為比較文學課程設置的依據，那麼，任何一個二級學科都有理由設立一個概論課，因為這些學科專業既需要知識概述，更需要傳授研究方法。例如，「中國古代文學概論」、「中國現當代文學概論」，「外國文學概論」，「文藝學概論」等，還有一些三級學科也應該設置概論課，如北師大中文系長期設置的「兒童文學概論」、「民間文學概論」等。需要在這種情況下，為什麼偏偏要把「比較文學概論」設為基礎必修課呢？事實上我的學生已經好幾次向我提出過這個問題了。相信其他老師也會遇到類似質詢。這個問題本來應該很好回答，但要真正回答得讓質疑者感到滿意，並不是那麼容易的事情。

要而言之，把「比較文學」理解為「比較文學概論」，並不能充分說明設立比較文學課程的依據和理由，也會造成對比較文學學科與課程的偏狹的理解。由於把「比較文學」理解為「比較文學概論」，表現在三十多年來所出版的一些教科書和準教科書中，按照《某某主義哲學概論》、《文學概論》等概論書的常識化、模式化、意識形態化和多人集體編寫的慣例和套路，按照長期以來養成的直接從國外輸入理論模式與指導思想的習慣與惰性，不顧中國的學術國情、不注意從百年來中國比較文學豐厚的研究實踐中加以提煉和總結，不去認真研讀近三十年來中國學者撰寫的許多有價值的比較文學論著並從中加以吸收提煉，而是心安理得地順手照搬、抄襲或者拼湊、調和法國學派、美國學派的定義、名詞、概念和術語，三十多年了，周而復始，唯洋人是從，不敢越雷池一步。許多人習慣於在抽象的層面上高唱「理論創新」，但在具體的層面上卻不追求創新、冷眼面對理論創新。因而這些年來，我們理論文章很多很多，我們自己創制的理論概念、理論命題很少；即便有，一些人也常常以「屬於個人的觀點」為由而輕視之。殊不知除原始社會之外，真正的思想觀點都是個人的，而極少是集體性的。在這樣的情況下，外國比較文學學派的根本的學術精神我們能夠學到嗎？當年法國學派披荊斬棘的開拓精神，當年美國學派敢於打破比較文學的保守化的沉悶局面，而在理論和實踐上大膽質疑、挑戰從而別開生面的勇氣和精神，我們能夠學到嗎？對此，我們應該自問。必須在充分肯定中國比較文學成就的同時，注意加以反省和反思。從反省的角度看，可以說，現在的一些「比較文學概論」類的教材，越來越顯示出保守化、模式化、滯定化、乃至政治化的傾向，缺乏思想的啟發性價值。拿這樣的教科書運用於課堂教學，效果如何，可想而知。

如果我們把「比較文學」課程理解為「比較文學概論」，或者再開放一些，把「概論」進一步理解為「理論」，把比較文學概論課理解為「比較文學的理論」課，那又會怎麼樣呢？實際上，按照美國學派的流行定義，比較文學本身主要就應該是一門理論課，我們不妨把這個層面的比較文學，稱為「理論比較文學」。而作為「理論比較文學」的比較文學，應該屬於「文學理論」的一個組成部分。「文學理論」課程也應該講授比較文學中的一些理論問題，事實上，許多歐美學者就是把這樣的「理論比較文學」連同「文學理論」放在一起講述的，於是就有我們所熟悉的美國學者韋斯坦因的《比較文學與文學理論》那樣的著作出現。實際上，早在二十世紀三〇年代我國的許多文學理論教科書中，文學的相互交流與相互影響問題，文學與國民性問題，文學研究中的比較方法問題等屬於比較文學範疇的問題，大都是分專門章節加以講述的，然而現在的《文學理論》課程和教材反而見不到了。不管怎樣，如果把比較文學單單理解為「理論比較文學」，那麼把它放在一般的「文學理論」課程中講授也未嘗不可。看來，單單是「理論比較文學」這不能成為「比較文學」基礎課開設的充分理由。

其次，比較文學課程也不屬於文學史課程，儘管所面對的大都是中外文學史上的問題。從「史」的立場上看，比較文學課程具有國際文學交流史、關係史的成分和性質，這是人所共知的法國學派的觀點。相對於「理論比較文學」，我們可以把國際文學交流史、關係史簡稱為「比較文學史」。毫無疑問，比較文學課程應該講授「比較文學史」。事實上，這些年來，當我們的老師發現光講「概論」不太受歡迎的時候，就提出比較文學課應該少講理論，多講國際文學關係史，並在實踐上做了有益的嘗試。當很多人將「比較文學」課程偏狹地理解為「比較文學概論」的時候，這種思路具有糾偏的作用。然而，國際文學關係史或比較文學史，包括了古今中外，是一個浩瀚無邊的知識領域。在有限的課時裡，很難選擇取捨。在講授的時候，要麼根據授課老師的研究領域和研究專長來講，要麼選取某些問題來講，這樣一來，「比較文學」就失去了課程內容的規定性，變成了內容較為隨意的一門選修課了。而且，如果把比較文學課程的性質理解為「中外比較文學史」，鑒於它的內容豐富複雜，不可能放在中國文學史或外國文學史課程中的相關部分去講，也應該是一門獨立的文學史課程。例如，文學交流的其他方式途徑且不說，就說翻譯文學史，以中國翻譯文學為例，從漢譯佛經到今天，近兩千年歷史上所出現的翻譯文本，可謂汗牛充棟。理想的中國文學翻譯史及翻譯史課程，應該將重要的譯作都加以分析，將譯作與原作加以對比評論，將語言學上的判斷與文學的審美判斷兩個方面結合起來。這樣的話，因為名家名譯的數量過於龐大，沒有專門的獨立課程是不能勝任的。看來，把比較文學課程理解為「比較文學史」，也有一些問題。

由以上分析可見，比較文學課程並不屬於上述的面、線、點三類課程中的任何一類。不能被比較文學課程理解為「比較文學概論」課程，也不能理解為「比較文學史」課程，無論是把比較文學看作是「理論比較文學」還是看作「比較文學史」，無論是側重講「論」還是側重講「史」，都不能很好解釋比較文學作為基礎課加以開設的充分必要性。換言之，比較文學課程設置的充分必要性，必須從這門課程的獨特宗旨與功能當中去尋找。

我認為，比較文學課程有兩個獨特的宗旨和功能，第一就是「打通」，第二是「封頂」。

先說「打通」的功能。比較文學課程能夠將中國文學史、外國文學史課程聯通起來，將文學史與文學理論貫通起來，尋求它們之間的外在與內在的聯繫。借用錢鍾書在談論比較文學研究時用過的那個詞，就叫「打通」。我們也可以用建造樓房作比。一棟樓房，左右有不同房間，上下有不同層次，都有樓板、牆壁加以間隔。沒有樓板、牆壁就沒有樓層、沒有房間，這好比是中文系不同類型的課程之間的分工和分野一樣。但各個樓層和房間都需要有效的溝通，那就要設走廊、樓道、出口、入口等。而且，光走廊、樓道這樣有形的通道還不夠，還要設立那些複雜的、看不見的網路系統。這樣一來，各個房間都保持了自己的相對獨立的存在，但又被有形無形的通路聯繫起來。「打通」的著眼點不在房間本身，而在房間與房間之間。換言之，它尋求的不是本體性，而是聯繫性，是兩者或多者之間的接合點。如果說，《中國文學史》和《外國文學史》課程講授的是中外文學的本體，那麼比較文學則是講述中外文學之間的關係和聯繫，講授中外文學的交流史，講授作為文學交流和溝通最重要的手段與途徑的文學翻譯，還要注意各國文學之間的相互描寫和相互評論。比較文學就是要帶著「傳播」（流傳）、「影響」、「接受」、「互看」等方面的問題意識，來看待文學現象。從本質上說，比較文學就是在國際夾縫中求生存，在學科邊緣處通衢築路，在現有的各種課程中，具有這樣的「打通」功能和作用的課程，除「比較文學」課程之外，別無其他。

比較文學課程的第二個獨特的宗旨和功能，就是「封頂」。

「封頂」是一個建築學上的詞彙，這個詞也有助於我們繼續用樓房建築來比擬。上述的中文系課程體系中的點、線、面三種課程類型，從理論到史實，已經形成了一個上下、左右相互依存的相對完整的知識系統和課程結構體系。但是，如果沒有比較文學課程，它就存在一個最後的缺憾，好比一座大樓沒有封頂，而功虧一簣。比較文學課程可以對學生此前學過的課程和知識加以全面覆蓋、綜括、整合和提升，這就好比給大樓封頂。就是把中外文學、把文學史與文學理論各方面的知識整合起來、籠罩起來，使這些課程和知識領域左右勾連、上下呼應。就是要在眾多微觀研究、個案研究基礎上，往高處提升，把文學史的二維空間轉化為三維空間，並且加以突出，從而形成一個立體的知識建構，「封頂」也就是強化和凸顯知識結構的立體性。查考中文系所有的課程，除比較文學能夠有這種功能外，其他課程似乎都不能承擔這種功能。大一開設的《文學理論》課程也是一門綜合性理論課程。但這門課程與其說是封頂的，不如說是打底的。它的目的是要在學生進入文學史課程學習之前，首先明確一些基本的理論問題。《古代漢語》、《現代漢語》等純語言類課程，也都是大廈的基礎部分，《中國文學史》、《外國文學史》等課程是整個文學課程大廈的主體結構部分，但不是封頂的部分。對於文學專業而言，具有封頂功能的，就只有比較文學課程了

「打通」與「封頂」這兩種功能，是有區別的：「打通」主要屬於一種文學史、比較文學史的實證研究、具有微觀研究的性質，「打通」所涉及到的關鍵詞是「傳播」（流傳）、「影響」、「接受」和「變異」等；而「封頂」則是對知識的一種提煉、概括與總結，它是一種宏觀性的研究，我稱之為「宏觀比較文學」。它是「比較文學史」與「理論比較文學」相結合的產物。「封頂」所涉及的主要關鍵詞是「民族文學」、「國民文學」、「區域文學」、「東方文學」與「西方文學」、「世界文學」等，並闡明這些基本概念之間的關係。它必須對傳統的民族文學與現代國民文學的特質、特性做出提煉和概括，必須對區域文學形成的機制加以解釋，必須對東西方文學分野做出說明，必須對世界文學的形成做出分析和展望。「封頂」並不是將知識結構一勞永逸地定於一統，而是要在授課過程中，要充分展現理論概括力和宏觀把握力，把理論概括、宏觀把握的方法傳授給學生，而這一點恰恰是學生們最缺乏的，也是別的課程所很難做到的。

「封頂」是一種理論統括行為，是一種宏觀思想運作。在「宏觀研究」和「微觀研究」兩種形態中，任何一個研究者，在有了基本的學術訓練後動手去做，他都能夠做一些就事論事的個案性的「微觀研究」，但不少研究者也許一輩子隻做微觀研究，而從來不做、或不能做具有高度理論概括性的宏觀研究。當然這也無可厚非，因為微觀研究自有它的不可替代的價值。而「宏觀研究」必須是在微觀研究基礎上的提升，一定要將知識形態轉化為思想形態，而這也是我們學問探

索的最終追求和最高境界。比較文學在這方面所承擔的責任比其他任何課程都應該更大些，因為比較文學的「封頂」功能，本身就是宏觀概括的功能，將研究過程與思想過程統一起來。對於聽這門課的學生來說，到了高年級，他們應該掌握這方面的方法和能力了，而且非常迫切。因為到了大四，他們該寫論文、答辯、獲取學位了。而對於論文而言，關鍵要有「論」，要體現論者的理論水平。對這一代大學生而言，由於處在數字化時代，收集信息資料不再像前人那麼費勁了，對個案問題的把握和研究也不會有多大困難，對大多數同學而言，最困難的就是理論概括，是在已有的研究成果的基礎上提出自己的新見並且言之成理。在這種情況，比較文學課程在高年紀（一般是在大三下學期，作為最後一門基礎必修課）開設，就顯得特別及時了。要讓學生明白，我們的這門課是怎樣把握、怎樣處理民族文學、區域文學、東西方文學、世界文學這些宏觀問題的；要讓他們學會如何把個案問題放在這些宏觀的視閾之下，加以定位和定性；要讓他們能從大學時代的最後一門基礎必修課中，對此前三年間的建立的知識結構加以統括，並用清晰的思想加以貫穿。

總之，「打通」與「封頂」是比較文學課程的獨特功能，是任何其他課程所不能具備的。「打通」與「封頂」的功能來自「知識論」與「方法論」的有機結合，它既是一種體系性的知識展示，也是一種思想方法的演示。在這一意義上說，比較文學課程既是本科階段各種課程知識的聯繫性和體系化的總括，也是一種系統性、宏觀性的理論方法的演示和傳授。

民族文學的現代化即為「國民文學」[1]

一　「國民文學」與「民族」、「國家」、「國民」諸概念

要談「國民文學」，需要首先對相關概念——「民族」、「國家」、「國民」等，加以辨析。

在我國，長期以來，無論是在學術研究，還是在一般媒介輿論中，以「民族」為限定詞的相關詞組，如「民族主義」、「民族文化」、「民族文學」、「民族藝術」之類的用法非常普遍，諸如「民族精神」、「弘揚民族文化」、「民族文化遺產」、「文學的民族性」等等，都已經約定俗成。可以說，「民族」以及由「民族」構成的相關概念、提法，已經成為人們不假思索使用的「套語」或「套話」，而一旦加以學理上的追究，就會發現許多問題。主要是有三：一是漢語「民族」一詞在含義上偏重「種族」而與英語等西語的含義有所錯位；二是漢語「民族」一詞及相關片語，在使用上難以體現其歷史性或時態性；三是長期以來「民族」概念對「國民」概念的取代。

首先，漢語的「民族」作為一個外來詞，是近代日本學者對英語 nation 的翻譯，在十九世紀末二十世紀初傳入中國，但漢語中的「民族」一詞，卻與英語等西語中的民族概念的含義有所不同。在西方，

1　本文原載《北京師範大學學報》（北京）2012年第1期。原題〈民族文學的現代化即為「國民文學」——「國民文學」的形成與提倡〉，《高等學校文科學術文摘》2012年第2期轉載。

由於各國大都是從羅馬帝國中獨立出來、到中世紀後期和近代才逐漸形成的由同一個民族構成的國家，或由同一個國家熔煉成的民族，所以他們的學者們把這樣的國家稱之為「民族國家」。在「民族國家」中，「民族」與「國家」基本是一致的，「民族」的含義主要不是人類學、人種學的，而是社會學的、政治學的。反映在英語等語言中，「民族」與「國家」也是一個詞（nation）。在那裡，「民族」等於「國家」，「民族主義」等於「國家主義」，「民族成員」等於「國民」。關於「民族」的話語，在那些國家不會導致民族分離主義，不會影響國家凝聚力，也不會引發文化民族主義，國家輿論、大眾媒體上強調「民族」，也就是強調「國家」，強調「民族主義」，就是強調「愛國主義」，提倡「民族文學」，等於提倡「國民文學」。而另一方面，在那些國家，卻對「種族」、「種族主義」（在西語中，民族與種族是完全不同的概念）的宣傳十分警惕，一旦有了相關言論，輕則受到社會的道德譴責，重則觸犯法律規章，因為宣揚種族意識和種族主義，會使國家內部的不同種族產生裂痕與矛盾，從而削弱國家凝聚力。

與歐洲各國的情況不同，漢語的「民族」一詞在使用的過程中，帶上了強烈的人類學意義上的「種族」的含義，而與西方語言中的「國家」、「民族國家」的含義有相當的區別。較早在學術的意義上使用「民族」這個概念的是梁啟超，他在一八九九年發表的《論中國人種之將來》一文尚未使用「民族」概念，而使用了「人種」的概念；在一九〇一年的〈中國史敘論・人種〉（1901）一文中，他將「人種」一詞與「民族」一詞混用，即在種族的意義上使用的「民族」的概念。較早在政治意義上使用「民族」這一概念的，是孫中山及其同盟會的「驅除韃虜，恢復中華，創立民國，平均地權」的十六字綱領，及對這個綱領進行概括的三民主義：「民族、民權、民生」。在這裡，「民族主義」原本是與「驅除韃虜」的「漢族主義」聯繫在一起的。那時，中國還沒有建立起現代主權國家。因而在強化民眾的向心力與歸屬感的時候，強調「民族」是自然的和必要的。中華民國成立前後，孫中山也使用「中華民族」這個詞，這個詞較之傳統的「夷狄戎蠻」之類的大漢族主義的「民族主義」表述有了本質的進步，在中國近代國家形成過程中，在反抗外來侵略的近現代歷史中，起到了重大和積極的作用。但另一方面，「中華民族」的「民族」是幾十個民族的集合概念，即族群概念，其立足點是「民族」之間的分別。後來，無論是民國政府承認的三十多個民族，還是上世紀五〇年代新中國政府劃定的五十六個民族，劃分的主要依據實際上也都是人類學意義上的「種族」。總之，由於上述的種種原因，漢語的「民族」一詞，已經滲透於「種族」、「人種」的意義之中。早在一九〇四年，目光犀利的嚴復就看出，中國社會的「民族主義」比較嚴重，中國人是以「種」而不是以「國」來看問題的，所以，滿人統治三百年，滿漢的種族界限仍在，而僑居在外國的中國人也與外國人難以相容。[2]他認為這樣的「民族主義」無益於救亡，也無助於「國民程度」的提高。

在人種、種族意義上對「民族」的這種約定俗成的理解，也體現在文學領域。那就是「民族主義文藝」、「民族文學」等概念的提出。上世紀三〇年代，在國民政府宣傳部門的主導下，曾發起了一場「民族主義文學運動」。在〈民族主義文學運動宣言〉[3]這一理論綱領性的文章中，作者對民族的界定是：「民族是一種人種的集團」。從這一界定出發，認為「文藝的最高主義，是民族主義」，並提出了「民族文學」、「民族藝術」的主張，但目的卻是以「民族文學」來對抗當時方興未艾的左翼「階級文學」，並以此強化國民黨政府對文藝與意識形態的控制，因此遭到了左翼文壇的猛烈抨擊。「民族主義文藝運動」

2　嚴復：〈社會通詮・按語〉，《社會劇變與規範重建・嚴復文選》（上海市：上海遠東出版社，1996年），頁382。

3　〈民族主義文學運動宣言〉，原載《前鋒週報》，1930年6月29日，7月6日第2-3期；又載1930年8月8日《開展》月刊創刊號、1930年10月10日《前鋒月刊》創刊號。

及其「民族文學」的主張，其致命的錯誤在於「民族主義文藝」並非是以文藝來強化民族與國家的凝聚力，相反，卻以黨同伐異造成了文壇的進一步分化。而即使是真心提倡「民族文藝」，若以「民族是一種人種的集團」這一前提來提倡，也只能、或必然造成國內不同的「人種集團」之間、不同的民族文學之間的隔閡乃至對立，無助於民族團結與國家凝聚力的形成。

與「民族」這一外來概念不同，「國民」一詞在中國古已有之。《左傳》、《漢書》等典籍中的「國民」一詞，大都指諸侯國的民眾，實指小國寡民，而與包含著現代國家觀念的「國民」這一概念相去甚遠。「國民」一詞在日本明治維新時代由福澤諭吉、中村正直、森有禮等思想家、政治家的使用而更新為具有「國家之公民」含義的全新的現代概念，並在十九世紀末傳入中國。梁啟超在一八九九年發表的〈論近世國民競爭之大勢及中國前途〉一文中感歎說：「哀哉！吾中國不知有國民也。不知有國民，於是誤認國民之競爭為國家之競爭」，他認為中國傳統的「國家」觀念是將「國」作為「一家私產」，而近代的「國民」觀念則不同，「國民者，以國為人民公產之稱也。國者積民而成，舍民之外，則無有國。以一國之民，治一國之事，定一國之法，謀一國之利，捍一國之患，其民不可得而侮，其國不可得而亡，是之謂國民。」[4]顯然，梁啟超所理想的「國民」就是有著國家的自覺意識的公民。但這樣的「國民」必須在現代「國家」中才能逐漸地、大量地培育出來。

在世界各國歷史上，如上所說，西歐各國在文藝復興運動後形成了「民族國家」，而由於種種原因，中國是在二十世紀之後才開始「民族國家」的統合進程的。辛亥革命後，中國總算建立了現代意義

4 梁啟超：〈論近世國民競爭之大勢及中國前途〉，《梁啟超全集》（北京市：北京出版社，1999年），第1冊，頁309。

上的、差強人意的國家，梁啟超所說的「國民」逐漸在國家中得以熔煉，嚴復所說的以民力、民智、民德為綜合素質的「國民程度」，也逐漸在國家中得以提高。今天看來，從中華民國，到中華人民共和國，經過了一百年的近現代主權國家的發展道路，傳統意義上的「民族」的內涵正在逐漸向現代意義上的「民族國家」的內涵轉變，對於今天的中國人來說，除非在特殊的時間與場合，「民族」的身分應該越來越不那麼重要了，實際上也越來越不那麼重要了，民族的心理鴻溝應該越來越小，事實上總體而言也是趨於越來越小，因為我們的社會制度從根本上消除了民族差別與民族歧視。重要的是認同自己是中國人，這種認同就是對「民族國家」的認同，就是「國民」意識的自覺。這是歐洲人早在文藝復興時期就已經建立起來的觀念，這個觀念也構成了現代人的現代觀念的核心部分。歐洲國家，乃至東鄰的日本，之所以較早進入現代社會，較早實現現代化，其原因是多方面的，但「民族國家」的認同與「國民意識」的自覺是現代化的心理前提。由於有了這種「國民」的自覺意識，半個多世紀來歐美各國接受的外來移民越來越多，但整體上並沒有削弱這些國家的凝聚力。

由「民族」向「國民」的轉變，不僅是中國文化發展的大勢，也是世界文化、世界文學發展的大勢。幾千年來，世界歷史可以表明：人類社會多大程度地淡化血統，多大程度地強化社會性，就會取得多大程度的進步。從原始社會由血緣關係凝結成的氏族、部族、發展到以人種為中心凝聚成的民族、發展到以領土、公民、主權三要素構成的民族國家，並形成了在國家中負有公民的權利與義務的國民，人類才真正進入了現代意義上的文明進步的社會。從文學史上看，從氏族、部族的圖騰崇拜的神話傳說，到部族融合、民族融合時期形成的民族史詩，再到民族國家形成後的主題與題材風格多元化的民族文學，最後發展為現代國家中既有國民印記又有世界視野的國民文學，是人類文學進步的共通路徑，也是世界文學史發展的一般規律。縱觀近五、六百年來的歐洲歷史、二百多年來的美國歷史，一百多年中國的歷史，可以看出，民族的現代化就是「國民化」，傳統「民族文化」的現代化就是「國民文化」，傳統「民族文學」的現代化就是「國民文學」。

二　以往「國民文學」與「民族文學」概念的混淆，及我們在比較文學意義上的重新界定

從上述認識出發，有必要對「民族文學」、「國民文學」及相關概念的內涵與外延加以進一步清理、釐定和辨異。

「民族文學」與「國民文學」等，在內涵和外延上有著明確的區別。簡單地說，「民族文化」是以「民族」為依據來界定的文化單位，在數量上，指一個民族的文化發展史及文化成就的總和；在質量上，則指能夠體現一個民族特質的物質與精神的作品。而「國民文化」則是以「國家」為依據界定的文化單位，在數量上指的是一個國家文化成就的總和，在質量上指的是能夠體現一個國家精神特質的成就。鑑於「民族」現代化之後成為了「國家」，「民族文化」現代化之後形成了「國民文化」，因此，站在當代的立場上，「民族」及其「民族文化」應該屬於歷史的概念，當指稱傳統文化遺產的場合，可以說「民族文化」，在論述古代歷史文化問題的時候，也可以使用「民族」、「民族文化」之類的概念。因為那個時代還沒有現代意義上的國家和國民；而在一個現代主權國家中，其民族文化一旦現代化，即成為「國民文化」。因此，「國民」與「國民文化」是一個現代概念，或者說是現代化的概念。而在一個現代主權國家中，其民族文學一旦現代化，即成為「國民文學」。

從現代文學史上看，「國民文學」這個概念，早就出現、並被使用乃至被提倡過了。但中國現代文學史上有人曾提出的「國民文

學」，與本文所說的「國民文學」，其含義頗有不同。

「國民文學」這個詞在現代文學史上最初被當作「平民文學」的同義詞加以使用，最有代表性的是五四新文化運動時期陳獨秀的《文學革命論》(1917)，在那篇名文中，陳獨秀提出了文學革命的「三大主義」──「曰推倒雕琢的阿諛的貴族文學，建設平易的抒情的國民文學；曰推倒陳腐的鋪張的古典文學，建設新鮮的立誠的寫實文學，曰推倒迂晦的艱澀的山林文學，建設明瞭的通俗的寫實文學。」[5]在此，「國民文學」作為「三大主義」的第一大「主義」被提了出來，但陳獨秀所謂的「國民文學」指的是與「貴族文學」相對立的「平易的抒情的」文學，其實就是「平民文學」的意思，與我們所界定的「國民文學」頗有不同。而且，他只是在那篇文章中偶爾使用「國民文學」一詞，並沒有做進一步闡釋，而且此後再也沒有了下文。

接著，是將「國民文學」的概念混同於「民族文學」。一九二四年至一九二五年，穆木天、鄭伯奇在陳獨秀之後又提出了「國民文學」的主張，並引發了一場不大不小的關於「國民文學」的論爭。值得注意的是，他們在有關文章中都是將「國民文學」明確對應於英語的「National Literature」。受英語的「民族」與「國民」不分的影響，並沒有將「國民文學」與「民族文學」相區分。[6]鄭伯奇在他的長達一萬多字的論文《國民文學論》[7]中，對「國民文學」做了系統闡述，他寫道：「國民文學本來就有廣狹兩種意義。就廣義說，作家的作品，無論有意識地，或無意識地，多少總帶有國民的色彩……狹義的國民文學……就是說，作家以國民的意識著意描寫國民生活或抒發國民感情的文學。」他用「類似意識」(即今天社會學上的所謂

5　陳獨秀：〈文學革命論〉，原載《新青年》第2卷第6號，1917年2月1日。

6　穆木天：〈寄啟明〉，原載《語絲》第34期，1925年7月。

7　鄭伯奇：〈國民文學論〉(上中下)，原載《創造週報》第33-35號，1923年12月-1924年1月。

「認同意識」）來界定「國民」，認為「『國民』是我們社會生活的最小的單位，也是類似意識的最明瞭的範圍。」他不滿文學只是片面地表現「平民」或「貴族」，所以提倡「國民文學」，並且將國民文學與當時的「為藝術而藝術」派、與「為人生派」的不同、國民文學與「世界文學」、與「平民文學」、與「階級文學」的關係都做了論述。但遺憾的是，他對「國民」與「民族」、「國民文學」與「民族文學」的關係這一對最關鍵的範疇及其關係，完全未加論述，而是處處將「民族」與「國民」混用，將「民族意識」與「國民意識」混同。他認為：「國民文學以國民生活為背景，作家須將一民族中各階級、各社會、各地方的生活仔細研究，忠實描寫。」在這樣的界定中，「國民」與「民族」就完全糾纏在一起了。穆木天在給致鄭伯奇的關於國民文學的一首詩中有這樣的詩句：「什麼是真的詩人啊！／他是民族的代答，／他是神聖的先知，他是發揚民族魂的天使。／他要告訴民族的理想，／他要放射民族的光芒，／他的腹心是民族的腹心，／他的肝腸是民族的肝腸。」[8]提倡「國民文學」卻反覆強調「民族」，將「民族」與「國民」完全看成了同義詞。

鄭伯奇、穆木天提倡「國民文學」，引起了主張西化的錢玄同的「誤解」與反彈。錢玄同在〈寫在半農給啟明的信底後面〉[9]中，認為「國民文學」表現了復古與保守的傾向，是對「洋方子」的痛恨，因此表示反對。穆木天則認為錢玄同是「誤解」，在給啟明（周作人）的一封信中，他對錢玄同的「誤解」加以駁斥和申辨，指出「國民文學」並不反對「歐化」，他認為需要「提倡國民文學，發現出國民的自我，同時才能吸收真的歐化來，才能有真的調和。」[10]但他仍然將「國民文學」與「民族文學」作同一觀。王獨清在致周作人的一

8 穆木天：〈給鄭伯奇的一封信〉，原載《京報副刊》第80號，1925年3月6日。

9 錢玄同：〈寫在半農給啟明的信底後面〉，原載《語絲》第20期，1925年3月。

10 穆木天：〈寄啟明〉，原載《語絲》第34期，1925年7月。

封信中，也認為錢玄同誤解了穆木天與鄭伯奇，他寫道，他與穆、鄭「都感到有提倡國民文學的必要，因為中國所謂的作家大都不能了解文學底使命，只知道膚淺地摹仿，卻不知道對自己的民族予以有意識的注意。」[11]可見王獨清同樣將「國民」與「民族」混用。接著，周作人在與他們討論「國民文學」的問題時，依然將「國民文學」作為「民族文學」的同義詞。站在這一角度，周作人認為「國民文學」的提出其實並不新鮮。「不過是民族主義思想之意識地發現到文學上來罷了。」

這種將「民族」與「國民」、「民族文學」與「國民文學」不加以區別的傾向，此後依然如故。一九三四年，上海的《民族文學》月刊改名為《國民文學》，這是中國現代文學史上僅有的一份以「國民文學」為刊名的期刊。冠於該刊第一期卷首的發刊詞對「國民文學」的界定是：「國民文學是廣義的文學，是以新文學的表現方式達成我國在現階段所要求的種種文學。」李冰若在發表於該刊的〈我國國民文學的回顧與展望〉一文中指出：「所謂國民文學，必然是充足國民意識的文學……從這種文化基礎所建立的意識，與把這種意識反映到文學上去，便是某民族的民族文學，或某一國的國民文學。」[12]綜合該刊發刊詞與李冰若文章的大意，他們提倡「國民文學」，一方面是為了反對「目前我國的最大敵人帝國主義」，一方面是為了矯正不問國情盲目輸入外國文學的傾向，其用意並不是將「民族文學」與「國民文學」區分開來，相反，卻基本上將兩者混在一起。

由此可見，中國現代史上的「國民文學」概念及其主張，一方面受到了英文的影響，將「國民」與「民族」作為同義詞，而在英國等最早建立近代「民族國家」的西歐各國中，「民族」與「國民」是互

---

11 王獨清：〈論國民文學〉，原載《語絲》第54期，1925年11月23日。

12 李冰若：〈我國國民文學的回顧與展望〉，原載《國民文學》首刊號，1934年10月15日。

相涵蓋、不必區分的；另一方面則受到日文的「國民」及「國民文學」概念的影響，而在日本那樣的單一民族的國家中，「國民文學」並不具有整合國內各民族文學的功能。於是，中國現代史上的「國民文學」概念實際上就是「民族文學」概念的同義詞。其基本語境是在與「外國」相區別的意義上、在強化文學的「民族性」的意義上、在矯正新文化、新文學上的過分西化的意義上，來使用「國民文學」這個詞彙的。這個意思在周作人談及國民問題的一段話中表述得很清楚，他指出：「我們第一要自承是亞洲人（Asiatics）中之漢人……只可惜中國人裡面外國人太多，西崽氣與家奴氣太重，國民的自覺太沒有，所以政治上既失了獨立，學術文藝上也受了影響，沒有新的氣象。國民文學的呼聲可以說是這種墮落民族的一針興奮劑，雖然效果如何不能預知，總之是適當的辦法。」[13]這是在「對外」（針對外國）的意義上使用「國民文學」的概念的，「國民文學」的提倡自然會被認為是文學上的保守主義。而在整個二十世紀的以「歐化」、「蘇（聯）化」為主流的中國文化與文學潮流中，這樣的以「對外」為指向的「國民文學」的提倡終於未能成氣候，是很自然的。

在中國文壇之外，日本文壇在明治時代後的不同歷史時期，更經常地使用「國民文學」這個漢字片語與概念。但由於日本基本上是一個單一民族國家，日本的「國民文學」的概念基本上等於日本「民族文學」，因此這兩個概念混淆不會造成像中國文學中所可能引發的「民族」與「國家」混淆所帶來的問題。總體上看，日本使用的「國民文學」常常帶有與「外國文學」、「西洋文學」相拮抗的意味，如戰敗後的一九五〇年代初評論家竹內好等人提倡的「國民文學」，就有反抗盟軍占領的意味。有時則又帶有提倡大眾文學、通俗文學的意味，如當代評論家把在日本最有人氣的歷史小說作家、大眾文學家司

---

13 周作人：〈答木天〉，原載《語絲》第34期，1925年7月。

馬遼太郎等稱為「國民作家」，把他們的文學稱為「國民文學」，還編輯出版名為「國民文學大系」之類的通俗文學叢書。以上兩點與中國現代文學史上不同時期、不同人士提倡的「國民文學」都有相似之處。至於日本人在吞併朝鮮時期，強令朝鮮的有關雜誌改名為「國民文學」[14]，試圖將朝鮮文學加以日本化，並進而使朝鮮人認同自己為日本帝國的國民，這樣的「國民文學」則與殖民主義文學無異了。

本文所界定的「國民文學」，與上述的中國現代文學史上有關人士提倡的「國民文學」，與日本文學中的「國民文學」，在立意角度、蘊含上都有很大差異，乃至本質不同。

要言之，筆者是在「宏觀比較文學」的意義上界定「國民文學」這一概念的。「宏觀比較文學」是筆者在《宏觀比較講演錄》（桂林市：廣西師範大學出版社，2008）一書中提出的一個概念，指的是以「民族文學」、「國民文學」、「區域文學」、「東西方文學」、「世界文學」為基本單位的宏觀性的比較研究。在「宏觀比較文學」的理論框架中，從「民族文學」發展到「國民文學」，再發展到「區域文學」，最後發展到「東西方文學」與「世界文學」，是人類文學史橫向發展的基本規律。在這裡，「國民文學」是在各個「民族文學」發展、融合、凝聚的基礎上，在「國家」這一現代性民族共同體中，所形成的新的文學形態。在「民族文學—國民文學—區域文學—東西方文學—世界文學」這一橫向發展的序列中，「國民文學」是一國中的各民族文學融合與凝聚之後的形態，「國民文學」只能包括、凝聚，但不能替代和覆蓋「民族文學」。但「民族文學」的發展必然指向「國民文學」。在文學史上，「民族文學」曾經是構成「區域文學」的基本單元，而當今，所謂「民族文學」已經或正在被「國民文學」所吸收、

---

14 參見〔韓〕趙潤濟撰，張璉瑰譯：《韓國文學史》（北京市：中國社會科學出版社，1998年），頁611。

所融匯，文學的「民族」分野日益模糊化、而文學的「國民」分野則日益深刻化與明朗化，因而，是「國民文學」，而不是「民族文學」，成為構成「世界文學」的基本單元。

在這樣的界定中，「國民文學」就是一個國家中的各個「民族文學」的現代化形態。它著眼於文學發展中「民族」向「國民」的演化，因此「國民文學」不強調一個國家內部不同社會階層的差異，相反，卻是在「國民」的意義上強調各社會階層的整合與凝聚，因此，筆者所提出的「國民文學」與上述陳獨秀提出的與「貴族文學」相對立的「平民文學」，或相對於高雅文學的「大眾通俗文學」，都沒有干係。同時，這樣的「國民文學」是以「國家」而不是以「民族」來界定的文學單元，它的發展指向，是由不同的「國民文學」的相互交流而形成的「區域文學」乃至「世界文學」，因此這樣的「國民文學」是非排外的、包容的、開放的，它不含有種族、人種的觀念，不含有排外的民族主義與國家主義思想。要言之，「國民文學」作為全體國民、一國中各民族文學的總稱與總和，既具有鮮明的國民觀念與國民意識，又具有開放的「世界文學」的感覺與視野；既保守著民族文化傳統，又關注、借鑒和學習其他國家的國民文學。在這種界定中，各國的「國民文學」都是世界文學宏觀比較研究的基本立足點與基本單元，它們之間的關係是一種平行、並列、相互依存、相互交流、相互影響的關係。

有必要指出的是，本文的「國民文學」概念也不同於此前使用的「國別文學」的概念。「國別」是「國家之分別」的意思，「國別文學」的概念雖然區分了國家，顯示了一種地理與國界的區分，卻不能包含國家的精神主體，即「國民」；換言之，「國民文學」在國家界限上雖然與「國別文學」相同，但同時凸顯了「國民」這一文學行為的主體。「國民文學」既是單個作家的國家公民身分的標注，也常常是其所屬的文化身分的標注。

三　各民族文學在現代主權國家中的凝聚、融合形態就是「國民文學」

從上述的角度，對「民族文學」與「國民文學」的區分，對「國民文學」內涵的更新，不是純概念性的邏輯演繹，不是架空性的標新立異，而是對世界各民族、各國文學發展趨勢與走向的高度概括。

對世界上絕大多數文學體系而言，由「民族文學」發展到「國民文學」都是一個必然的趨勢乃至已然的現實，換言之，「民族文學」都是一個「過去時」的、歷史的形態，「國民文學」則是一個「現在時」的、現實存在的形態。

我們可以舉出不同的例子，從不同角度來說明這個問題。

單一民族可舉猶太民族為例。歷史上，弱小的猶太民族有過自己脆弱的國家，但多次亡國，流散世界各地，由於沒有自己的國家，造成民族語言失憶，猶太人的文學大多使用客居國家的語言，民族文學幾乎中斷，一直到一九四七年以色列國的成立，猶太民族語言在國家力量的保障下，得以重新恢復與復活，於是猶太民族文學終於發展為以色列國民文學。這個例子表明，沒有國家作支撐的民族文學難以為繼，而「國民文學」則為民族文學的最適宜的家園與歸宿。

古老的多民族國家可舉印度為例。印度傳統作家及傳統文學中沒有「印度」的國家概念，只有宗教、教派、種族與種姓觀念，印度古代文學基本上是雅利安人的梵語文學，後來又興起了各種不同的民族文學，整個傳統文學只是民族文學的鬆散集合體。近代以降，印度的國家意識開始自覺，在文學領域中曾興起了以謳歌「印度母親」、宣揚印度文化獨特價值的國民文學啟蒙運動，獨立後也一直沒有鬆懈。大多數現代作家都在其作品中表現出了明確的印度國家觀念與國民觀念，但也有作家配合一些政治家宣揚「兩個民族論」，即主張印度教徒與穆斯林教徒為「兩個民族」論，並最終導致了印巴分裂為兩個國家，並在各自獨立的兩個國家中重新調整與確立各自的國民意識，逐漸形成了各自的國民文學。就印度文學而言，儘管當代印度仍是世界上民族成分最複雜多樣、使用語言最多的國家，卻已經形成了統一的印度的「國民文學」。

新興的多民族國家可以舉美國為例。美國建國初期的文學是英吉利民族文學在新大陸的延伸，二百多年來，在美國這個國家中，各民族、各種不同文化背景的人群，包括黑人、印第安人、亞裔人在內的文學，都融匯到美國的國民文學中來，逐漸形成了頗有特色的、滲透著「美國夢」、美國精神的統一的國民文學。

一個民族分成兩個國家的例子，可舉朝鮮與韓國為例。兩國歷史上同屬於朝鮮民族文學，而現當代則形成了面貌各有不同的朝鮮國民文學與韓國國民文學。兩個國家的文學都使用同一種語言，但在文學觀念、文學主題、題材、表現方法上，卻迥然不同。可見，不同的「國家」可以將同一個民族文學的塑造為不同的面貌，在這種情況下，「民族文學」作為一種文學單元顯得無意義了，「國民文學」的重要性再次凸顯出來。

新獨立的國家，可以舉哈薩克、吉爾吉斯斯坦、塔吉克斯坦、土庫曼斯坦、烏茲別克斯坦等中亞各國為例，這些民族在歷史上均沒有能夠維持長時期穩定的獨立國家形態，因而歷史上它們只有民族文學，而沒有國民文學，近現代均被併入蘇聯，其文學也成為蘇聯文學中的一部分。蘇聯解體後這些國家都獲得了獨立，但獨立後的國家仍然是多民族國家，哈薩克有一百三十個民族，吉爾吉斯斯坦有九十多個民族，塔吉克斯坦有八十六個民族，土庫曼斯坦有一百多個民族，烏茲別克斯坦有一百二十九個民族。因此，獨立的中亞各國文學不是「民族文學」，而是「國民文學」。換言之，中亞各國文學的獨立，不是「民族文學」的獨立，而是「國民文學」的獨立。

最後舉一個歷史上種族分離、種族歧視最為嚴重的國家——南非的例子。在種族歧視的社會制度下，南非作為國家沒有凝聚力，以前南非的白人作家首先張揚自己的白人身分，黑人作家也特別強調自己的黑人身分。種族歧視制度被推翻後，南非文學很快由種族（民族）的文學，統一為南非的國民文學。最具有象徵性的是獲得一九九一年度諾貝爾文學獎的南非女作家內丁．戈迪默，作為一貫「為黑人說話」的白人作家，她被評論家稱為「南非的良心」，其創作超越了民族（種族）文學，是南非「國民文學」的開創者。

當然，在有的地區，例如中東阿拉伯地區，「民族文學」與「國民文學」的關係、「民族文學」向「國民文學」的演進，其情形非常複雜。有著統一的伊斯蘭教信仰的阿拉伯民族與阿拉伯人，長期以來在「民族」與「國家」之間游移徘徊。伊斯蘭教曾將蒙昧時期散沙一盤的遊牧部落統合起來，而此後統一的阿拉伯帝國的形成，借助伊斯蘭教與阿拉伯語，又使阿拉伯民族在包容與融合中進一步壯大。到了近代以後，阿拉伯地區形成了由二十多個獨立國家構成的「一族多國」的狀態。許多現代阿拉伯政治家、思想家、文學家都主張，要超越教派主義和地域主義，建立一個包括所有阿拉伯人在內的統一的阿拉伯國家，來復興古代阿拉伯帝國的光榮，並多次嘗試進行國家合併，但均未成功。此種情形反映在文學上，就是阿拉伯作家對「民族文學」與「國民文學」的雙重認知。他們一方面普遍認為各阿拉伯國家的文學都是「阿拉伯文學」的組成部分，以此寄託未來建立一個統一的阿拉伯民族國家的理想；一方面又承認自己是埃及、敘利亞或伊拉克等所在國家的國民身分。無論如何，阿拉伯人及阿拉伯文學的根本理想是「民族」與「國民」的統一，從文學上看就是「民族文學」與「國民文學」的統一。在未達成這種統一之前，阿拉伯文學是以現代主權國家為單元的「國民文學」，而未來如能達成統一，那也是民族與國家相重合的更具有整合性的「國民文學」。

以上世界文學中的這些不同的例子都表明：在現代世界文學中，

無論在何種情況下，民族文學發展為「國民文學」都是一個必然趨勢；在絕大多數情況下，「民族文學」發展為「國民文學」都是一個已然的事實。如今，「民族文學」固然仍舊存在，但它只是「國民文學」的組成因素，它和「地域文學」、或「地方文學」等概念一樣，是「國民文學」之下的一個二級概念，「國民文學」已經成為當今世界文學的基本單元。「國民」身分是任何一個作家走向世界的最重要的身分標注。在當今世界文學中，沒有「國民文學」作依託的「民族文學」沒有作為，不融入「國民文學」的「民族文學」沒有前途。中國當然也不例外。

然而，中國學術界對中國的民族文學已經轉化為國民文學這一趨勢的認識卻很不到位，更談不上對此進行切實而深入的研究。加上長期以來受到英語「民族」與「國家」概念重疊這一表述習慣的影響，翻譯家們在翻譯西方的理論著作的時候，也大多將有關概念譯為「民族」、「民族性」、「民族性格」、「民族風格」、「民族特徵」，而不譯為「國民性」、「國民風格」、「國民特徵」等。在文學研究與比較文學研究中，也普遍使用「民族文化」、「民族文學」這一概念，而很少使用「國民文化」、「國民文學」這樣的概念。在這種觀念的統馭下，對「民族文學」的研究較為重視，對「國民文學」的研究幾乎還是空白。偌大的中國，至今還沒有一部論述「國民文學」的理論著作，甚至在各種大百科全書、文學辭典等工具書中，也沒有一個「國民文學」的詞條。這是不應該的。

筆者認為，「國民文學」研究的欠缺，與「國民意識」的自覺程度不高有著密切關係。社會各界特別是大眾媒介與學術界，應該努力促進國民意識的自覺。

這裡包含著兩個層面。

首先，就是促進「民族」身分意識向「國民」身分意識的轉化。「國民」這個詞近代曾被廣泛使用過，但後來由於眾所周知的政治與黨派的原因，這個詞在大陸地區有了一定忌諱，除了在「國民經濟」、「國民收入」、「國民素質」、「國民性」等約定俗成的場合不得已而使用「國民」一詞外，其他場合使用很少。很多情況下，則習慣於以「人民」甚至以「群眾」、「老百姓」等詞代替「國民」。譬如，在填寫各種表格時，如果不是黨員，「政治面貌」一欄則被要求填寫「群眾」；在電視節目採訪中，當畫面上出現了一個不知名的被採訪者的時候，則常常用文字注明此人為「群眾」。「群眾」、「老百姓」之類的詞反映出來的是政治身分等級的差別，歸根到柢是傳統集權等級社會的潛意識遺留，與現代化的國家觀念、國民意識扞格不入。如果我們能夠將任何一個國民都視為有著權利與義務的國家主人公，那就應該使用「國民」（在涉及法律問題的時候使用「公民」）或其他的次級概念，如「市民」、「居民」、「村民」等。而「國民」一詞使用上的拘束乃至空缺，反映出的是國民觀念的淡漠。對於文學來說，只要有了普遍的國民意識的自覺，才能有普遍的國民文學的自覺。

第二，就是切實意識到，各「民族」也早已經被熔煉為「國家」的組成部分，各「民族文學」越來越被熔煉為「國民文學」，「國民」、「國民文學」應該逐漸成為一個一級概念，而「民族」、「民族文學」則只能作為從屬的二級概念。在這個前提下，民族文化、民族文學應該認真研究，也值得認真研究和弘揚，但在宣傳某民族文化、民族文學獨特性的時候，更要注意指出他們與其他民族尤其是國內其他民族之間的交流與影響的關係，而不應特意突出、孤立宣傳某一民族某一方面的特殊性，否則就容易引發本民族中心的錯覺和民族自大的心理，並招致文化民族主義，甚至催生民族分裂主義。一般說來，一個人如若強調自己的「民族」身分，就多少暗含著與其他民族相區別的意思；一個國家過於強調不同民族的存在，也多少暗含對不同民族之間的差別的看重，或許因為如此，在各國的主流媒體與大眾話語中，「民族」以及由「民族」構成的合成詞彙，一般都被節制使用。

在一些場合特別指出某人的民族身分，被認為是歧視行為。在創造了「民族」這個漢字詞的日本，戰爭中曾大力宣揚大和民族如何如何，戰敗後很少使用「民族」。在中國人使用「民族」的場合，日本人都使用「國民」，例如，日本不說自己的文學為「民族文學」，而是說「國文學」或「國民文學」；日本人不說「民族性」，而是說「國民性」等等。漢語中的「民族」一詞也或多或少地具有針對異族異國的情感或情緒意味，這是難以否定的。這與中國近現代的民族屈辱體驗也有一定關係。孫中山初期使用的「民族」與「民族主義」，有「反滿」的明確指向，後來的「中華民族」的提法，有反抗帝國主義侵略的內涵。比較起來，「國民」一詞具有對內凝聚的含義，一般情況下不含有對外的意味，適合作為當代國家輿論與大眾傳媒的主題詞。而我們所提倡的「國民文學」，也只是強調國內各民族文學向「國民文學」的聚攏。

而且，即使長期以來使用的「中華民族」、「中華民族文化」這一詞組，也不能替代「國民」與「國民文化」。誠然，從孫中山以來就使用的「中華民族」這個詞，較之傳統的「夷狄戎蠻」之類的大漢族主義的表述有了本質的進步，在中國近代國家形成過程中，在反抗外來侵略的近現代歷史中，起到了重大和積極的作用。但另一方面，「中華民族」的「民族」是幾十個民族的集合概念，即族群概念，其立足點是「民族」之間的分別，它仍然屬於「民族」的範疇而不是「國家」的範疇；從文化學的角度看，「國民文化」是中國文化的中核，而包括境外、海外華人文化在內的「中華文化」則是其延伸。沒有強有力的中國「國民文化」，「中華文化」就失去了存續與發展的基盤。

筆者認為，在今天的中國，如果在宣傳「民族」觀念、弘揚「民族文化」的同時，不強調「國民」與「國民文化」，在宣揚「民族文學」的同時而不強調「國民文學」，就無助於促進民族觀念向國民觀念的轉變、無助於促進民族文學向國民文學的轉變、無助於國家整體

「軟實力」的壯大，因此，必要通過大眾媒體、教育教學、學術研究的多種方式，不斷地強調傳統民族文化的現代化就是「國民文化」，傳統民族文學的現代化就是「國民文學」，從而促進國內各民族成員的國民意識的自覺，進一步促使「民族文學」向著「國民文學」轉換與凝聚。圍繞著「國民文學」所進行的學術理論研究，應該對世界各國的國民文學進行縱向的梳理與橫向的比較，在此基礎上闡明「國民文學」形成的必然性，「國民文學」提倡的必要性，廓清「國民文學」概念與「氏族文學」、「民族文學」、「世界文學」之間的聯繫與區別，論述國民文學中的作家作品的個性、民族性與國民性之間的關係，區分文學的「民族性」與「國民性」的不同，指出「民族文學」融匯於「國民文學」的必然性。而只有創造出獨具特色的中國的「國民文學」，中國文學才能在世界文學中獨具一格，才能真正走向世界。

「一般文學」與「總體文學」辨析[1]

「一般文學」（又譯「總體文學」）這個概念早在十八世紀的歐洲就有人使用，十八世紀末到十九世紀使用更為廣泛。那時歐洲學者曾編輯出版了「一般文學」及「一般文學史」之類的著作、叢書或教科書。但這個詞的內涵還不不太明晰，主要是指歐洲各國文學的總和，有時則是指一種宏觀理論的視野。其實質是在具體的、個案的文學研究基礎上的一種綜合、提升、抽象與概括。

比較文學學科理論中的「一般文學」的理念的形成，作為有著深厚的學術文化背景。從歐洲思想史和學術史上看，十八世紀以來的哲學、歷史學、社會學、法學、文化人類學、詩學等眾多學科，都以總結人類文化共通規律為指歸，都強調研究的整體性、宏觀性、一般性，都有從「個別」到「一般」的學術訴求。在研究方法上不太滿足於甲乙兩項事物或有限的幾項事物之間的比較，而是強調整體與系統的把握，例如黑格爾在《小邏輯》一書中就曾指出：「我們今日所說的科學研究，往往主要是指對於所考察的對象加以相互比較的方法而言。不容否認，這種比較的方法曾經獲得許多重大的成果，在這方面特別值得提到的，是近年來在比較解剖學與比較語言學領域那所取得的重大成就。但我們不禁必須指出：有人認為這種比較方法似乎可以應用於所有各部門的知識範圍，而且可以同樣地取得成功，這未免失之誇大。並且尤須特別強調指出，只通過單純的比較方法還不能最後

1　本文原載《江南大學學報》（無錫）2017年第1期，又載《比較文學教研論叢》（北京）第4輯。

滿足科學的需要。」[2]在這裡，黑格爾強調了「比較」的作用和意義，但也指出了「比較」——有限對象之間的「比較」——的侷限性。認為這種狹義的有限的比較無助於共通規律的探索，並試圖揭示出一個從特殊到一般的、抽象的所謂「世界精神」形成和演進的過程。法國哲學家孔德（1798-1857）在其巨著《實證哲學教程》（全六卷，1830-1842）中，認為人類歷史文化發展有三個階段：神學階段或虛構階段、形而上學階段或抽象階段，科學階段或實證階段，指出：「實證哲學的基本性質，就是把一切現象看成服從一些基本不變的自然規律，精確地發現這些規律，並把它的數目壓到最低限度，乃是我們一切努力的目標。」[3]「社會學」學科的創世人、英國學者赫伯特·斯賓塞（1820-1903）進一步在《社會學原理》等一系列著作中，論證了人類社會也是一個有機體，遵循著「普遍進化的原則」。英國「比較法學」創始人梅因（Henry Maine, 1822-1888）在其著名的《古代法》（1861）一書中，提出了「迄今為止，一切社會性進步的運動，都是一場『從身分到契約』的運動」這一著名論斷，認為從傳統的等級制度、集體主義（身分），發展到近代以後的法律社會、個人主義（契約），是人類文明發展演進的規律。在文學及文藝美學領域，法國文藝理論家丹納（一譯泰納，1828-1893）在《藝術哲學》（1865-1869）等著作中，提出了影響和決定人類文學發展進程的「種族、環境、時代」的「三要素」論，以此建構了自己的藝術哲學的理論體系。英國學者波斯奈特（1855-1927）在《比較文學》（1886）一書中，用社會進化論和種族、環境、時代三要素決定論的觀念和理論，構築起了他的「比較文學」的理論框架和體系，試圖通過比較文學的研究更好地揭示人類社會發展的一般規律。差不多同

2 黑格爾撰，賀麟譯：《小邏輯》（北京市：商務印書館，1997年），頁252。

3 《西方現代資產階級哲學論著選輯》（北京市：商務印書館，1982年），頁25。

時，俄國學者亞歷山大・尼・維謝洛夫斯基（1838-1906）在《歷史詩學》等著作中，提出了「歷史詩學」的概念，「歷史詩學」就是將「歷史」與「詩學」結合在一起，是揭示人類文學藝術形成及發展共通規律的歷史的、歸納性的、總體的詩學。可見，在梵・第根提出「一般文學」之前，歐洲思想和學術界已經普遍具有了「一般」化的、宏觀的、整體性的訴求。

法國比較文學理論家梵・第根（P. von Tieghem, 1871-1948）在《比較文學論》一書中，從比較文學學科論的角度明確提出了「一般文學」的概念，並做了明確的界定和闡述。梵・第根的《比較文學論》除「導言」外，共分「比較文學之形成與發展」、「比較文學之方法與成績」、「一般文學」三個部分。可見「一般文學」在全書理論架構中有著重要地位。他對「比較文學」做了狹義上的嚴格界定，即「比較文學」是兩個國家之間的二元的文學關係的比較研究。同時他意識到了，「比較文學」只研究那些一個國家與另一個國家之間的「二元的關係」，然而，這類研究工作做得再多，「人們也不能了解一件國際的文學大事實的整體」。換言之，兩國之間的文學現象上的相似，除了能夠說明是偶然的相似還是由傳播—影響所決定的之外，無法說明任何規律性的東西，這樣的比較文學也難以建立起國際文學的整體概念。為了彌補這種「比較文學」的侷限與不足，他進一步提出了「一般文學」這個概念，認為國別文學研究、比較文學研究、總體文學研究這三個概念代表著三個研究層次。「國別文學」研究主要處理一國文學之內的問題，是一切文學研究的基礎；比較文學研究一般處理兩種不同文學的關係，是國別文學的必要補充；「一般文學」則探討更多國家文學所共有的事實，是「比較文學」的進一步展開。他認為，「一般文學」的研究領域主要有這樣幾個方面，「有時是一種國際的影響」，如伏爾泰主義、盧梭主義、托爾斯泰主義等；「有時是一種更廣泛的思想感情和藝術潮流」，如人文主義、浪漫主義、自然主義等；有時是一種藝術或風格的共有形式，如十四行詩體、古典主義悲劇、為藝術而藝術等等。另一方面，在研究方法上，「一般文學」的研究可以不必像「比較文學」研究那樣拘泥於事實的確證，而是可以研究那些「沒有影響的類似」。他說：

> 比較文學小心謹慎地自封於那些「證實了的影響」，它並不記錄那些不能歸在任何影響的賬上的類似——這或者是因為在年代上或其他說來是不可能的，或者只是因為無法證明。一般文學卻相反，它認為是它的主要任務之一的，便是提出盡可能多的在各國中呈現著的無可質疑的類似（那時影響的假設便應該撇開一邊），並用「共同的原由」之作用解釋它們。[4]

在這裡，梵·第根的「一般文學」的意思就闡述地比較清晰了。那就是尋求各國文學間的共通性，並做出「解釋」，所謂「解釋」也就是理論的分析、闡發和研究。

考究起來，「一般文學」的反義詞應該是「個別文學」、「具體文學」，即對個別的、具體的文學現象、文學事實加以研究。就比較文學而言，尋找兩者的「類似點」或其間的影響，也應該是具體的，因為是「具體」的而非「一般」的，所以才有可能加以「實證」（「證實」）。而將眾多的「具體」加以抽象之後，就成為「一般」。哲學上的「一般」指的是一類事物或一切事物普遍所具有的屬性。文學上的「一般」或「一般文學」也一樣，指的是文學這類事物、或一切的文學都具有的普遍屬性。大概是出於這樣的原因，戴望舒在翻譯《比較文學論》時，將法文的「Littérature Générale」譯為「一般文學」，而

4 梵·第根撰，戴望舒譯：《比較文學論》（長春市：吉林出版集團，2010年，新版），頁154。

日本學者也同樣是一直將這個詞譯為漢字片語「一般文學」，而沒有「總體文學」的譯法。一九八三年北大出版社出版的法國比較文學學者馬·法·基亞的《比較文學》漢文譯本（顏保譯），則將「Littérature Générale」這個詞改譯為「總體文學」。次年，盧康華、孫景堯的《比較文學導論》，雖然做了「總體文學（或一般文學）」（見該書第九十五頁）這樣的注明，但主要還是選擇使用了「總體文學」這個概念。在此後的相關著作，「一般文學」這個詞幾乎銷聲匿跡，近三十年我國出版的比較文學學科理論及相關教材，都將「一般文學」改譯為「總體文學」。

作為用漢字詞組的「總體文學」和「一般文學」，雖然都是法文「Littérature Générale」或英文「General Literature」的翻譯，意義上有相當大的疊合之處，但也有微妙的區別。從翻譯學的角度看，不同的譯詞會造成意義的增減、伸縮、輕重和移位。「總體文學」與「一般文學」這兩個譯詞也是一樣。「總體文學」強調各部分之和，它的對義詞應該是「部分文學」、「個體文學」；在「數」與「量」的集合上，「總體文學」的概念接近於作為各國文學之總和的「世界文學」的概念，但它可以不包含「世界文學」這一概念所具有的價值判斷（如上文所屬，「世界文學」除表示數量上的總和之外，還有人類文學之精華這樣的「質」的價值判斷。）而「一般文學」強調的是對較多的具體文學加以抽象。它不像「總體文學」那樣強調數量上的總和，而只是強調一般性和抽象性。因而，梵·第根的「一般文學」並沒有以世界文學或全人類文學作為前提，而只是比較文學的一種自然的展開和必要的補充。第根舉例說，研究法國作家盧梭的《新愛洛綺絲》在十八世紀法國小說中的位置，這屬於「國別文學」，研究英國作家理查生對法國作家盧梭的影響，屬於「比較文學」，而研究在理查德生和盧梭影響下形成的歐洲言情小說，則屬「一般文學」範疇了。可見，在第根那裡，「一般文學」毋寧說就是歐洲的「一般文學」，也就是歐洲的「區域文學」。在梵・第根看來，這種「一般文學」是對同類文學的抽象，因為歐洲文學作為一個文學區域是同質的或同類的，故而在此基礎上可以抽象出「一般文學」來。至於能否在不同質的東方文學與西方之間加以抽象，梵・第根及其同時代的法國學派及歐洲的比較文學家們，都沒有明確地加以說明，或者說在他們看來毋須說明。在今天看來，這種觀念無疑是一種「歐洲中心論」思想的表現。當時，東方的印度文學、波斯文學乃至中國文學、日本文學在歐洲都有了不同程度的譯介、評論與研究，歐洲學者也不是不知道歐洲之外也有文學，但他們的「一般文學」卻只就歐洲文學而言，這是為什麼呢？

根本的原因似乎在於，「一般文學」（而不是「總體文學」，更不是「世界文學」）是這個概念根本上指的就是從個別到一般的文學原理、文學理論、或詩學研究。關於這一點，梵・第根明確指出：

> 所謂「文學之一般的歷史」，或更簡單點「一般文學」者……這個名稱，雖則已用了好幾年了，可是總還沒有多大威信，所以我們需要加以一點解釋。一般文學是與各本國文學以及比較文學有別的。這是關於文學本身的美學上的或心理學上的研究，和文學之史的發展是無關的。「一般」文學史也不就是「世界」文學史。它只要站在一個相當寬大的國際的觀點上，便可以研究那些最短的時期中的最有限制的命題。這是空間的伸展，又可以說是地理上的擴張——這是它的特點。[5]

這裡說得很清楚，「一般文學」指的文學的「美學上的或心理學的研究」，是文學理論的研究，不是那種實證性、史料性的文學史；

5 梵・第根撰，戴望舒譯：《比較文學論》（長春市：吉林出版集團，2010年，新版），頁141。著重號為引者所加。

同時，「一般」文學史也不等於「世界」文學史，換言之，「一般文學」也不同於「世界文學」。

既然「一般文學」的指向就是「文學理論」，那麼何以不直接稱為「文學理論」呢？因為「文學理論」是對義詞是「文學創作」。換言之，「文學理論」是對「文學創作」而言的，而「一般文學」是就「個別文學」「具體文學」（本國文學和兩國之間的比較文學）而言的。從這個意義上說，「文學理論」與「一般文學」雖然含義相同相近，但兩者的維度（次元）是不同的。「一般文學」雖然必須超越「個別文學」才能取得它的「一般」，但所謂「一般」未必都要達到「總體文學」乃至「世界文學」這一最大範圍和最高層面。在人類文學史上，作為「一般文學」的文學理論，大都是在一定的文學體系中抽象出來、而不是在整個世界文學中抽象出來的。例如，古希臘的柏拉圖的「理式」論、亞理斯多德的悲劇論是在古希臘文學的土壤中抽象出來的，歐洲近現代文論是在歐洲文學中抽象出來的，中國的「意境」、「風骨」、「神思」的理論是在漢文學中抽象出來的，日本的「物哀」、「幽玄」、「寂」的審美概念是日本文學及其中日文學的關聯中抽象出來的。這些理論成果都是具有民族特色、區域文化特色的「一般文學」。

一九八〇年代以來出現的「總體文學」這個譯詞，實際上是中國當代學者對西文「一般文學」的「創作性叛逆」或「創作性翻譯」的結果，它包含著中國學者對「一般文學」的理解，特別是包含著對歐洲範圍內的「一般文學」外延的突破意向。既然是「總體文學」，就不能僅僅是歐洲的區域文學，而必然是包括世界各國內在的「總體文學」。但是，「總體文學」指的是世界上所有民族文學或國民文學的集合，「總體」強調的是數量與範圍，是空間橫向上的統括。相比而言，「一般文學」指的是形態上的抽象，強調的是理論概括的高度和抽象度。在這一個意義上說，「總體文學」指向文學史，主要是一種文學史的研究；「一般文學」指向文學理論，主要是文學理論的研究。不過，中國的比較文學理論家們的「總體文學」這個概念，主要不是指向文學史（世界文學史）的研究，而是指向文學理論的研究。但這種文學理論的研究，又不是傳統的中國文論、西方文論那樣基於某一民族文學或歐洲文學的區域理論研究，而是有著世界文學視野、總體文學觀念的理論研究。由於歷史條件和思想觀念上的種種侷限性，梵·第根提出的「一般文學」基本上將把東方文學排除在外，沒有真正的「世界文學」的視野，實際上談不上是「總體文學」。而大部分西方學者，更以根深柢固的「歐洲文學中心」的觀念和對東方文學的無知，有意無意地輕視、忽視甚至無視東方文學，他們所謂的「一般文學」所要歸納總結的實際上只是西方文學的共通性，而不是世界文學的共通性。這樣看來，中國比較文學理論家們提出的「總體文學」的概念就與西方的「一般文學」的概念在內涵和外延上有了一定的區別，堪稱跨越東西方文明的、具備了世界文學視野的真正的「總體文學」。

在比較文學學科理論概念範疇中，「總體文學」是一個統馭性最高的抽象範疇，（相比而言「世界文學」則是一個統馭性最高的實體範疇）。因而「總體文學」只是一種理想觀念，也是可以無限接近的目標。「總體文學」雖然抽象，但通向「總體文學」的途徑和方法則是具體而又現實的。曹順慶教授主編的《比較文學學》一書，提出了「總體文學」的研究途徑和方法是兩種，一是「比較詩學」，並指出「比較詩學」追求的目標是「一般詩學」（總體詩學），二是「文學人類學」。[6]這種理解和看法在中國學者對「總體文學」的理解方面有代表性。「比較詩學」是純理論的研究，追求理論的概括力和抽象度；

6 參見曹順慶主編：《比較文學學》（成都市：四川大學出版社，2005年），第4章〈總體文學學〉。

「文學人類學」則強調科際整合或跨學科，使文學研究與文化研究合流，而在「人類文化」的大背景下，闡釋文學的意義和價值。[7]

7 關於文學人類學可參見葉舒憲的《文學人類學教程》（北京市：中國社會科學出版社，2010年）。

從「外國文學史」到「中國翻譯文學史」

——一門課程面臨的挑戰及其出路[1]

一

一直以來，「外國文學史」（或稱「世界文學史」）作為一門課程雖然也被列為本科生基礎課，但實際上往往不受重視，被很多人看作是邊緣課程；在中文系的學科建設中，世界文學作為一個二級學科，作為一個教研室，在規模上一般不能與中國古代文學、現當代文學等相比，甚至在個別名牌大學的中文系，一直沒有設立這個二級學科和相關的教研室。個別長期掌握學科評議大權的專家，站在外語系的國別文學的立場上，認為中文系的世界文學範圍太大，不能建立博士點，導致碩士點和博士點的成立普遍落後於其他二級學科。出現這些情況的原因，除了由於學科藩籬所造成的厚此薄彼的偏見之外，似乎還有一些深層次的問題沒有很好地予以回答和解決，諸如中文系的外國文學課程與外語系的外國文學課程有什麼聯繫和區別？在中文系進行外國文學研究有優勢嗎？中文系的外國文學史課程與中國文學史課程之間有什麼聯繫？為什麼開設外國文學史這門基礎課是充分必要的？在這些疑問沒有完全解決之前，「外國文學史」就無法真正融入「中國語言文學」的學科架構內。雖然人們也意識到，中文系從事中

1　本文曾在二〇〇四年八月召開的全國比較文學教學與教材學術研討會（威海）上宣讀。原載《中國比較文學》（上海）2005年第2期。

國文學研究，不可以沒有外國文學、世界文學的知識，但「外國文學」當然畢竟不是中國文學，而只是與中國文學密切相關的課程，這也就是「邊緣」課程的意思。把外國文學放在中文系來講授，其主要目的是開闊視野，豐富知識，使中國文學的評價和研究及其定性和定位有世界文學的參照。但是，僅僅這樣的理由，現在看來還是不充分的。對中文系的這個二級學科的進一步鞏固和發展而言，還是不夠的。由於這些舊的問題沒有解決，再加上一些新的消極跡象的出現，現在中文系的這門課程遇到了更大的挑戰，甚至可以說出現了生存的危機。

我所說的消極跡象之一，首先來自於政府部門的行政決策方面。眾所周知，一九九八年，教育部對二級學科進行了大規模調整時，將中國語言文學一級學科原有的「世界文學」與「比較文學」兩個二級學科合併起來，稱為「比較文學與世界文學」。從此，「比較文學與世界文學」作為「中國語言文學」一級學科下的八個二級學科之一，被正式確定下來。最近若干年的實踐也已經表明，「比較文學與世界文學」的合併成一個新的二級學科，在總體上是體現了學術發展的必然要求。它充分考慮了新中國成立以來中文系原有的「世界文學」教研室（一般稱為「外國文學教研室」）長期立足於中國文學進行外國文學教學與科研的既定事實和已有優勢，有利於引導人們以「比較文學」的觀念和方法，來研究和處理「世界文學」——當然包括中國文學——問題，因此這個方案基本上是積極的，有意義的。然而，有關行政管理部門在集思廣益做出「比較文學與世界文學」合併這個正確決策的同時，卻也出現了令人深感意外和吃驚的失誤：教育部一九九八年頒布的中文系課程目錄中，綜合性大學中文系有外國文學史這門基礎課，師範類大學卻沒有了。這對外國文學或世界文學這門學科的存續而言，可謂雪上加霜。

跡象之二，現在比較文學在中國呈方興未艾之勢，但似乎有很多人將「比較文學」理解為「比較文學概論」，在近幾年各大學中文系紛紛將「比較文學概論」或原理或基本理論之類的課程增列為基礎課後，原有的教授世界文學的老師，已將更多精力轉向比較文學概論，而原有的外國文學史課程卻相對地被忽視了，主要表現為課時量普遍較一九九八年以前有所減少——有的學校甚至減少一半以上。

跡象之三，在這種背景下，近來又有重點大學的教授公開發表了帶有強烈的「外國文學取消論」、「世界文學取消論」意味的言論。有的教授表示，像現在這樣用中文講授外國文學不理想，應該用外語來講外國文學才是，今後他所在的中文系打算聘請外語系的老師來講這門課。他的意思顯然是要把外語系的國別文學史的講法移植到中文系來；又有教授從根本上對「世界文學」這個概念提出質疑，認為「世界文學」這個詞兒是有害的，是不得要領的，因為「世界文學」無所不包，什麼都是什麼都不是，某些大而無當的空疏的著述，都是「世界文學」這個空洞的概念惹的禍。因此建議今後我們這個學科只稱「比較文學」，而摒棄「世界文學」這個概念。而誰都知道，「世界文學」這個概念一旦拋棄，就無異於對中文系的世界文學或「外國文學課」釜底抽薪，掐糧斷水。

跡象之四，在近來北京某大學主辦的一次學術會議上，有的外語系出身的學者，以非外語系的學者不能直接閱讀原文為由，對中文系學者的發言表示不屑，並由此引發唇槍舌戰。這些學者認為，只有能夠直接閱讀原文，才有發言權，因此在這種研究外國文學的學術會議上，中文系的人沒有多少發言權。按照這種看法，中文系從事外國文學課的教師，絕大部分人只能通一門外語，卻要將西方文學或者東方文學，甚至是整個外國文學，都通講下來，其教學質量和效果是值得懷疑的。

這些跡象都表明了，中文系傳統的「外國文學史」課程正面臨著生存危機，在經歷了多少年不受重視的狀態後，現在又面臨著更大的挑戰。這樣說似乎並非聳人聽聞。

我認為，上述懷疑和否定中文系「外國文學史」或「世界文學史」課程合法性的言論，對中國的學術事業、對中國的高等教育事業、對中國外國文學與世界文學及比較文學的學術研究而言都不能說是積極的，在學理上更是站不住的。

這些否定論、取消論的言論與教育部的行政決策有關。為什麼教育部在一九九八年把這門課從師範大學的基礎課程中撤了下來？眾所周知，一直以來，「外國文學史」都是全國各大學中文系的本科生基礎課，而不分綜合性大學或師範性大學，有關行政部門忽然作出如此決定，這令人百思不得其解。當初本人在北師大中文系負責教學工作，卻從未記得有關部門為此事徵求北師大的意見。作為師範大學龍頭的北師大的意見都沒有徵求，可以想像它會認真地徵求過別的大學的意見嗎？本來師範大學主要是培養中學教師的，中學語文課本上有四分之一到五分之一左右的課文，是外國文學的譯文，師範大學的學生不學外國文學，如何勝任相關課程？我不能不說這是某些行政官僚以權力代學術的結果。這已經不再是學術問題，而是行政命令與學術、行政命令與教育教學規律的關係應該如何處理的問題。我本來沒有這方面的發言權，因此在此不便多說。

更值得注意的上述是來自學術界和教育界內部的「取消論」。

首先，對「世界文學」這個詞的質疑和非難，是值得討論和辨析的。眾所周知，「世界文學」作為一個概念是由德國文學家歌德首先提出來的，它的提出和形成當然要早於「比較文學」。從空間範圍對全球文學進行劃分，我們得到了「民族文學」(國別文學)、「區域文學」(如亞洲文學、歐洲文學、拉美文學)、「東西方文學」、乃至「世界文學」之類的概念。這些概念對於我們的文學研究所起的作用非常重大。其中，「世界文學」作為從空間範圍上對全球文學的最高概括，對比較文學與世界文學的研究尤其重要。考究起來，「世界文學」概念當有三重基本的涵義，第一是作為「量」的世界文學，即世界文學是全世界各民族文學史的綜合；第二個涵義是作為「質」的「世界文學」，即世界文學是在世界上占有歷史地位的、代表人類文學水平的文學，第三個涵義是作為「觀念」的「世界文學」，即「世界文學」是我們在進行文學思考和文學研究時所應持有的一種思維背景、一種思想空間、一種價值標準。「世界文學」的三個涵義都具有「大」(範圍大)與「高」(抽象程度高)的特徵，這恰恰是這個學科研究的特點。如此看來，「世界文學」本身是一個學科概念，是一個知識體系，而不是具體的研究課題和研究對象；而後來的「比較文學」概念的提出，顯然得益於「世界文學」這個概念，沒有「世界文學」的意識，就不會有真正的「比較文學」的觀念。比較文學的學科實質就對「世界文學」的相關性所進行的具體的學術研究。兩者互為依存。「世界文學」是客觀的實體概念，「比較文學」則是對世界文學的相關性進行學術研究的主體概念。抽掉了「世界文學」的「比較文學」——現在授課的主要教材是《比較文學概論》——則失去了「比較」的基礎和前提，沒有世界文學、沒有中外文學的完整的知識修養，拿什麼做「比較」呢？那只能導致性「X 比 Y」的庸俗的比較模式更為盛行。所以，在今後的比較文學研究中，「世界文學」這一概念不但不應淡化，更不能取消，而是應該進一步強化。因此，絕不能說「世界文學」這一概念是一個「空洞概念」，從具體對抽象，從個別到一般，是一切學術研究的基本理路。在這個過程中，我們需要「世界」這一概念。況且其他學科以「世界」二字作修飾限定詞的也有不少，例如政治學中有「世界政治」、經濟學中有「世界經濟」、歷史學中有「世界歷史」、宗教學中有「世界宗教」等等，都已經形成了一種固定的學術概念乃至學科名稱。以我孤陋寡聞，迄今為止我還沒有聽到哪個經濟學者或哪個歷史學者，因為經濟學領域或歷史學領域出現了一些大而無當的空泛的研究選題，就歸咎於「世界經濟」、

「世界歷史」這樣的概念，並主張取消「世界經濟」或「世界歷史」這樣的名稱，或乾脆把經濟系的「世界經濟」學科、歷史系的「世界歷史」學科都改名換姓。這實在沒有必要，也沒有可能。

與上述對「世界文學」的否定傾向密切關聯，有人反對「世界文學」，似乎還有這樣一個「強有力」的理由：一般人一生中只能掌握一兩種外語，因而也只能從事極有限的一兩種語言文學的研究，誰能把「世界語言」都掌握？誰能研究「世界文學」？依照這種觀念，只有那些懂得某種外語的人，才能資格談論和研究某種文學，而不懂那種外語的人，肯定是一知半解、隔靴搔癢，遑論「研究」？

這種看法貌似有理，其實無理。它成為外語學科出身的一些學人學術偏見的根源，並導致了一些深層問題的發生。

我想可以借鑒宗教學上流行的「原教旨主義」這個術語，把這種原語至上的觀點稱為「語言原教旨主義」或「原文原教旨主義」。語言原教旨主義認定「原文」或稱原始性語言文本具有絕對神聖性和權威性，這種看法在一定意義上說，是不無道理的。但人類在發展和進步過程中，往往並不無條件地認可原文的神聖性，而出於種種原因對原文進行翻譯和詮釋，並在翻譯或詮釋的過程中對原文有所損益。因此，「原文」或「原典」本身實際上是一個相對的東西，而不能把它看成是絕對的東西，否則就走向了「原文原教旨主義」。例如，人們都熟悉的《舊約聖經》，原本是用希伯來文寫出來的，後來翻譯成希臘文，又翻譯成拉丁文，又根據拉丁文翻譯成德文、英文、法文，再後來又根據英文翻譯成中文。按照「語言原教旨主義」的觀點，這樣幾經翻譯，早已沒有了《舊約聖經》，根據這些譯本談什麼宗教！統統都靠不住；再如，佛經絕大部分是中國人根據印度梵文及巴利文翻譯出來的，只有懂梵文的才配談佛經，而那些根據漢譯佛經來研究佛經的人，都是靠不住的。——然而這樣的看法，在今天會有誰贊同呢？在印度，佛經原作差不多不見了，難道東南亞各國依照自己的自己民族語言翻譯出來的佛經來信仰佛教，缺乏合法性嗎？難道根據漢譯佛經研究佛教，是靠不住的嗎？再以政治學為例，以「語言原教旨主義」的邏輯，只有懂俄文原作的，才最理解列寧斯大林的思想，也最有關於馬列主義的研究與發言權；照這樣的邏輯，在中國現代革命史上，精通俄文的王明最能理解列寧、斯大林，而不懂俄文的毛澤東等，則不配談馬列主義——當年王明等其他一些「海龜派」就是這樣想的。但是，歷史早已經證明，這種想法大錯特錯。

再回到文學問題上來，依照語言原教旨主義的邏輯，只有能夠讀莎士比亞英文原作的，才有關於莎士比亞的發言權，只有能夠直接讀孟加拉文的，才有談論和研究泰戈爾的資格，只有直接讀德文原作的，研究《浮士德》才具有權威，只有能讀法文的，才能談巴爾扎克……照這樣的看法，我們每個人都不可能懂得世界上的幾千種語言，因而我們也不可能懂得「世界文學」，更不能研究「世界文學」，所以，「世界文學」這個概念沒有用處，是虛的，大而無當的，應該摒棄。

按照這樣一種邏輯，「世界文學」對每一人而言，都是虛幻的、可望而不可及的，因為你沒掌握「世界語言」，當然也就不能談「世界文學」；按照這種看法，由於魯迅只懂日文，稍懂德文，所以魯迅關於俄羅斯文學、東歐文學、英國文學的大量評論和看法，都沒有學術上的價值；同樣，由於鄭振鐸只懂英語，而不懂梵語、孟加拉語、波斯語、日語等其他一切東方語言，因而他在《文學大綱》中花了那麼多篇幅論述的東方文學，也沒有什麼價值。而事實上，中國懂英文、懂俄羅斯文、懂日文等東方語文的中國人不可計數，然而他們對俄羅斯文學、對東方文學的理解和見地，卻未必超過魯迅和鄭振鐸。

我認為「語言原教旨主義」是一種純粹理想化的、乃至有點偏執傾向的文學觀念。從根本上說，這種觀點來自於一種「話語霸權壟斷」心理——因為我懂原文，所以我的發言才最有權威；因為我懂原文，我自然和天然地就是這個方面的權威專家，你們只能聽我的。而那些通過「翻譯」、通過譯本進行外國文學評論和研究的人，都缺乏可靠性和科學性。換言之，這些人在宣揚「原語」的唯一神聖性的同時，實際上是在伸張自己對「原教旨」解讀的權威性。說得嚴厲一些，是一種學霸作風。一個學者，假如他的學術成果的數與量都很可觀，事實證明他在這個領域中最有研究，我們倒不得不承認他的「霸」、他的「閥」是有厘頭的；可是「語言原教旨主義者」雖然可能有「洋」博士的身分，甚至據說或自稱「外文說得比中文都好」，但假如拿不出多少成果來，又如何服人呢？實際上，語言只是工具，掌握了工具並不意味著能夠創造。那位聲稱掌握了十三種外語的所謂「奇人」王同億先生，在學術卻沒有別的造就，只編出了劣質的《語言大典》之類的垃圾辭典，令學術界人人喊打。相反，僅僅粗通日文的梁啟超，在五十六年的顛沛流離的生涯中，卻給後人留下一千五百萬字的龐大規模的著作，他對外國政治、經濟、文化等各方面問題的觀察和研究，他對佛經的研究，跟那些懂原文的人比較，到現在看仍然是高水平的。可見外語能力絕不等於學術智慧和學術創造力。

強化學術智慧、提升學術創造力所需要的知識，也絕非只有通過直接閱讀原文才能有效獲得。以我這樣的中年人目前所具有的知識結構而言，我們關於外國、關於世界的大部分知識，並不是直接靠讀原文得來的，而是靠讀譯文得來的。我本人願意自豪地承認這一點，而沒有絲毫的羞愧和不安。上帝造人的時候，本來不想讓人們懂得外語並彼此溝通，所以打碎了巴別塔，攪亂了人們的語言。我們一生中能夠掌握的，聽說讀寫都無問題的語言，充其量只有一兩種而已，這是常人的宿命。但人們卻又建立了另一種巴別塔——翻譯的巴別塔。只要我們肯讀譯文，我們完全可以了解這個複雜的世界。在如今的信息社會，在翻譯高度發達的今天，這既沒有多大不便，也沒有什麼缺憾。因為，好的「翻譯」、「信達雅」的譯作，對於讀者是可靠的，對於研究者也應該是可靠的。在文學方面，我們相信優秀的翻譯文學家，應當像相信優秀的作家一樣。翻譯文學中迫不得已丟掉的那些東西，那些「過」或「不及」的地方，翻譯家卻以自己的獨特創造給予了補償。以我個人的體會，有時候，我已經讀完了原作，但我仍然希望再讀那些高明的翻譯家的譯作，因為自己在讀原文的時候，常常不如翻譯家那樣專注、細緻，理解和表達，也常常不如翻譯家那樣精彩到位，翻譯家畢竟是翻譯家！他常常比我們自己的閱讀更準確可靠。所以，我欽佩、並由衷地相信那些高明的翻譯家（這也是近年來我以撰寫翻譯史的方式熱心地為翻譯家樹碑立傳的原因）。我認為，根據翻譯家的優秀譯作來閱讀並研究外國文學，來總體了解和把握世界文學，是完全可行的。即使有時候在純語言層面上的研究──例如「英美新批評」的那樣的文學語言學那樣的研究──會有侷限和困難，但研究者在選題上自然會想辦法迴避這些侷限。

那些「語言原教旨主義」者通常也做翻譯，而且有人還以翻譯為主業。那麼請問：您認為您自己的「翻譯」可靠嗎？如果您的翻譯與「原教旨」（原文）有那麼大的背離，您為什麼要作這種吃力不討好的傻事來貽誤別人呢？您為什麼出版胡譯亂譯的東西而不對讀者負責任呢？如果您認為您的翻譯「信達雅」地再現了原作的風格神韻，並非靠不住的東西，那麼您又有什麼理由認定，通過您的翻譯而了解的那個作家是不可靠的、通過您的翻譯來研究那個國家的文學，是沒有價值的呢？

二

歸根到柢，中文系外國文學史基礎課所遭遇的挑戰與危機，不是僅僅靠辨析和辯護便能濟事，要擺脫危機，根本的出路還是改革。因此，我表示反對「世界文學」取消論，反對「語言原教旨主義」，呼籲進一步確認翻譯及文學翻譯的正當性與合法性，其目的是為中文系的外國文學基礎課這門課程的改革提出相關思路。

改革的方向和途徑在哪裡？我認為就在「翻譯文學」。一言以蔽之，我主張用「中國翻譯文學史」，來改造「外國文學史」或「世界文學史」課程。

這麼做，首先是為了「正名」。而「正名」是為了確認它的合法合理性。中文系的學科內涵是「中國語言文學」，外延也應該是「屬於中國語言文學的各知識領域」，中文系的課程體系，應當涵蓋「中國語言文學的各知識領域」。按照這樣的理解和界定，在許多人看來，外國文學是外國文學，當然不是中國文學；換言之，「外國文學」當然不屬於中國語言文學的範圍，因此在中文系開設這樣的必修的基礎課是否必要就成了疑問，「外國文學史」這門課程就必然處在了「名不正，言不順」的窘境中。可是，如果我們從另一個角度提問題，現在的中文系開設的各門基礎課程，是否已經囊括、覆蓋了中國語言文學的各個知識領域？

我的回答是：沒有！因為「中國翻譯文學」沒有被包含在其中。

「中國翻譯文學」不是「外國文學」，而是中國文學的一個重要的特殊的組成部分。關於這一觀點，謝天振教授在《譯介學》、我本人在《翻譯文學導論》等著作中，都作了充分的論述，目前學界的大多數人已經對此達成了共識。然而，現在的中文系的基礎課程中，卻沒有這門課。既然「中國翻譯文學」是中國文學的一個特殊的重要組成部分，那麼，中國翻譯文學當然就屬於「中國語言文學的各知識領域」中的一部分，它在中文系的課程體系中就是不可或缺的；換言之，中國語言文學專業的學生就應該學習中國翻譯文學，否則他的專業知識結構就不完整。而且從根本上說，中國語言文學系的最大宗旨、或者說它存在的最大理由，就是傳承中國語言文學及相關的精神文化，並以此來提升和加強國民的精神文化教養。一個國家的教育體制是文化傳承體制的重要組成部分，因而一個民族、一個國家，要將一些有價值的精神文化傳承下去，首要途徑之一就是將這些精神文化作為知識形態，列入其教育體制中。中國翻譯文學，如果從佛經翻譯文學算起，已經有近二千年的歷史，已經成為中國文學的一個有機組成部分，已經成為我國精神文化的一筆獨特的寶貴財富。所以，有必要將中國翻譯文學作為中國文學、中國精神文化的重要部分納入我們的教育體制中，而納入教育體制的關鍵步驟，就是將其課程化。

目前的情況是，中文系的中國古代文學史課程不講古代的佛經翻譯文學，現代文學史沒有傅雷、朱生豪等翻譯家的位置，講魯迅、郭沫若、巴金等作家時，也不講他們在翻譯文學上的貢獻。鑒於「翻譯文學」與「漢語言文學」並不是一回事，各有其自身規律和特徵，要將中國翻譯文學包含在中國古代文學史、中國現當代文學史課程中，是很困難的。這就需要在各門中國文學史課程之外，開設一門獨立的「中國翻譯文學史」的課程。

而實際上，傳統上中文系所開設的「外國文學史」課，老師用中文講授，要求學生閱讀的是中國翻譯家的譯作（翻譯文學），而不是外文原作，所以它本來就具有「翻譯文學史」的性質；在這門課程中，老師們所講述的、學生們所學習的，與其說是外國文學，不如說是翻譯文學。這一點只不過沒有被自覺地意識到罷了。

我認為，用中文來講授外國文學，其本質上是一種廣義上的「翻譯」。換言之，當我們把外國文學轉換為中文來講述的時候，自然就融入了我們中國人的理解和闡釋。伴隨著我們自己的學習、理解和闡述，我們在逐漸地吸收外國文學，使其成為自身肌體的一部分，外國文學已不是外國文學了，正如我們吃了牛肉，消化並吸收了，牛肉已經不再是牛肉，已經溶化為我們自身的一部分了。長期以來中文系的「外國文學史」課，所做的實際上就是這樣的吸收和消化工作。因此其意義不可低估。可以說，中國文學對外國文學消化和吸收的主要途徑之一，就是在大學中文系的課程中，將外國文學課程中文化。用中文講述外國文學，這一行為本身就是中外文學與文化碰撞和融合，因而其實質就是「比較文學」；用中文講述外國文學，外國文學便在中文、中國文化的語境中受到過濾、得到轉換、得以闡發，也就是化他為我，其本質具有「翻譯文學」的性質。所以，在中文系用中文講授外國文學，與在外語系使用外文講授的外國文學，其宗旨和效果都是根本不同的，也是不能相互取代的。因此，將外語系的國別文學史照搬和移植到中文系來，是不可行的。

如果我們對中文系的外國文學史課程的性質達成這樣的共識，那麼，提出以「中國翻譯文學史」來改造「外國文學史」，將原有的「外國文學史」課程轉換為「中國翻譯文學史」課程，就是順理成章的事情了。

當然，這還需要完成立場角度和觀念方法的轉換。

原來的「外國文學史」課程，是努力站在外國文學的角度與立場上；現在的「中國翻譯文學史」課程，則要求站在中國文學的立場上，把翻譯文學作為中國文學的組成部分來講授。它絕不是外國文學史課程的取消，而是外國文學史課程的強化和轉化。「中國翻譯文學史」這一課程的特點，就是不滿足於只講「外國文學」，還要講「外國文學」如何通過翻譯家的再創作，轉化為「翻譯文學」，也就是站在中國文學及翻譯文學的立場上講外國文學。這樣一來，中國文學史自身的發展演進線索就成為中國翻譯文學史的縱向座標。在這個座標上，中國翻譯文學家就成了中心點，「中國翻譯文學史」課程首先是肯定和張揚翻譯文學家們在中國文學史上的貢獻和地位，使優秀的翻譯家作為中國文學的功勞者，與著作家一樣獲得應有的評價，在中國文學史上占有相當的地位。在「中國翻譯文學史」的縱向構造上，要擺脫以往的外國文學史模式，在盡可能描述外國文學自身發展演進歷程的同時，應當將重點放在描述中國翻譯文學史自身的發展演進歷程及其規律性的探尋上面。對外國文學史上的文學思潮、運動、作家作品的輕重權衡和甄別取捨的依據和標準，主要不是外國文學史自身的標準，而是中國翻譯文學史的標準，即根據其對中國文學的影響作用的大小多寡深淺，來確定其主次輕重。例如，英國的《牛虻》，或許在英國文學史上沒有什麼重要位置，但在中國文學翻譯文學史上，卻有重要地位，並應予以確認。

這樣，「中國翻譯文學史」與原先的「外國文學史」就顯著不同了，它已經不單是外國文學的介紹和賞析，而是進入了「研究」狀態，是站在中國文化的立場上與外國文學的對話；因此，「中國翻譯文學史」既是中國文學史，也是站在中國翻譯文學立場上所看到的外國文學史；「中國翻譯文學史」既是與世界文學密切相關的中國文學史，也是站在中國文學立場上所觀察到的世界文學史；「中國翻譯文學史」既是中國文學與外國文學的關係史，也是一種以中國文學為中心的比較文學史——這就是我所理解的「中國翻譯文學史」課程的實質。因此，用「中國翻譯文學史」取代「外國文學史」，絕不是「外國文學史」的取消，而是「外國文學史」的強化——強化其比較文學的屬性，強化中國文學的主體性，強化這門課程的學術性，從而加大其深度，拓展其廣度。

「中國翻譯文學史」既然稱為「文學史」，當然也就應該包括文學研究的應有的內容。除了縱向的加強中外文學關係史的線索的梳理和描述外，在橫向上，還要進行對名家名作的賞析與批評。特別是注意對翻譯文學文本自身的鑒賞與批評。理想的狀態就是在必要的時候對重要的譯文與原文進行比較分析，看看翻譯家如何創造性地將原文譯成中文。這樣一來就大大地增加了講授的難度，對教師的外語、外國文學和中國語言文學的修養，標準的要求都提高了，對學生的接受水平的要求也提高了。當然，承擔中國翻譯文學史課程的教師，無論何人，都不可能通曉所設涉及到的所有外語語種和原文，但我們直接面對的是翻譯文學，在原文不在場的情況下，也可以對譯文本身進行賞析。如戈寶權譯高爾基的《海燕》，一位中文修養足夠的教師，完全可以在不懂俄文的情況下，感受和體會到譯文本身的美並把這種美傳達出來。二十多年前我的中學教師（他不懂俄文）就是這樣做的，至今令我難忘。也就是說，我們把優秀的翻譯文學看作是翻譯家的再創造，看成是中國文學的一種類型。中國翻譯文學史所鑒賞、所批評的對象，不是外文原作，而是翻譯家的譯作。在這裡，一個教授中國翻譯史課程的教師，其外文修養自然是越高越好，但更重要的，還是中文水平，是良好的中文感受力，是較高的文學與美學理論的修養。

將中文系的外國文學史或世界文學史基礎課，改造為「中國翻譯文學史課」，我認為勢在必行，但要實現這個目標，還有較長的路要走。我認為這個工作可以分為兩步，第一步，是在現有的「外國文學史」或「世界文學史」框架中，注入「中國翻譯文學史」的觀念和角度和方法，也不妨說借「外國文學史」之名，行「中國翻譯文學史」之「實」；第二步再爭取改變這門課的「名」（不過在中國現有的教育管理體制下，為一門課程改「名」談何容易）。就我本人的實踐而言，目前只是初步嘗試做到了第一步。而要做到第二步，必須有學術教育界的普遍的共識，必須寫出高水平的「中國翻譯文學史」的教科書。這需要付出長期的努力。但願有意於、有志於這項工作的同行們，今後齊心協力，加強合作，為新世紀我國世界文學與比較文學事業的興旺發達，為中文系教學改革和人材培養水平的提高，做出我們的貢獻。

「比較世界文學史」研究的理論與方法[1]

《比較世界文學史綱》一書，從選題立項到寫作，都使作者們頗費躊躇。在中國，《外國文學史》、《世界文學史》之類的教材或教材類的專書，不是不夠用，而是太多了。近二十多年來，公開出版的就有近百種。如果要在此基礎上再「編」出一種來，那實在並不困難，但恐怕也沒多大必要和價值。記得《中華讀書報》幾年前曾刊登過一篇題為〈三百種馬列哲學概論教材如出一轍〉的文章，讀過之後頗有感觸。現在供中文系學生使用的《外國文學史》類的教材，雖不敢斷言「如出一轍」，但說大多數「大同小異」，恐不算太過。看來，外國文學史類的教材要有所創新，談何容易！但是，我們知道創新不容易，也知道創新是多麼必要和重要。幾年前，國家對「世界文學」與「比較文學」兩個二級學科做了合併調整，而且新世紀已經開始了，外國文學史的教材建設，必須適合新世紀學科建設和人才培養的需要。基於這種想法，一九九八年我們承擔了教育部的高等師範院校外國文學課程與教材改革的研究項目，作為這個項目的最終成果之一，是寫出一部新的教材。我們把這部新的教材取名為《比較世界文學史綱》。

「比較世界文學史」，它首先是「世界文學史」。世界文學史是一

1　本文原為中國教育部委託北京市師範大學中文系比較文學與世界文學教研室承擔的全國師範院校中文系教改項目最終成果《比較世界文學史綱》（南昌市：江西教育出版社，2004年，三卷本）的總序，刊載於《比較世界文學史綱》上卷之卷首。

種宏觀的、全球視野的文學史。它有兩個基本含義：一個是指世界各國文學，這是它的研究範圍；一個是能夠作為世界文化遺產、作為全人類共用的文化財富而加以弘揚的優秀經典作品，這也是世界文學史的選材取捨的原則尺度和評價標準。同時，「世界文學史」又是一種「比較文學史」。所謂「比較」，又有兩層基本含義：其一，是描述世界各民族文學在不同歷史階段的相互交流與相互影響的關係；其二，是對世界各民族文學發展演進的歷史進程、民族特色加以比較研究，從而尋找出世界文學發展的某些基本規律，揭示出各民族文學在世界文學總體格局中的特色和地位。可見，比較世界文學史，也就是用自覺的比較文學的觀念和方法寫出的全球總體文學史。這是我們對「比較世界文學史」總體性質的認識。

研究和撰寫比較世界文學史，必須處理好世界文學史和國別文學史的關係問題。這也是一般與個別的關係問題。毫無疑問，世界文學史的研究必須以國別文學史的研究為基礎，應該充分利用國別文學史中的基本材料，吸收國別文學史的研究成果。同時也應該承認，在文獻資料的豐富和翔實方面，在作家作品研究的充分展開方面，與國別文學史比較而言，世界文學史並沒有優勢。由於論述範圍的廣大和篇幅的限制，世界文學史所能吸取和容納的文獻資料是相當有限的；世界文學史如果由個人獨立寫作，那他所能掌握的語言語種是屈指可數的；即使多人合作，在語言語種的掌握上也仍然相當有限。因此世界文學史不可能完全運用第一手材料來寫作，而不得不大量借助第二手資料，尤其是在作品的研讀上不得不使用譯本。然而，儘管有這樣的侷限，綜合性的世界文學史仍然需要寫作，仍然有它的用處。它有著國別文學史難有的宏觀視野，它可以取得一個理論制高點，它體現著人類對文學史由「分」到「合」、由個別到一般、由局部到整體的認知需求。沒有國別文學史的研究基礎，世界文學史就成了無源之水；而無從定位也就容易失去深入認識自身特性的外部參照。

看來，研究和撰寫世界文學史的關鍵環節，是要在各民族文學發展演進的縱向比較中，找出世界文學史的發展規律；同時，還要在各民族文學發展演進的橫向比較中，認識各民族文學的特性。要做到這一點，就必須要有一個嚴整而又開放的、邏輯的、理論的體系構架。否則，像通常所做的那樣，按照歷史線索將世界各主要國家民族的文學編在一起，那還只不過是國別文學的簡單相加，是「世界文學簡編」，而不是嚴格意義上的世界文學史，它不能體現世界文學史的根本學術性質和研究宗旨。可是，也正是在這一點上，我們發現已有的為數不少的相關著作，還無法滿足這樣的要求。

外國學者著有不少世界文學史、比較文學史方面的書，在我國影響較大的有兩本，即美國人約翰・馬西的《世界文學史話》（胡仲持譯，開明書店，1931 年），另一本是法國人洛里哀的《比較文學史》（傅東華譯，商務印書館，1930 年），兩書──特別是後者──都運用了比較文學的方法來寫世界文學史，但在整體上仍缺乏嚴整的理論體系。它們或以一般世界史所慣用的古代、中世紀、近代、現代的時期劃分法，或單純以時間順序來安排章節。更為嚴重的是，這些著作體現出了一種明顯的西方中心論的偏見。東方文學在他們的著作中或是作為一種古老的背景，或一略而過。鄭振鐸先生三〇年代出版的《文學大綱》，是我國學者撰寫的第一部世界文學史，雖然在體例上大都沿用了上述西方學者的模式，但它的近百萬字的篇幅規模，它對東方文學的重視，它的比較文學方法的運用，直到現在都難以被超越。近二十年來，我國的有關外國文學史、世界文學史方面的教材、專著出版了多種，但可惜並沒有在鄭振鐸的《文學大綱》的基礎上有多大出新。自覺地運用比較文學觀念與方法撰寫的有關著作，尤其少見。中國國內的有關教材、專著在這方面大體沿用了上述西方學者的模式，但在糾正西方中心這一點上，卻都作出了一定的貢獻。不過，以《比較文學史》為書名的，仍然很少見。二十世紀九〇年代後出版的《比較文學史》(成都市：四川人民出版社，1991 年）和《世界文學發展比較史》(北京市：北京師範大學出版社，2001 年)，在自覺地充分運用比較文學的觀念與方法來研究世界文學史方面，做出了努力，但在理論體系的構建上，卻不盡如人意。該書將時代、國別、地區等不同的因素與標準並列成章，編在一起，缺乏一條貫穿到底的理論紅線或理論體系，雖名曰「比較文學史」，實際上卻不過是一種「外國文學簡編」的格局。

由於不同的研究者對世界文學史的把握的角度和方式不同，《世界文學史》或《世界比較文學史》的寫作就不會是一種模式。鑒於世界文學史、比較文學史研究與撰寫的歷史與現狀，我們在這部三卷本的《比較世界文學史綱》中，力圖表達出我們對從古到今世界文學史總體研究與比較文學個案研究的有機結合，世界文學的縱向演進與世界各民族、各地區文學的橫向交流、橫向聯繫的有機結合。在此基礎上，我們確立了《比較世界文學史綱》中的四個核心概念，即民族文學、地域文學、東西方文學、世界文學。並以四個概念所形成的平行遞進關係，構成世界比較文學史的基本面貌。

第一，民族文學。

這裡所謂的「民族文學」是一個歷史的概念。它指的是世界文學的初始階段。在民族文學階段，各民族文學基本上處於相對封閉的狀態，沒有或缺乏自覺的橫向交流。從空間上看，民族文學產生、流布於民族的居住、繁衍地；從時間上看，民族文學產生和流傳於由部落氏族社會向國家民族的發展演化時期，以及民族與民族之間的大衝突與大融合時期；從創作與接收的主體看，民族文學是全民族性的、集體性的，個體的作家和文人尚未從集體中分工、獨立出來；從文學的內在性質看，民族文學與原始宗教密切相關，其總體特點是非理性的、信仰的；從文學樣式看，民族文學的基本形式是神話和史詩。其中神話是民族文學的母胎，史詩則將零散的神話加以改造和整合，通過神話的整合，實際上也就整合了民族文學，乃至民族文化。但同時應該指出，除了神話外，並不是每個民族都有「史詩」這種文學樣式。例如，東亞地區以農耕為主的民族——漢民族、日本、朝鮮民族，都沒有嚴格意義上的「史詩」。在這些民族文學中，民族文學與民族文化的整合是通過更合乎理性的政治或道德倫理等方式與途徑來實現的。總之，民族文學起源於神話，又在神話之後通過史詩等方式完成了民族文學的整合，這是世界各民族文學的共同規律。

第二，區域文學。

所謂「區域」，是指由若干民族和國家形成的集合體；由各民族文學的相互交流、相互關聯，發展成某一區域內的各民族文學出現了一定程度的共通性和相似性。這就形成了「區域文學」。某一地域文學的形成，往往是該地域內某一文明中心國的文學向外輻射的結果。在神話和史詩之後，有的民族較早進入了以詩歌、戲劇、散文為主要樣式的新的文學時期。由於這個時期確立了若干典範文學樣式，出現了典範作家和典範作品，故通常稱之為「古典文學」時期。文明國的古典文學對後起的其他民族的文學形成了一種輻射作用和影響力，隨著它的影響的廣泛與傳播的深化，便以若干文明中心國的古典文學為中心，形成了若干具有廣泛聯繫性與共通性的文學圈，或稱文學區域。一般地說，一個文學區域的形成，要有四個基本條件，一是地理上的毗鄰，二是政治上的密切關係，三是宗教的紐帶和推動作用，四是語言上的關聯與翻譯文學的媒介。區域文學的認定和劃分，其角度和範圍的寬窄可以有所不同，但不可過於細碎。一般認為，在古典文學時期，在世界文學格局中大體形成了四大文學區域，即以漢文化為中心的東亞文學區域；以印度文化為中心的南亞、東南亞文學區域；以猶太文化、波斯文化、阿拉伯—伊斯蘭文化三者錯綜交叉的中東文學區域；以古希臘、羅馬文化為源頭的歐洲文學區域。這些區域文學的形成，打破了民族文學的相對封閉狀態。文學區域中各民族文學的交流比較密切，在語言、文體樣式、文學觀念等諸方面受惠於文明中心國所提供的典範文學，而在接受典範文學影響的同時，區域內各民族的文學民族風格不斷地成熟。因此，區域文學是區域特徵與民族風格的辯證統一，是一致性與多樣性的統一。

第三，東方文學與西方文學。

上述各文學區域不是相互隔離的，如漢文學區域與印度文學區域之間，以佛教文化為紐帶，有著廣泛的交流；中國、朝鮮、日本、越南、蒙古等民族的文學，都受到了佛教文化及佛教文學的影響；中東文學區域，特別是該區域內的波斯文學，與印度文化、文學，有著多方面的聯繫；同樣的，中東文學區域與歐洲文學區域的聯繫也較為密切，特別是在所謂「希臘化時期」更是如此。這種情況也說明，四大文學區域的劃分是相對的，它們相互之間並不是經久不變的格局。隨著時間的推移，亞洲、北非地區的三大文學區域在發展和交流的過程中，區域的界限逐漸趨於模糊。佛教、印度教、伊斯蘭教等宗教，成為遍布東方廣大地區的國家性宗教，並對東方各國文學產生了深刻影響。東方各國文學在社會背景、思維方式、審美理想、價值趨向上的一致性越來越明顯。越來越顯示出「東方文化」與「東方文學」的共通性。另一方面，歐洲文藝復興運動後歐洲社會和歐洲文學進入近代時期，歐洲文學以近代工業革命為背景，通過文藝復興、古典主義、啟蒙主義等幾次文藝思潮和運動的推動，進一步強化了歐洲各國文學的內在關係，並在十八世紀後逐漸波及北美、澳洲各國，形成了具有廣泛相通性的「西方文學」的大格局。於是，「西方文學」與「東方文學」的兩大分野，就逐漸取代了此四個文學區域的格局，使世界文學史進入了「東西方文學」兩大體系並立的時期。大約從十五世紀前後，東西方文學沿著兩條不同的道路，分途發展。西方文學以反封建反教會統治為政治背景，以自由、平等、博愛為思想基礎，以文藝復興運動、古典主義、啟蒙主義、浪漫主義、現實主義、自然主義等席捲西方各國的文藝思潮和文學運動為推動力，展開了近代文學時代的全新景觀。與此同時，東方文學則進入中世紀的後半期，在政治上延續著中世紀專制主義傳統的政治和社會結構，在文化、文學上處於守成的、緩慢發展的歷史階段。伴隨著商品經濟的出現而產生了與西方的市民階級，乃至資產階級大體相似的市井社會階層，市井小說與市井戲劇取代古典詩歌占主導地位，使文學由貴族化的古典文學走向世俗化，並也出現了在藝術上與同期的西方文學相比毫不遜色的、像中國的《紅樓夢》那樣卓越的古典名著；而另一方面，那些新的文學因素仍然囿於傳統文化的藩籬中，沒有導致像西方文學那樣的由中世紀文學到近代文學的革命性轉變。

第四，世界文學。

一個事物一旦形成了建構，也就開始消解那種建構。同樣，「東方文學」、「西方文學」兩大體系一旦形成，就在發展自身的同時消解自身。這個消解的動因同樣源於東西方文學的交流。在十五至十九世紀的東西方文學分途發展的五、六百年中，東西方文化、文學的關係實際上劃出了前後兩個階段。前期，中國文化、阿拉伯文化等對歐洲的近代化變革產生了一定影響。中國的四大發明、阿拉伯所保存的古希臘羅馬的典籍，都成為歐洲的「文藝復興」這一運動的重要條件；後期，大約是在十八世紀以後，工業化了的西方列強開始對東方各國進行政治、經濟、文化各領域的殖民主義侵略，東方各國在反抗西方殖民主義的鬥爭中，也由傳統社會向近代社會轉變。因此，十八世紀以後，特別是十九世紀，東西方在對立衝突中，在分途發展中，呈現出空前密切的聯繫。東方各國文學在十九世紀前後的近代化過程，其實質就是東西方文化在衝突中緩慢融合的過程，就是東方各國引進西方文學、改造傳統文學的過程。西方文學與東方文學的先後相繼的近代化進程，使東西方文學兩大分野逐漸拉近，在差異性中顯示出越來越多的共通性。

到十九世紀末二十世紀，這種趨勢越來越明顯了。從世界比較文學史的角度看，此時期東西方文學的兩大分野的劃分對於理解世界文學史實際上已不再適用。二十世紀上半期，由於西方文化與文學的支配性影響，東方文學在完成控制轉型後，與西方文學進一步接近。西方現代文藝思潮，如各種現代主義思潮，現實主義思潮，左翼文學思潮等，也進入東方文學，成為東西方文學共通的國際文學思潮。東西方文學在劇烈的文化衝突中，艱難地實現著文化融合，在傳統與現代、東方與西方、民族與世界的矛盾對立中，東方各國文學逐漸地不同程度地「西方化」，同時也不斷地探索西化中的民族化道路。二十世紀下半期，世界大戰結束了，西方對東方的殖民統治也大體結束了，世界基本進入了和平發展的新的歷史時期。西方文學仍然對東方文學產生著支配性的影響，但東方文學也在繼續接受西方文學影響的同時，將外來的西方的東西，包括現代西方思潮、西方文體、西方新手法等，加以改造、消化，使之與民族文學傳統相融合，並由此探索發展民族文學的更為廣闊的途徑和道路，出現了世界一統的具有世界文化視野和東方風格的大作家。二十世紀泰戈爾在印度文壇的出現，日本文學的繁榮，拉丁美洲文學的「爆炸」，黑非洲文學的崛起，事實上已經相當程度地打破了「西方文學中心」的格局。世界文學進入了一個新的時代，我們把這個時代概括為「世界文學的相互趨近與多元共生」。

所謂「相互趨近」，是指世界各國文學的相互聯繫的緊密性而言的。在這個時代，不同民族和國家的作品，通過當代快捷的信息傳媒，依靠各國之間日益頻繁的文化往來，借助越來越成熟化、藝術化的翻譯文學，而成為世界各民族文學的共同的精神產品。文學思潮的世界化，審美風格的全球化，主題、題材、文體形式的國際化，成為世界各國文學相互趨近的主要表徵。不過，「趨近」不是「趨同」；「趨近」並不是文學的民族性的消解，並不是放棄民族文學的民族個性而追求一種抽象的共同性和一體化，它只意味著各國文學的更加開放和包容。因此，「相互趨近」的結果實際上就是中國古代哲人所說的「和而不同」，用現代術語來說，就是「多元共生」。每一個民族，每一個國家的文學都是世界文學大格局中的一個部分，都是世界文學多元中的一元，它是獨特的，無可替代的。此「一元」與彼「一元」處於一種互為聯繫、互為依存的共生關係中，這就是現已形成的「世界文學」的新的格局。德國文學家歌德早在十九世紀初就預見並呼喚的「世界文學」，現在實際上已經初步形成。人類文學已經進入了相互趨近與多元共生的「世界文學」時代。同時，也應該看到，這個時代事實上只不過剛剛開始，由於不同的社會制度和意識形態的對立衝突仍然激烈，由於少數資本主義發達國家掌握著文化的「話語霸權」，使得世界各民族文學在深層上的溝通受到制約，而真正完全平等的世界各國文學的「多元共生」，對於許多國家和民族而言，仍是一個艱難的奮鬥目標。

根據上述對世界文學發展總體規律的理解，我們設計了本書的框架體系。我們將本書分為上、中、下三卷。上卷以「民族文學」和「區域文學」為中心，分兩編論述「神話、史詩與各民族文學的起源」、「古典文學的形成與文學的區域性」；中卷以十五至十九世紀形成的「東方文學」與「西方文學」兩大文學體系為對象，論述「東西方文學的分途發展」；下卷以「世界文學的相互趨近與多元共生」為主題，論述二十世紀「世界文學」的形成及基本特徵。

中國題材日本文學史研究與比較文學的觀念方法[1]

中國的文學史研究，包括中國文學史與外國文學史研究，經過二十世紀近百年的積累，已經有了相當扎實的基礎，取得了不少成果，各種中國文學史，以及由中國人撰寫的各種綜合性的外國文學史、世界文學史及國別文學史著作與教材、已達上百種。但是毋庸諱言，除了少量成果外，角度較為單一，作家作品的傳記式研究、教科書式的陳陳相因的文學史，占了大多數。同樣地，日本的日本文學史研究也存在類似的問題，日本已出版各種各樣的「日本文學史」類的著作數以千計，比中國出版的中國文學史研究著作還要多。但是除了少量著作外，在層面、角度、結構體系、觀點數據上多是大同小異，帶有明顯的滯定性與模式化的特徵。

文學史研究要進一步推進與深化，就必須從通史、斷代史、作家評傳等單一化、模式化的研究中尋求突破，嘗試從不同的角度、不同的層面，發掘和呈現文學史上被忽略、被遮蔽的某些側面，以各種專題文學史的形式，呈現文學史原有的生動性與複雜性。要做到這一點，就有必要引入和運用比較文學的觀念和方法。對此，筆者在《比較文學學科新論》一書及有關文章中，曾提出「涉外文學」的概念，將各國文學中涉及到「外國」的作品，包括以外國為舞臺背景，以外國人為描寫對象，或以外國問題為主題或題材的作品，歸為「涉外文

1　本文原載《中國比較文學》（上海）2007年第1期。

學」的範疇，並認為「外國題材中國文學史」的研究、「中國題材外國文學史」的研究，是比較文學的「涉外文學」研究的兩個重要領域，主張從比較文學的「涉外文學」的角度，從域外題材切入，更新文學史研究的視角。[2] 就中國學者來說，要在外國文學史、世界文學史研究上有進一步的深化和發展，必須強化中國人獨特的學術個性，必須發揮中國學者獨特的優勢、利用我們得天獨厚的、外國人不可取代的條件進行富有獨創性的研究。其中，研究涉及中國的外國文學，即研究中國題材的外國文學，就是一個很好的突破口。

「中國題材日本文學史」的研究，就是上述理論主張的一個具體實踐。它屬於日本文學研究，更屬於比較文學的研究。在這裡，「題材」這一概念不同於比較文學法國學派所提出的「形象學」中的所謂「形象」；所謂「日本文學的中國題材」，也不同於「日本文學史上的中國形象」。「題材」當然可以涵蓋「形象學」的研究對象——異國形象及異國想像，但同時它又不侷限於異國形象及異國想像。它包括了異國人物形象，也包括了異國背景、異國舞臺、異國主題等；它包括了「想像」性的虛構文學、純文學，也包括了有文學價值的非純文學——寫實性、紀實性的遊記、報導、評論雜文等等。另一方面，文學的題材史的研究既是文學研究的一種途徑與方法，又不是一種純文學的研究。因為題材不是純形式問題，它承載著豐富的社會文化內容，對題材的研究本質上是一種文化研究、特別是文學社會學的研究。而對中國題材日本文學史的研究，實際上是中日雙邊文化交流關係史的研究，是中國文化在日本的傳播與接受的研究，是比較文學與比較文化的研究。

所謂「中國題材」，從日本文學史角度看，就是一種「外國題

2 參見王向遠著《比較文學學科新論》（南昌市：江西教育出版社，2002年），第三章第五節「涉外文學研究」；或〈論涉外文學和涉外文學研究〉，《社會科學評論》2004年第1期。

材」。採用異國、異族的題材進行創作，這在世界古今文學史上是常見的現象。例如在歐洲文學中，古羅馬作家從古希臘取材、近代英國莎士比亞的戲劇從丹麥取材，現代美國作家海明威從西班牙取材，現代英國作家吉卜林從印度取材，當代英國作家格雷厄姆·格林從亞洲、非洲和拉丁美洲各國取材；在東方文學中，阿拉伯的《一千零一夜》從印度、波斯取材，朝鮮、越南等國的文學從中國大量取材……，這些都構成了世界文學發展史上的一種值得研究的現象。然而，和世界各國文學史上的「外國題材」比較而言，日本文學史上的「中國題材」，卻具有許多特殊性和複雜性。

日本文學對中國題材的大量擷取、借用和吸收，根據其需要，其途徑、方式與處理方法也有所不同。總體來看，日本人是在兩個層面上攝取和運用中國題材的。第一個層面，就是中國題材的直接、較為完整的運用。在這個層面上，作品的舞臺背景、人物形象、故事情節等，都明確表明為中國。第二個層面，就是對中國題材加以改造，將中國題材的某些詩歌意象、情節要素、故事原型、人物類型、糅入日本文學當中，也就是日本人所謂的「翻案」（亦即翻改）。「翻案」後的中國題材，不再有「中國」的外在標記，須經後世的研究者加以考證與研究之後，才能弄清它們與中國題材的淵源關係。如日本江戶時代的「讀本小說」，大量翻改《水滸傳》、《剪燈新話》、「三言兩拍」、《聊齋志異》等中國明清小說，中國題材在這些日本作品中已經不具備原有的完整形態，而是被吸收到日本題材之中了。如果說第一個層面的作品對中國題材的處理方式是「易地移植」，那麼第二個層面的作品則是把中國的枝條嫁接到日本樹木上的「移花接木」。「移花接木」是日本文學對中國文學及中國題材深度消化的結果，已經不再屬於嚴格意義上的「中國題材」。因而，本書所謂的「中國題材日本文學」，指的就是第一個層面上的作品，即相對完整的中國題材在日本的「易地移植」的歷史過程及種種情形。

中國題材在日本「易地移植」的歷史，是與整個日本文學的發展歷史相伴隨的。中國題材的日本文學已經有了長達一千多年的歷史傳統，在不同的歷史時期都沒有中斷，至今仍繁盛不衰。可以說，在世界文學史上，沒有任何一個具有獨自歷史傳統的文化和文學大國，像日本一樣在如此長的歷史時期內，持續不斷地從一個特定國家（中國）擷取題材。從世界文學史上看，從異國異域擷取題材，往往是為了獵取外國風情，滿足作家及讀者的「異國想像」。就中國題材而言，近代歐洲各國（例如法國、德國、英國）的有關作家也曾經從中國古典中取材，也描寫過現實的中國，但基本上不出獵奇和想像的範疇。與之相比，日本文學從中國取材，遠遠不只是為了滿足異國獵奇與異域想像，而是出於更深刻的動機與內在需要。在古代，由於日本文化與中國文化在發展程度上存在較大的落差，日本文人作家對中國文化懷有景仰之情，中國題材既是日本文學不可或缺的營養與資源，也是汲取中國文化的重要途徑和環節。在奈良時代和平安時代，日本文人要引進中國文化，就要學習漢語，要學習漢語，就要學會寫作漢詩漢文，而要摹仿和寫作漢詩漢文，就要熟悉漢詩漢文中的中國歷史文化典故和人文地理，而一旦對中國歷史文化典故與人文地理有所熟悉，就會在漢詩漢文的創作中使用中國題材。反過來說，不使用中國題材，日本人就學不來本色道地的中國文學；而學不來本色道地的中國文學，襁褓中的日本文學乃至日本文化就缺乏足夠的營養來源。中國題材對於日本漢詩漢文這樣的「外來」文體是重要的，對於「說話」、「物語」這樣的日本文體也同樣重要。在十二世紀短篇故事總集《今昔物語集》的天竺（印度）、震旦（中國）、本朝（日本）三部分中，不僅「震旦」部分十卷共一百八十多個故事全部取材於中國，就是「天竺」部分的五卷也並非直接從印度取材，而是間接從中國漢譯佛經、中國佛教類書中取材。其餘日本部分的許多佛教故事有許多也受到中國的影響。不久之後，則出現了《唐物語》那樣專門的中國題材的短篇物語集。十四世紀成熟的日本古典戲曲「能樂」所流傳下來的現存兩百四十種能樂劇本（謠曲），從中國取材的就有二十幾個，占總數的十分之一。儘管只有十分之一，但從題材來源上看，除了十分之九的日本題材，就是十分之一的中國題材。換言之，謠曲中所有的外來題材都是中國的。

進入近代之後，中國題材日本文學獲得了長足的發展。和傳統文學不同，日本近代文學不再以中國為師，而是追慕和學習西方文學。照理說在這種大語境下中國題材應該從日本文學中淡出，但事實恰恰相反，近現代日本文學對中國題材的攝取，比傳統文學更廣泛、更全面，從事中國題材創作的作家更多，中國題材的作品更豐富多彩。中國題材日本近現代文學的最突出的特點，就是打破了古代文學缺乏中國現實題材的局面，中國現實題材開始大規模進入日本作家的視野，現實題材與歷史題材的齊頭並進、雙管齊下，中國題材的創作在日本文學的總體格局中更為引人注目。

先說中國歷史題材。

明治維新後，日本社會進入了以學習和攝取西方文化為主潮的時代，但江戶時代隨著儒學的正統化而繁榮起來的漢學傳統，維新後仍在延續，作家們除了創作漢詩漢文外，還利用自己的中國古典文學及古代歷史文化的修養，創作中國歷史題材的文學作品。由於社會生活的變遷，中日關係的變化、西洋式新文體的普及，古典文學中對中國題材「移花接木」的方式基本不存在了，但對中國歷史題材的「易地移植」更為普遍。近代日本作家的中國題材創作不僅將古代日本文學的中國題材在近代文學中承續下來，而且嘗試著將中國古代歷史題材移植於、運用於近代新的文體樣式中，森鷗外、幸田露伴、中島敦的小說、土井晚翠的新詩、長與善郎、菊池寬、武者小路實篤的新劇（話劇），都使古老的中國歷史題材在近代新文學中煥發了新的生命。即使在日本的侵華戰爭時期，在侵華文學、對華殖民文學獨霸文壇的同時，也有中島敦、吉川英治、武田泰淳等寫了一些與侵華戰爭相對疏離的中國題材歷史小說。戰後初期，武田泰淳、井上靖的歷史小說承前啟後，開啟了中國題材歷史小說的新時代。此後的海音寺潮五郎、司馬遼太郎、陳舜臣等作家創作的中國歷史小說，融入了當代日本文學的主流。一九八〇至一九九〇年代，不僅陳舜臣等老一輩作家勢頭不減，更有伴野朗、宮城谷昌光、塚本青史、田中芳樹等新一代作家的陸續登場，將中國歷史題材小說在文壇和讀者中的影響進一步擴大。

日本作家的中國題材歷史小說創作，體現出了某些基本一致的傾向，那就是褒揚中國歷史文化。對中國歷史文化感興趣並喜歡從事中國題材歷史小說創作的人，基本上都是主張中日友好的人士，至少是重視中日關係的人士。他們在作品中普遍表現出對中國歷史文化的景仰之情，對中國社會和中國人民所抱有的善意的理解和尊重。弘揚中國文化，將中國歷史人物英雄化，成為中國題材歷史小說的普遍的價值取向。即使是寫中國歷史上一些有負面評價的、有爭議的人物，他們也從弘揚中國歷史文化的角度出發，不對歷史人物做過多的道德評價，甚至站在肯定的角度上作出相反的評價。例如，在宮城谷昌光的筆下，淫蕩的夏姬是一個值得同情的善良的女人，原百代的《武則天》則站在現代女性主義的立場上，努力描寫出作為一個明君聖主、一個偉大女性的武則天的形象，扭轉了長期以來站在男權主義角度對武則天的荒淫殘忍的定性。再如，從《漢書》開始，史家們均站在維護王朝正統性的立場上，視王莽為謀反者和篡逆者，而給予否定的評價。塚本青史在以王莽為題材的長篇小說《王莽》中，卻從另外一個視角來看王莽。在他筆下，王莽是一個少有大志、刻苦讀書、篤信孔孟學說、富有責任感、勇於改革的政治家，其改朝換代也受到了民眾的熱烈支持。而淺田次郎在《蒼穹之昴》中，甚至對晚清的慈禧太后、李鴻章，都從另外的視角予以正面的描寫和評價。

近代以降，在中國歷史題材繁榮的同時，日本文學中的中國現實題材也獲得了前所未有的發展。從題材類別上看，可以把中國現實題材的日本文學分為紀行文學、戰爭文學、通俗文學三大類。

紀行文學是近現代中國題材日本文學的重要組成部分，進入近代之後這類作品的迅猛增加，與日本人大量踏入中國密切相關。在古代，由於交通不便等原因，來華日本人的數量很有限，屬於中國現實題材的只有一部分中國紀遊詩與交往唱和的詩篇，而到了明治維新前夕，德川幕府拒絕與外國來往的鎖國政策有所鬆動，當時的中國與西方列強的交涉早於日本，因此日本人要了解中國，並要通過中國了解西方，來中國旅行觀察最為便捷。明治時代最早進入中國，並對近代中國情況加以報導、對中國人有所描寫的，除了途經上海、香港到歐洲的留洋學生、政界與商界人士外，主要是當時的一批甲午戰爭、日俄戰爭中的隨軍記者，然後就是一批作家。粗略統計起來，從明治維新後到一九三七年日本發動大規模侵華戰爭前的近七十年間，來華旅行過的著名文學家就有五十多人。他們來中國旅行後，大都有紀行性的作品發表或刊行。此外，還有一些漢學家及中國問題研究家的中國見聞錄或中國紀行類的作品也有文學價值。這些人的紀行文學、中國見聞錄、中國考察記等名目的作品，數量龐大，近年來日本有學者對這些作品加以整理篩選，以叢書的形式予以出版，但所選作品仍是冰山一角。這些人來中國的動機與目的各不相同，有的身負使命來中國工作或考察，有的是來中國尋求創作的題材與靈感，有的是來中國遊山玩水、吃喝玩樂。不同的作家對中國的觀察與評論的角度有所不同，都以自己的目之所及、足之所至，一定程度地記錄了當時中國的狀況，表現出鮮明的時代特徵和個人色彩，具有重要的文獻價值和一定的文學性。總的來看，他們都對中國的歷史文化表示了濃厚興趣和很高評價，卻對現實的中國社會感到失望，對現實的中國人表示不屑乃至蔑視。到了侵華戰爭期間，中國紀行的寫作主體主要是從軍記者和作家，本質上屬於「從軍記」，是戰時中國紀行文學的畸形狀態，又可以歸為侵華文學或戰爭文學。戰後，從一九五七年開始，陸續有日本作家代表團應中國方面的邀請來華訪問旅行，到六〇年代中期「文革」爆發之前，曾有五個日本作家代表團陸續應邀來華。「文革」期間和文革後的一九八〇至一九九〇年代，來中國旅行的作家更多。在這些中國紀行文學中，有的多角度地描寫了戰後中國社會的變化，反映了日本作家中國觀的變遷，有的回顧戰爭中在中國的見聞經歷，對侵華戰爭做了一定程度的反省。例如「戰後派」作家堀田善衛的中篇小說《時間》是日本戰後文學中最早反映南京大屠殺的作品，他的散文集《在上海》，回憶並描寫了戰時他在上海一年〇九個月的體驗、也描寫了戰後訪問新中國的所見所聞。在「文革」前曾先後三次參與日本作家代表團訪華的龜井勝一郎，抱著虛心與懺悔的心情寫下了長篇紀行文學《中國之旅》，較為客觀地反映了新中國成立初期社會的安定和奮進局面，也如實地表達了對當時的一些事物（如「人民公社」）不能理解、不可思議的心情。「文革」時期，武田泰淳、加藤周一、池田大作、曾野綾子、司馬遼太郎等陸續應邀訪華，在他們的中國紀行中，記述了對文革時期的中國社會的種種觀感、各自表達了讚歎、好奇、困惑、不解、冷漠等種種不同的感情。「文革」結束後的一九七〇年代末，小說家城山三郎和有吉佐和子率先來中國，目睹並記錄了轉型時期中國社會的變化。一九八〇年代，中日兩國的關係迎來了歷史上的最佳狀態，在胡耀邦和中曾根康弘主政的時代，在雙方政府的安排下，甚至出現了一次就有三千名日本青年一同訪華的壯舉。日本作家在這個時候訪問中國變得更容易，來往也更多了，中國紀行文學也更為普泛化。其中，陳舜臣、水上勉、東山魁夷等老一輩作家藝術家遊覽中國的名山大川和名勝古蹟後寫下優美的中國紀行，具有相當高的文學價值。

近現代中日關係的第一關鍵詞是「侵華戰爭」。與侵華戰爭相關的「戰爭文學」也成為中國題材日本文學的一種重要形態。日本政府與軍方歷來重視戰爭宣傳，早在甲午戰爭時期，就有日本作家從軍，到中國前線採訪報導。因此日本近代的所謂「戰爭文學」一開始就與侵華戰爭聯繫在了一起。隨後的庚子事變、日俄戰爭，都有大批從軍記者和作家來華。隨著日本對華侵略的全面實施，絕大多數日本文學家和絕大多數日本國民一樣，積極「協力」戰爭。他們中，有些人作為「從軍作家」開往中國前線，為侵華戰爭搖旗吶喊；有些人應徵入伍，成為侵華軍隊的一員；更多的人加入了各種各樣的軍國主義文化和文學組織，以筆為槍，炮製所謂「戰爭文學」，為侵華戰爭推波助瀾。其中有石川達三、火野葦平、上田廣等作家，以中國前線或淪陷區為背景，從不同角度描寫了侵華日軍和抗日或附日的中國人形象，還有一些作家，如佐藤春夫、多田裕計、太宰治等人，以中國為舞臺，以中國人為主人公，寫下了宣傳與圖解「大東亞主義」、「大東亞共榮圈」的作品，構成了戰爭時期中國題材日本文學中軍國政府御用文學的特殊一頁。戰後，一些戰時居住在中國的日本人，開始寫作以戰時中國為背景的帶有回顧與反省色彩的作品。這些作品或追憶戰時的中國體驗，或揭露、反省日軍在中國的暴行，或描寫戰爭、日中關係對個人及家庭命運的翻弄。其中重要的有作家鹿地亘的長篇報告文學《在中國的十年》，描寫了日本侵華時期他秘密來華幫助中國人民抗戰的十年經歷，生動地回憶了他所接觸的許多中國政界與文化界的人士，從一個獨特的側面描寫了抗戰時期的中國及中國人。戰時居住上海的女作家林京子陸續發表的以上海體驗為題材的小說，站在日常生活的角度，以一個少女的視角，反映了一九三二年上海事變、特別是一九三七年日本發動全面侵華戰爭後上海租界的社會生活場景，描寫當時居住上海的日本人與周圍中國人之間如何相處和交往，在上海的各色日本人的行為活動、日本軍隊在全面占領上海後的所作所為及中國人秘密的抗日鬥爭，等等。而另一位作家中薗英助則將戰時體驗的舞臺置於北京，懷著留戀的心情寫下了《「何日君再來」物語》、《在北京飯店舊樓》、《我的北京留戀記》、《北京的貝殼》等幾部作品，描述了他在日本占領下的北京與中國文化藝術界人士的交往。還有一些並沒有戰時中國生活體驗的作家所創作的小說，如南里徵典的《未完的對局》和山崎豐子的《大地之子》等，均以日本侵華戰爭為背景、以中日交流、中日關係為題材，不僅描寫戰爭給中日兩國帶來的苦難、戰時中日兩國普通國民的愛與恨的複雜糾葛，也表現戰後兩國人民為走出夢魘而做出的艱苦努力。同時，還有作家依靠在中日兩國的客觀的調查採訪，以報告文學的形式揭露日軍侵華罪行，其中尤以本多勝一揭露南京大屠殺、森村誠一揭露「七三一」細菌部隊駭人內幕的報告文學最有影響。這些作品懷著懺悔和同情描寫了受害受難的中國人，代表了日本作家的良知，表明了深刻反省軍國主義侵略歷史、不讓侵略戰爭重演的善良願望，在日本右翼勢力日益猖獗的今天，顯得彌足珍貴，在中國題材的日本文學史上，也是難得的篇章。

進入二十世紀後期，日本的中國題材的文學創作也出現在大眾通俗文學領域。包括推理小說、戰爭打鬥小說、犯罪小說、冒險小說等。這些通俗作家大都喜歡將作品的舞臺背景置於香港和上海。他們一般對中國並不很熟悉，之所以將中國的香港和上海為背景，或許主要是為了強化異域色彩和國際感覺。有些作品以中國的著名人物和著名事件為背景，馳騁想像，具有獵奇意味。還有的作品其舞臺背景不在中國而在日本，描寫的則是華人華僑。其中的典型作品是作家馳星周的長篇犯罪小說《不夜城》，該小說描寫了中國人黑社會在日本東京的紅燈區歌舞伎町橫行霸道、殺人越貨，無惡不作的行徑。在他筆下，日本新宿的歌舞伎簡直已不是日本領土，而成了中國人犯罪者的樂園，極大地敗壞了在日華人的形象，也使日本許多人加深了對來日華人的偏見與歧視。在通俗的戰爭小說、未來小說中，有以過去的日本侵華戰爭為背景的，更有以設想中的未來中日戰爭為題材的。例如森泳、大石英司等人的小說。這些戰爭小說大都以中國為實敵或假想敵，露骨地表現了對中國的厭惡和敵意，也重塑了人們所熟悉的好戰的日本形象。將日本寫成進步、正義的代表，又十分陰暗地將中國視為僵化、危險、霸道的共產主義極權國家。那種不加掩飾的自由民主的「大日本」的自豪感，與不加掩飾的對中國的歧視、蔑視，折射出當代右翼勢力的仇華反華心理。

綜觀世界文學史，在漫長的歷史發展演變過程中，一千多年間持續不斷地從一個特定的外國——中國——擷取題材，並寫出了豐富的作品，形成了獨特的文學傳統的國家，惟有日本而已。就中國題材的重要性而言，朝鮮傳統文學幾可與日本文學相若，但由於種種原因，進入近代之後朝鮮文學的中國題材已經萎縮，不成規模，而日本文學的中國題材在近代以後數量更多，二十世紀後期以來更取得了空前的繁榮，則是絕無僅有的。可以說，一部中國題材日本文學史，就是日本人借鑒、吸收與消化中國文化與中國文學的歷史，也是特定側面的中日交流史。

鑒於中國題材在日本文學發展史上的地位和重要性，有必要從比較文學的角度，為中國題材的日本文學史寫出一部獨立的、有一定規模的專門著作，這是一件拓荒性的工作。在日本，筆者沒有發現這樣的專門著作，在中國更是空白。而研究這個問題，具有重要的文化的、學術的價值與意義。它將有助於讀者進一步了解日本文學與中國的關係，有助於從一個獨到的側面深化中日文化交流史的研究，有助於進一步揭示中國文學、中國文化對日本文學的巨大的、持續不斷的影響，有助於中國讀者了解日本人如何塑造、如何描述他們眼中的「中國形象」，並看出不同時代日本作家的不斷變化的「中國觀」，由此獲得應有的啟發。

在中國題材日本文學史的研究中，筆者體會到，在涉外研究中，比較文學的觀念和方法不僅可以幫助我們尋找並填補學術研究的空白點，而且也更有利於充分發揮中國學者特有的優勢。誠然，一個國家的學者研究另外一個國家的文化，就是站在自身文化立場上對外國文化的探索、理解與闡釋，也是了解和包容異國文化的重要途徑和方式，且不論研究水平高低，其研究本身就是很有必要和很有意義的。但是，另一方面，既然是學術研究，就確實存在著一個選題優劣、水平高低的問題。就日本研究而言，作為一個中國學人，假如不注意發揮中國文化的優勢，不是自覺地站在中國人特有的角度或立場，不去發現只有中國人才有可能做得好的課題，而是和日本學者一樣，去研究日本學者擅長研究的問題，那就不能揚長避短而是相反。日本是一個經濟文化高度發達的國家，雖然人口只有中國的十分之一，但從事學術研究的人卻並不比中國少，說日本的人文社會科學研究者人數之多如過江之鯽，文章著作之富如滿天繁星，也並非誇大。儘管日本學者及其研究成果有相當大的一部分實在平庸無奇，但在眾多的「量」中，也必然有「質」的存在，在大量的日本文學研究者及其成果中，也有不少精英學者和優秀成果。在這種情況下，一個中國學者即使勉強躋身其中，也難免不被淹沒。不管他有多麼好的素質和條件，倘若放棄了中國學者的優勢，則他的研究能夠在眾多的日本學者的研究成果中顯出特色和價值來，是難以想像的。因此，我們最好不去重複外國人已經研究過的東西，最好少涉足那些由外國人來研究將更有優勢的課題和領域，而應立足於中國文化的立場，在中外文化的交叉處，發現新問題、研究新問題。換言之，比較文化與比較文學的基本觀念，就是要求我們千方百計尋找與異國文化的接點，想方設法地「在夾縫中求生存」。

世界比較文學的重心已經移到了中國[1]

出於教師的職業習慣，我讀任何文章，一要看其是否有新見或有新意，二要看文章本身的結構布局乃至文字表述是否美，然後做優劣判斷。老實說，近年來譯介過來的許多西方學者的學術論文，從以上兩個角度看，實在令人不敢恭維。譯介過來的東西一般都是經譯者精心挑選的，但即使如此，也仍不免給人一種「無非如此而已」的感覺。倘若是在中國，那種水平的論文連發表恐怕都成問題，但西方人發表的東西，在中國則被高看一眼。箇中緣由，耐人尋味。

巴斯奈特的這篇〈二十一世紀比較文學反思〉有何新見？怪我有眼不識泰山，橫豎看不出來，只覺得是老生常談，而且連文章本身的邏輯結構也顯雜亂，即便是譯者流暢的譯文，仍無法掩飾原作本身的缺陷。在對世界比較文學的發展與前景所做的理論思考中，中國學者已有的論述顯然比這篇文章高明許多。可惜，不懂中文的巴斯奈特們無法閱讀。

不能閱讀中文的西方學者們似乎根本不覺得有什麼缺失和不安，而在中國，百分之九十九的學生不得不學英文，久而久之就養成了一種習慣，對英語世界的風吹草動都凝神屏息，而西方人對中國學術或閉目塞聽或視而不見，兩者形成了戲劇性的鮮明對照。

的確，中國總體上還比西方落後，但並非何事都比西方落後，西

1　本文原載《中國比較文學》（上海）2009年第1期。

方也未必何事都比中國先進。歷史上中國不重自然科學，中國的自然科學要追上科技先進國家，尚需時日，但幾千年來中國卻一直高度重視人文學術，即使在積貧積弱的晚清時代，中國的人文學術在許多方面都沒有落後於世界。近百年來，更是吸收西方精華將人文學術發揚光大，有些學科已經走在世界前列。馬克思所指出的物質發展與藝術發展的不平衡性的現象，同樣也可以用來解釋物質發展與人文學術發展的不平衡。中國的科學技術水平固然還較落後，但並不意味著中國的人文學術不發達。幾千年來，中國一直是世界少有的人文學術大國，這一事實許多西方人暫時還不願正視和承認，但中國人自己不必妄自菲薄。

僅就當代的比較文學而言，關於中外文化交流史、東西方文化關係史的研究，為中國學者得天獨厚，近三十年來出版了三百多種專門著作；在譯介學與翻譯文學研究領域，中國人無論在研究實踐還是理論構建上，都已經走在了世界前列；關於比較文學學科理論，中國人矯正了西方人的理論偏頗，走向更高層次的整合與提升，在理論探索的深度和理論普及的廣度上，明顯已經超越了此前的法國學派、美國學派；關於比較文學學術史的研究，中國學者已經寫出了多種成規模的斷代史與通史著作，而外國的同類書卻很少見；關於比較文學學科教學，中國已經在數百所大學的文學系科普遍開設了比較文學課程，而外國的大學很少能夠做到這一點。

在一些瞧不起中國的西方人眼裡，或許這一切都不值一提。當我們在「文革」十年中寫不出東西來的時候，他們說我們「一片空白」；當我們在近三十年中，在比較文學領域寫出了近兩萬篇文章、四五百部論著、七十多種教材的時候，卻有西方人站出來諄諄提醒告誡我們「欲速則不達」。我們從中不難看出一種奇妙的微酸心態。何況，人文科學與自然科學不同，它有世界性，更有民族性和國性。用西方的標準來衡量，我們可能不行；以我們的標準來衡量，西方未必就行。西方人認可的學術未必是就好，西方人不認可的學術未必就差。明白了這一簡單的道理，既不可如一些西方學者對中國那樣閉目塞聽、視而不見，更不可像中國近代洋奴那樣唯西人馬首是瞻，仰人鼻息。

但無論如何，傾聽一下巴斯奈特女士對「二十一世紀比較文學的反思」，是沒有壞處的，但須清楚她的「反思」只是對英美世界有效，而不適合於中國。她早宣布了比較文學學科的「死亡」，但比較文學在中國卻「活」得很好。巴斯奈特的「反思」顯示了歐美一些比較文學學者的焦慮。那裡比較文學研究資源的日益減少，主流學者們對中國及東方學術文化的無視、無知、偏見、隔膜與冷漠，使比較學者喪失了跨文化研究的意欲與能力，如此，他們的比較文學必然衰微。

三十年來中國改革開放，國人大量翻譯西書與西文，許多人逢洋必讀，不管什麼書，只要是外國人寫的，從不懷疑其學術質量與價值。但是看多了，慢慢就明白，西洋的書，特別是當代人的學術著作，除少量的外，好書實在並不多。有的譯者在譯本序中動輒以「名著」相稱，其實難符。往往一大厚本，說了許多繞脖子的話，實際廢話連篇，並無多少乾貨。譬如巴斯奈特所宣稱的將要取代比較文學的「翻譯研究」，有關的代表性成果近年來中國學者譯介的不少，但大多為玄言虛語、空洞無物，令人失望。看來，翻譯研究若沒有中國翻譯的在場與參與，是沒有前途的。

總體而言，平心而論，中國人撰寫的嚴肅的學術著作，與西方相比絕無遜色。就比較文學學術著作而言，同樣如此。儘管中國比較文學也有自己的問題，主要表現為在當今熙熙攘攘的大環境裡，願意長期不懈地從事累人而清苦的學術研究的人還不夠多，一些有研究能力的人不願潛心埋頭久坐冷板凳，而是急功近利，熱衷於做「學術活動家」，耗費了大量時間精力與創造力。但即便如此，中國比較文學仍然取得了不凡的成就。為了寫作《中國比較文學百年史》，我翻閱過上萬篇論文，過眼四五百種著作，精讀上百種代表作。我的感覺是，中國比較文學在學術質量與數量上均已領先於世界，可以說，當今世界比較文學重心已經移到了中國。中國比較文學超越了法國學派與美國學派的那樣的「學派」侷限，將東方與西方文化相融合、文化視閾與文本詩學相整合，形成了「跨文化詩學」這一新的學術形態與新的學術時代。對於中國比較文學的崛起，作為西方學者的巴斯奈特，還有已故法國學者艾田伯等，也都給予了積極肯定。對他（她）們在這個問題上的良識，我們應該表示讚佩。

「闡發研究」及「中國學派」：文字虛構與理論泡沫[1]

關於「中國學派」問題的提出、討論，可以說是中國比較文學學科理論構建過程中最具有「中國特色」的現象。所謂「中國學派」，是七〇年代最早由臺灣學者提出來的。八〇年代後，大陸許多學者對「中國學派」發表了自己的看法。關於這些情況，現在已經出版的幾乎所有的比較文學學科理論的教材和專著都有專章或專節的述評，其來龍去脈不必多說。總括起來，學界關於「中國學派」問題大致有如下的三種意見。

第一種意見，表示中國的比較文學應該有自己的學派，但認為中國學派是一種可供「展望」的設想和遠景。老一輩學者季羨林、楊周翰、賈植芳等先生，大都持這種看法。如季羨林在一九八五年的一次會議上說：「有的外國朋友，還有不少中國的學者都提出了形成比較文學中國學派的問題。我個人還有許多朋友都認為這種意見是非常正確的。我們中國的比較文學學者一定要努力地工作，努力地學習，向著這個方向發展。」[2]

第二種意見，對「中國學派」的提法持審慎的態度。如嚴紹盪先生起初也表示贊成「中國學派」的提法，但後來他意識到：「研究剛剛起步，便匆匆地來樹起中國學派的旗幟。這些做法都誤導中國研究

1　本文原載《中國比較文學》（上海）2002年第1期。

2　季羨林：〈在中國比較文學學會成立大會暨首屆學術討論會上的開幕詞〉，《中國比較文學年鑒》（北京市：北京大學出版社，1987年），頁29。

者不是從自身的中國文化教養的實際出發，認真讀書，切實思考，腳踏實地來從事研究，而是墮入所謂『學派』的空洞概念之中。學術史告訴我們，『學派』常常是後人加以總結的，今人大可不必為自己樹『學派』，而應該把最主要的精力運用到切切實實的研究之中。[3]王宇根先生認為：「提不提『學派』大可商榷。原因有三：第一，比較文學向來主張多中心，多視角，提倡不同理論主張和不同視域的融合，學派這一概念隱含著將視域圈定在某個中心之內的危險，與比較文學的基本精神不合。……第二，就中國比較文學研究而言，同樣可以存在多種流派、多種理論、多種方法。……第三，值得注意的是，學派在歷史上是自然形成的……能不能形成一派，歷史自會有公正的評說。」[4]

第三種是大力鼓吹「中國學派」，並且認為中國學派已經形成。近年來又為中國學派總結了一整套的「理論體系」。

眾所周知，「中國學派」是與所謂「闡發研究」密切聯繫在一起的。臺灣學者古添洪、陳鵬翔在一九七六年出版的《比較文學的墾拓在臺灣》一書的序言中說：

> 我國文學，豐富含蓄，但對於研究文學的方法，卻缺乏系統性，缺乏既能深探本源又能豐實可辨的理論；故晚近受西方文學訓練的中國學者，回頭研究中國古典或晚近中國文學時，即援用西方的理論與方法，以闡發中國文學的寶藏。由於這援用西方的理論與方法，即涉及西方文學，而其援用亦往往加以調整，即對原理論與方法作一考驗、作一修正，故此中文學研究

3　參見嚴紹璗：〈雙邊文化關係研究與「原典性的實證」的方法論問題〉，《中國比較文學》1996年第1期。

4　參見樂黛雲等：《比較文學原理新編》（北京市：北京大學出版社，1998年），頁59-60。

> 亦可目之為比較文學。我們不妨大膽的宣言說，這援用西方的理論與方法並加以考驗，調整以用之於中國文學的研究，是比較文學中的中國（學）派。[5]

「中國學派」的提法曾鼓舞了中國比較文學研究者們的熱情，起了積極的作用。但是一開始，它的普遍可行性就受到了許多中外學者的異議和否定。對此，孫景堯先生很早就一針見血地指出：

> 將它（闡發研究）定之為「比較文學的中國學派」，則失之偏頗了。因為，首先這種說法本身就是不科學的，是以西方文學觀念的模式來否定中國的源遠流長的、自有特色的文論與方法論。西方文論是建立在西方文學及文化的基礎上的，而西方文學與文化背景又是同中國文學與文化背景截然不同的兩大體系，因此，用它來套用中國文學與文化，其結果不是做削足適履式的「硬比」，就是使中國比較文學成為西方文化的「中國註腳」。這就從一開始就陷入了比高低、比優劣的為比較而比較的庸俗比附泥淖中去。[6]

對於這種質疑，陳鵬翔後來響應說：「我們考驗、修正並且擴展西方文學理論和方法的適用性，這是主動性的作為，對文學研究有絕大的貢獻，怎麼會『使中國文學（變）成西方文論的『中國腳注本』？」[7]

所謂「考驗、修正並且擴展西方文學理論和方法的適用性」，這

5　古添洪、陳鵬翔：《比較文學的墾拓在臺灣》（臺北市：東大出版社，1976年）。

6　孫景堯：《簡明比較文學》（北京市：中國青年出版社，1988年），頁111。

7　陳鵬翔：〈建立比較文學中國學派的理論與步驟〉，載《中國比較文學學科理論的墾拓——臺港學者論文選》（北京市：北京大學出版社，1998年），頁152。

個提法、這種做法固然「是主動性的作為」，但其實質仍然是以「西方文學理論」為本體、為中心的。是以中國文學為具體材料，以西方理論為方法，其目的仍然是為了「考驗、修正並且擴展西方文學理論和方法的適用性」。正如提倡「闡發法」的曹順慶教授所說：「『闡發法』首先關注的是西方文論的普遍有效性。」[8]既是如此，那就好比以西方的斧頭砍中國的柴，「考驗」西方的斧頭快不快；而在運作過程中，往往是要說明「西方文論的普遍有效性」、「適用性」。「適用」西方理論者則用，不「適用」者則迴避不用。中國的比較文學若以此為「中國特色」、「中國學派」，那到頭來還有什麼「特色」可言？還有什麼「學派」可言呢？對此，葉舒憲教授正確地指出：這種援西釋中的「闡發法」的結果「難免使所謂『中國學派』脫離中國民族本土的學術傳統之根，演化為在西人理論之後亦步亦趨的模仿前行的西方學術支流。……我們仍然不能說這一模式便是通向中國學派的理想途徑……（闡發法）對創建『中國學派』實際上有極不利的一面」。[9]雖然有的學者提出，「闡發」不應該是「單向闡發」，而應是「雙向闡發」，也可以用中國文學來闡發西方文學。但是，既然前提是中國「缺乏系統性，缺乏既能深探本源又能豐實可辨的理論」，又拿什麼去「雙向闡發」呢？事實上，到目前為止，似乎還很難找到以中國文學闡發西方文學的研究論文，即使在學貫中西的錢鍾書的著作中也很難找到這樣的例子。

大陸學界熱衷提倡「中國學派」及「闡發研究」的，首推曹順慶先生。他在近十多年中發表了一系列大同小異的談「中國學派」的文

8 〈比較文學中國學派基本理論特徵及其方法論體系初探〉，《中國比較文學》1995年第1期。

9 葉舒憲：〈比較文學「中國學派」的根基〉，《中外文化與文論》（成都市：四川大學出版社，1996年），第1輯，頁109。

章[10]，反覆不斷地力主「中國學派」，並認為「中國學派的理論特點和方法論體系，實際上已經顯露雛形，呼之欲出了。」他將「闡發法」作為中國學派的特色，有時又將「跨文化」作為「中國學派的根本特色」。他還在〈比較文學中國學派基本理論特徵及其方法論體系初探〉一文中，總結了中國學派「跨文化研究」的五種方法：

> 如果說法國學派以「影響研究」為基本特色，美國學派以「平行研究」為基本特色，那麼，中國學派可以說是以「跨文化研究」為基本特色。如果說法國學派以文學的「輸出」與「輸入」為基本框架，構築起由「流傳學」(譽輿學)、「淵源學」、「媒介學」等研究方法為支柱的「影響研究」的大廈；美國學派以文學的「審美本質」及「世界文學」的構想為基本框架，構築起了「模擬」、「綜合」及「跨學科」匯通等方法為支柱的「平行研究」的大廈的話，那麼中國學派則以跨文化的「闡發法」，中西互補的「異同比較法」，探求民族特色與文化根源的「模子尋根法」，促進中西溝通的「對話法」，旨在追求理論重構的「整合與建構法」等五種方法為支柱，正在和即將構築起中國學派「跨文化研究」的理論大廈。[11]

這主張一提出，就有人為之喝彩。有的說，曹文的發表「無疑宣告了比較文學中國學派走向成熟」；有的說，這表明「比較文學中國

10 如〈比較文學中國學派基本理論特徵及其方法論體系初探〉，載《中國比較文學》1995年第1期；〈「泛文化」：危機與歧路；「跨文化」：轉機與坦途——再論比較文學中國學派〉，載《中外文化與文論》1996年第2輯；〈跨越第三堵牆，建立比較文學中國學派理論體系〉，載《中外文化與文論》1996年第1輯；〈闡發法與比較文學「中國學派」〉，載《中國比較文學》1997年第1期等。

11 〈比較文學中國學派基本理論特徵及其方法論體系初探〉，《中國比較文學》1995年第1期。

學派已經開始站穩了腳跟，取得了理論上的制高點」；有的說，曹文一經發表，「應該說關於這一熱點問題的探討基本塵埃落定」，云云。近些年，有的比較文學學科概論的教材和著作，也匆忙地將「闡發研究」單列章節，加以論述。在一些人看來，「闡發研究」儼然是「中國學派」值得自豪的專長。

然而，事情遠不是這樣簡單。

首先，能否把所謂「跨文化」研究作為中國學派的「基本理論特徵」呢？不能！誰都知道，比較文學研究──無論是中國的還是外國的──本質上都是「跨文化」的文學研究。這是比較文學理論上的常識，也是任何形式的比較文學研究的基本的、共同的前提與特徵。每一個民族和每一個國家都有自己獨特的文化。「法國學派」的比較文學研究早就跨越了法國文化與英國文化、德國文化、意大利文化、俄羅斯文化……，後來的「美國學派」不但跨越了民族文化和國別文化，而且還跨越了「洲際文化」──歐洲文化與美洲文化。也許有人會反駁說：我說的「跨文化」指的不是這些，而是所謂「跨越東西異質文化」。可是，「東西異質文化」這個提法本身就是似是而非的。任何不同的民族文化都有其質的規定性，相比之下都可以說是「異質」的。東方和西方的文化當然也是「異質」的。而且，西方諸文化之間的差異、東方諸文化之間的差異，有時比東方與西方文化的差異還要大。例如，僅以文學而論，東方的中國與日本文學之間的差異，甚至大於中國文學與西方文學之間的差異。因此，不能簡單化地認為東方文學之間的質的差異、西方文學之間質的差異就小於東西方之間的差異，或認為只有東西方文化才是「異質」的。另一方面，在比較文學研究中，「跨越東西異質文化」的，也不光是中國，日本、韓國、印度、阿拉伯─伊斯蘭各國，還有非洲、拉美各國，他們的比較文學研究都勢必需要「跨越東西異質文化」。僅以日本來說，它們的比較文學研究比中國進行得早，近百年來沒有中斷，其研究成果蔚為大觀。

如果也要提出一個比較文學的「日本學派」，那麼它的特徵之一恐怕也是「跨越東西異質文化」。看來，把所謂「跨文化」研究作為中國學派的「基本理論特徵」，這個提法本身就缺乏「跨文化」的廣闊的世界視野。季羨林先生早就指出：「只有把東方文學真正地納入比較文學的研究範圍，我們這個學科才能發展，才能進步，才能有所突破，才能煥發出新的異樣的光彩，才能開闊視野。[12] 只提「中西」及中西比較文學，不提中國與日本、韓國、蒙古、越南、印度等亞洲各國文學的比較研究，有意無意地忽略了西方之外的東方，忽視東方比較文學在中外比較文學中的重要性，就陷入了「西方—中國」的兩極、兩元對立的思維模式中。這恐怕也是另一種形式的、無意識的「西方中心論」吧。

用西方的理論闡發中國文學，是二十世紀中國文學研究的主流。例如近代王國維用叔本華哲學闡發《紅樓夢》，最近二十年又用各種各樣的時髦的西方理論闡發中國文學，……可以說，一百多年來的中國文學研究，基本上使用的是外來的理論和方法，純用中國傳統理論來研究中國文學者，難以例舉。總之，要是從「闡發」這個角度看問題，那麼二十世紀中國的這些文學研究就都屬於「闡發研究」。然而，我們因此就能說二十世紀中國文學研究都是「比較文學研究」嗎？如果「比較文學研究」就等同於「文學研究」，那我們還提「比較文學」做什麼？楊周翰先生說過，闡發研究「這種方法和比較文學的方法有一致的地方」[13]。這是一個審慎的、正確的表述。「闡發法」與比較文學僅僅是「有一致的地方」罷了。它與比較文學有些重合和交叉，甚至我們可以把它視為比較文學的邊緣地帶，它卻不是嚴格意義上的比較文學，更不能把它作為比較文學「中國學派」的特徵。

12 季羨林：〈在中國比較文學學會成立大會暨首屆學術討論會上的開幕詞〉，《中國比較文學年鑒》（北京市：北京大學出版社，1987年），頁29。

13 楊周翰：《鏡子與七巧板》（北京市：中國社會科學出版社，1990年），頁8。

後來，曹順慶先生又對「闡發法」做了區別和限定。他在〈闡發法與比較文學「中國學派」〉一文中解釋說：「例如不少中國文學史將西方浪漫主義、現實主義概念運用於中國文學，根本不考慮這些概念與中國文學實踐是否吻合，更沒有對西方理論加以『調整』、『考驗』和『修正』，而是硬性套用，這實際上是將西方理論強加於中國文學……如果說這也叫『闡釋』的話，那只能叫『順化闡釋』，或者叫『奴化闡釋』。這裡只有服從、順從式的運用或套用，而沒有跨文化意識的對話和互釋，因此它沒有也不可能有比較文學的效果。這從反面進一步說明了『跨文化』的意識是『闡發法』之所以成為比較文學中國學派的基本特徵的根本原因。」這種說法，也不免叫人另生疑問。一方面反對「奴化闡釋」，另一方面又舉出了用西方浪漫主義、現實主義概念來闡釋中國文學的例子。可是這個例子恰恰表明，借用西方浪漫主義和現實主義的概念，卻不是拘泥於這兩個概念在西方原有的思潮與流派的屬性，而僅僅把它們理解為一種風格、一種創作傾向，這不但不是對西方的「硬性套用」，而是對西方的東西加以「調整」和「修正」。這種做法和曹順慶先生等提倡的「闡發法」沒有什麼不同。看來，「闡發法」無論是對西方理論加以「調整」、「考驗」和「修正」，還是「硬性套用」，其實質並無不同。「闡發法」就是「闡發法」，就是用西方理論來闡發中國文學。我們沒有必要，也不可能對「闡發」一分為二，「加以區別對待」。「闡發法」當然有一個運用得好不好的問題，但是我們不能以運用得好壞來決定是否把它歸於比較文學。那樣，就勢必使比較文學的研究範圍的認定更加喪失基本標準，更加混亂。正如不管「平行研究」方法運用得好壞，都是比較文學研究；而無論「闡發法」運用得好不好，它仍然不是比較文學研究。

至於曹先生提出的「中國學派」的另外四種方法——異同比較法、模子尋根法、對話法，整合與建構法——實際上是其他民族和國家的比較文學研究都可能，也應該通用的方法，而不是中國學派獨有的方法。試想，無論什麼學派、哪國的學派，它的比較文學研究沒有「異同比較」，沒有與外部文化的「對話」，沒有對民族文學特色的「尋根」，沒有比較研究後的「整合與建構」呢？

還必須指出，把「闡發法」作為比較文學「中國學派」的「特徵」，把它提到了淩駕於一切之上的地位，與中國比較文學的研究實踐也不相符合。錢鍾書先生早就指出：「不同國家的文學之間的相互關係自然是典型的比較文學研究領域。」[14]我國比較文學研究的「典型領域」也是中外文學關係的研究。筆者粗略地統計過，近二十年來，這種「典型的比較文學研究」在我國比較文學研究的全部論文中占了一多半，這方面的研究專著也占全部比較文學研究專著的一多半。而且許多學風嚴謹、資料扎實、觀點科學、經得住推敲和考驗的學術精品，大都出在這個領域。這是有目共睹的事實。而且，中外文學關係史中的許多領域、許多問題還沒有被涉及到，還有待今後的研究。可以預料，在今後相當長的時期內，我國文學與外國文學——包括東方各國文學、西方各國文學——的影響研究，作為比較文學研究的極其重要的領域，仍然會得到比較文學學者的重視。而我們要「總結」「中國學派的基本特徵和方法論體系」，又怎麼可以不顧及中國比較文學研究的這一歷史、現狀與未來呢？單拈出一個「闡發研究」，根本不能概括我國比較文學的歷史，也不能概括現狀，更不能指導和預測未來。而且，以「闡發研究」作為「中國學派的基本特徵」，那就無異於將不屬於「闡發研究」的比較文學研究摒於「中國學派」之外，這種做法對我國比較文學研究來說，是不公平的。

不過應該承認，上述所有關於「中國學派」的意見和觀點，其出發點都是為了發展中國的比較文學學術事業，動機是良好的。它的提

14 張隆溪：〈錢鍾書談比較文學與「文學比較」〉，《讀書》1981年第10期。

出，起到了活躍比較文學的學術氣氛的作用，這是值得肯定的。但是，「學派」形成的過程是一個漫長探索的過程。如果急於為「中國學派」做過度的闡釋和超驗的定性，匆忙地為比較文學「中國學派」制訂什麼「獨特的理論和方法論體系」，這就不免帶有相當大的虛擬性，其理論價值也大打折扣。而且將中國學派的「特徵」固定在一個「闡發性」之類既模糊、又狹窄的地帶，則可能對青年學子產生誤導作用。因此，對「中國學派」的闡釋和總結必須三思而行。應當明確，科學研究的對象和方法是沒有國界的，比較文學作為一種科學研究也同樣不能因國別的不同而有對象與方法的區別；比較文學學派的劃分，也不能簡單地以研究方法、研究對象為依據。一切科學研究的不同因素是研究者，即研究主體的不同。研究者的科研條件與環境，研究者的出發點、立足點、獨特的思路、視角，以及由上述條件決定的獨特的創新的成果，由大量創新的成果所體現出整體的研究實力、學風和整體的學術風格，這就形成了「學派」。「中國學派」也只能在這些方面、通過這樣的方式來形成。

長期以來，我國的比較文學的研究實踐已經表明：「立足於中國文學的中外比較文學研究」，是中國比較文學研究的特徵，也可能是「中國學派」的特徵——如果非要給「中國學派」總結出「特徵」來的話。「立足於中國文學」，就表明了中國比較文學研究者的獨特的環境、氛圍，立場和出發點，而「中外比較文學研究」，又概括了多少年來我國比較文學的獨特的創新的成果。這個概括在一些喜歡理論「闡發」的人看來，也許太簡單、太樸素、太不夠「理論」，但這一句話，比起一整套的理論體系來，也許要實在得多。

邏輯．史實．理念

——答夏景先生對《比較文學學科新論》的商榷[1]

《中國比較文學》雜誌二〇〇三年第三期推出「比較文學教學和學科理論建設」這一新的欄目。該欄頭條發表了署名「夏景」的文章《教材編寫與學術創新——兼與王向遠教授商榷》（以下簡稱「夏文」），對我的《比較文學學科新論》（以下簡稱《新論》）一書提出了商榷。讀後感覺夏文的批評態度是學術的，是與人為善的，我感謝作者肯花時間閱讀拙作，並提出意見，我感到夏文對《新論》的肯定之處，對我是一種鼓勵；對《新論》的批評之處，則是對我的幫助。所以在此向夏文的作者表示真誠的謝意。但「學術乃天下公器」，絕非批評者和被批評者雙方的私事，其中涉及到的一些問題，特別是學術批評中的邏輯思維及概念命題的界定問題，比較文學學科史上的史實運用問題，教材的撰寫理念問題，對學術研究和學科教學都具有普遍性。所以我考慮再三，還是決定以「邏輯．史實．理念」為題，把我與夏文的不同看法和我所看出的夏文中的一些問題寫出來，以供夏景先生和比較文學界的同行朋友們參考和批評。

首先，夏文對我的「只有好的學術著作才配用作教材」提出質疑，說這種說法「未免把事情推向極端了，我們認為這個問題是否可以這樣來提：好的教材有可能同時成為一部好的學術著作……但好的學術著作未必就是一部好的教材（這樣的例子恐怕不勝枚舉了）」。夏先生說得對，我完全贊同。但使我困惑的是，您是怎樣從我的「只有

1　本文原載《中國比較文學》（上海）2004年第2期。

好的學術著作才配用作教材」這句話中，推導出我是主張「好的學術著作就是一部好教材」這樣的意思來的呢？

為了對比起見，下面把我的那句話（A）和夏文的推導出的那句話（B）排在一起：

A：只有好的學術著作才配用作教材

B：好的學術著作就是一部好的教材

這顯然是兩個不同的判斷命題，稍有邏輯學常識的讀者一望可知，本來毋需費詞。我說「只有好的學術著作才配用作教材」，意思很清楚，就是凡有資格作教材的，都必須具有「學術著作」的品格，而且是「好的學術著作」的品格，那種拼拼湊湊、「只編不著」的東西，絕不能算是「好的教材」。但這並不意味著說「好的學術著作就是一部好的教材」。我說的是「才配用作教材」，是說只有在「好的學術著作」中才能出現可以用作教材的東西。換言之，能夠用作教材的東西應該到「好的學術著作」中去尋找，而並不是說好的學術著作就等於是教材。但夏文卻把我的這句並不複雜、也不晦澀的話，做了邏輯上的曲解。很顯然，曲解後的「好的學術著作就是一部好教材」這一命題是有失「偏頗」的，而且「未免把事情推向極端了」，只是，「把事情推向極端」的，恰恰是由夏景先生自己的曲解造成的。

同樣是關於教材性質的看法。夏文說：教材和專著——

> 兩者所負的使命不同，教材負有把某門學科的基本知識（或理論）全面傳授給學生的責任，而專著只要把作者本人的學術創見闡述、論證清楚即可完事。好的教材當然也應該有學術上的創新，但這種創新應該建立在全面歸納、整理學科基本知識（或理論）的基礎上，而不是置學科的基本知識（或理論）於不顧，一味只求闡述個人的學術見解。

這段話是似是而非的。「是」的地方是，教材確實是要把某一學科的基本知識和基本理論傳達給學生；似「是」而「非」的地方在於：作者的判斷顯然是建立在「一門學科的基本知識（或理論）是完全確定了的、甚至是完備的」這一判斷的基礎之上的。眾所周知，一些傳統的老學科——例如文藝學、美學、中國古代文學等等——的基本知識和基本理論一般是相對確定的，屬於基本的常識。依照施教的對象，教材應該把這些基本知識和基本理論傳授給讀者。但還有另外一些學科的情況，夏文似乎沒有考慮到。那就是有些學科屬於新興學科，或由於學科研究的歷史不長，其基本知識或基本理論是還處在形成過程中、探索過程中，並不是完全確定的或定型的。在這種情況下，這門學科的教材必須對已有的「學科的基本知識（或理論）」進行檢討和反省乃至批判吸收，而不能（也不應該）過早地把已有的東西定型化、模式化，把現有的東西視為不可逾越的雷池。問題是，比較文學是傳統老學科呢？還是相對較新的學科？我在《新論》的序中說：「比較文學是一門較年輕的學科，而比較文學學科理論則相對更加年輕。如果從法國學者梵・第根的《比較文學論》算起，也只有七十來年的時間。」至於我國的比較文學學科理論，則是上世紀八〇年代以後才做起來的，只有二十來年的時間。中外比較文學學科理論的誕生如此之晚，比較文學基本知識或理論正在積累和構建之中。因而，像某些傳統老學科那樣的約定俗成、眾所公認、只能守成、不可觸動的東西，在比較文學學科理論中是相對較少的。即使是傳統老學科，中外新一代學者都在努力尋求突破和創新，何況比較文學這樣的較新學科，哪些知識是「基本知識」，哪些理論是「基本理論」，並沒有完全統一的看法，國內現有的幾種有特色的教材（只「編」不「著」的另當別論）就不太統一，這就很能說明問題了。儘管如此，我在撰寫《新論》的時候，一方面考慮到它的「導論」或「原理」的性質，另一方面考慮到它作為一部個人專著，雖非嚴格的現有意義上的「教材」，但畢竟還是打算把它「用作教材」，那就應該把學科的基本知識和基本理論講清楚。「基本知識」是什麼？依我的理解，它似乎應該包括中外比較文學學科史上重要人物的重要論點及其評析，特別是中外理論家創制的學科理論的基本範疇、概念和術語，例如「跨文化」、「跨學科」、「影響研究」、「平行研究」、「主題學」、「媒介學」等等之類，「基本理論」是什麼呢？依我的理解，比較文學的「基本理論」就是要講清三個問題：一、什麼是比較文學（內涵和外延）？二、它的研究方法是什麼？三、它的研究對象是什麼？《新論》也相應地分「學科定義」、「研究方法」、「研究對象」三章。我認為，夏文所說要求的「把某門學科的基本知識（或理論）全面傳授給學生的責任」，我在《新論》中是自覺而又努力地爭取做到的，如果沒有盡到這個責任，是我的學術水平所限，而絕不是因為我沒有意識到教材應該盡到這個責任，更不是夏文所說的「置學科的基本知識（或理論）於不顧，一味只求闡述個人的學術見解」所造成。儘管夏文對這句話作了一條章節尾注，表示「這個觀點是一般而論，並非專門針對王教授的『新論』」。然而，雖非「專門針對」畢竟也「針對」了「新論」。而在我看來，「一味只求闡述個人的學術見解」與「置學科基本知識（或理論）於不顧」並不是對立的關係。一部學術著作在「一味只求闡述個人學術見解」的時候，一般是不可能「置學科的基本理論於不顧」的，新的見解必然是在評析、批判舊的見解的基礎上進行的，「新」的東西總是在「舊」的東西的襯托之下才顯出「新」來。在教材撰寫中將兩者對立起來的後果，就是往往會誤認為教材「把某門學科的基本知識（或理論）全面傳授給學生」「即可完事」，從而造成教材的「只編不著」，使其失去應有的學術品味。這是一個教材撰寫的理念問題，《新論》就是有意識地要突破這種長期形成的流行的理念，在這個問題上，我對夏文所持的教材編寫理念無法苟同。

接著，夏文對我的「跨學科研究」的看法提出批評。關於我為什麼沒有把「跨學科研究」視為比較文學研究，其理由我在《新論》中做了自認為很充分的闡述。在《新論》中，為了遏制將比較文學的學科邊界無限擴大化的趨勢，我沒有把那些只「跨學科」、而沒有「跨文化」的「跨學科研究」作為比較文學研究的對象或領域，但同時又吸收和改造了「跨學科研究」的某些合理成分，將原來由美國學派提出的作為比較文學的研究領域或研究對象的「跨學科研究」，轉化、改造為一種研究方法，稱為「超文學研究法」。對此《新論》有專節闡述，現在看來那些闡述已經足夠，在這裡沒有必要再另加補充。現在只分析和回答夏文的「困惑」。夏文不同意我對「跨學科研究」的兩種情形的劃分和分析，說那「似乎有以偏概全之嫌」，但夏文在引述了我上百字的原話後，並沒有指出我「偏」在何處，也沒有以他之「正」糾我之「偏」，最終卻只是表示「限於篇幅」而「暫且不論」，而這只能使我更堅定地認為將「跨學科研究」摒於比較文學之外是必要的和正確的。我願意再次強調：文學與某一學科之間的跨學科研究，不管是已形成新的交叉學科的（如文藝心理學等），還是暫時還沒有形成一個新的交叉學科的（如文藝法學、文學經濟學等），都是「比較文學」這一學科概念無法概括的，換言之，相信沒有人會把「文藝心理學」、「文藝法學」等看成是「比較文學」的一部分。夏文說：「跨學科研究也可以因為注重了研究的文學性，突出了以文學為歸宿點，而取得比較文學的研究價值」。這個看法是很成問題的。我認為，假如文學與某一學科的跨學科研究不同時又是「跨文化」的研究，那麼它即使是「注重了研究的文學性，突出了以文學為歸宿點」，也不能「取得比較文學的研究價值」，而只是一般的跨學科研究。例如，日本的神道教與日本文學關係的研究，固然屬於宗教與文學關係的「跨學科研究」，但由於該研究是在日本文化內部進行的，沒有「跨文化」，那麼它就不能算是比較文學研究。

接下去，夏文將論題轉到了我提出的「超文學研究」這一概念上去──

> 令我們感到困惑的是，在這同一本書裡，作者又提出了「超文學」研究的概念，作者對他的「超文學研究」的解釋是：指在文學研究中，超越文學自身的範疇，以文學與相關的知識領域的交叉處為切入點，來研究某種文學與外來文化之間的關係。它與比較文學其他方法的區別，在於其他形式的比較文學研究是在文學範圍內進行，而「超文學」研究是文學與「外來文化」的關係的研究。
>
> 這裡有兩個問題似乎存在商榷的餘地：一個問題是「其他形式的比較文學研究」是否因為是「在文學範圍內進行」而與「外來文化」的關係無關？我們認為恐怕不能這樣說……另一個問題是，用「超文學研究」的提法去取代「跨學科研究」的提法是否必要？……「超文學研究」的提法很有個人創見，也很有新意，如果是在作者的論文或論著中作為一般的學術研究和探索提出，那當然無可非議——學術上的探索與爭鳴自然不受限制。現在把它明確作為教材的內容，是否合適呢？

夏景先生提出的第二個疑問，屬於上面已講到的教材撰寫的理念問題，不必再加理論。至於第一個疑問，我認為是由夏文有意或無意的不正確理解造成的。在《新論》中，我提出「超文學研究是文學與某種外來文化的關係的研究」這一基本界定，並以一節的篇幅做了較充分的說明與論證。夏文提出「『其他形式的比較文學研究』是否因為是在『文學範圍內進行』而與『外來文化』無關？」對此，我當然回答「有關」。但是，回答「有關」，卻仍然不能否定「超文學研究」的成立。夏景先生之所以提出這個不成問題的問題，似乎不是缺乏比較文學的常識，而是犯了一個邏輯學上的錯誤。在這裡，夏景先生悄悄地、但又是顯而易見地混淆了兩個不同的命題。一個命題是「文學與外來文化的關係的研究」，另一個是「比較文學研究與外來文化有關」。前者是對「超文學研究」的特殊屬性的界定，後者是對比較文學的一般屬性的判斷，是很不相同的兩個命題。換言之，所有比較文學研究都「與外來文化有關」，然而，並非所有形式的比較文學研究都是「文學與外來文化的關係的研究」。如果所有形式的比較文學研究的都是「文學與外來文化之間的關係」，那麼「超文學研究」就沒有存在的必要。誰都知道，並非所有形式的比較文學，都是「文學與外來文化之間的關係的研究」，雖然它與外來文化「有關」。因此，一切形式的比較文學研究都與外來文化「有關」，卻不能成為否定「超文學研究」的理由。

夏景先生對《新論》的最後一個商榷點是「傳播研究法」。我在《新論》中，曾援引「法國學派」的代表人物梵・第根、伽列、基亞等人的觀點，讓他們以現身說法，來說明法國學派並不像一直以來人們所認為的那樣是「影響研究」學派，而是「傳播研究」學派。夏文不同意這一判斷，他說：

> 令人遺憾的是，作者對法國比較文學代表人物有關觀點的引經據典，只是從上世紀三〇年代的梵・第根起到五〇年代的基亞就停止了，卻忽視了梵・第根之前的巴登斯貝格和基亞以後的布呂奈爾等人。

同樣也使我感到遺憾的是，夏景先生在這裡又一次犯了上述的邏輯錯誤，即混淆或偷換概念，用「法國比較文學」這一概念取代了「法國學派」這一概念。比較文學史的史實告訴我們，「法國學派」是在特定的歷史時期存在的、由特定的學者群體組成的、對比較文學持有相同或相近的學術理念的一群，並不是所有法國的比較文學學者都屬於「法國學派」。那麼，「法國學派」是在何時形成的、又由哪些人構成的呢？據我掌握的並不完備的材料看，夏文提到的巴登斯貝格並不是法國學派的直接創始者，而且到了一九三五至一九四五年之間他在美國講學，倒是對「美國學派」的形成產生了影響。他並沒有系統地提出「法國學派」的主張，所以他最多只能算是法國學派的一個先驅人物，因而我在《新論》中沒有提到他。但儘管如此，巴登斯貝格在其前期的研究實踐中已經體現出後來法國學派的某些特徵，如《歌德在法國》（1904）就是以法國與歐洲各國文學交流史為依託的「傳播研究」為特徵的，他還在理論上明確地提出要用實際材料來考證各國文學之間存在的關係。他在《比較文學評論》的發刊詞中寫道：「僅僅對兩個不同的對象同時看上一眼就做比較，僅僅靠記憶和印象的拼湊，靠一些主觀臆想把可能游移不定的東西扯在一起找類似點，這樣的比較絕不可能產生論證的明晰性。」[2]這豈不是明顯指出無法實證的「影響」的不可靠，而強調實證的傳播研究嗎？因此，即使我不「忽視梵・第根之前的巴登斯貝格」，那我提出的「法國學派不提倡影響研究，而是提倡實證的傳播研究」的結論也仍然可以成立，而且更增加了一個例證。至於夏文說我「到五〇年代的基亞就停止了」，則是必須如此。因為法國學派的確到了五〇年代後，在「美國學派」的衝擊下，接受了「美國學派」的一些觀點，作為有著自己鮮明特色的「法國學派」在五〇年代以後就逐漸消解和式微了。以至有的「法國比較文學」的重要人物倒成了「美國學派」理論主張的擁護者，「法國學派」在與「美國學派」的接近和認同中，逐漸消解了自身。中國學界較熟悉的著名的法國比較文學學者安田樸也對此前「法國學派」的實證研究也做了批評。總之，從時間上看，「法國學派」是二十世紀上半期以國際文學關係（傳播）史研究為特色的一個學派，超時空的「法國比較文學」並不等於「法國學派」。由於將「法國比較文學」與「法國學派」混為一談，夏文一口氣連續引用了

2 轉引自朱維之主編：《中外比較文學》（天津市：南開大學出版社，1993年），頁42。

三段布呂奈爾等人二十世紀八〇年代在《什麼是比較文學》一書中講的話，且不說八〇年代的法國比較文學已不同於當年的「法國學派」，就說夏文所引用的那三段話，卻也並非都是無條件地贊成「影響研究」的。而且即使那三段話都在肯定「影響研究」，也並不能說明、並不能代表「法國學派」是贊成「影響研究」的，倒反而只能說明以前的「法國學派」不贊成「影響研究」，而到了八〇年代布呂奈爾等人是在糾正他們的「偏頗」（如果是偏頗的話）。

而最重要的，並不是援引某某的話（理論主張）來說明問題，最重要的是從研究實踐上看「法國學派」是「影響研究」還是「傳播研究」。我在《新論》中，對「影響研究」和「傳播研究」做了清楚的界定，在此不必重複。按照那種界定，「法國學派」不是以作家作品的審美分析為主要特徵的「影響研究」，而是以實證的、文學史學的研究為特徵的「傳播研究」，這是學術史上有目共睹的基本史實，並不是「公說公有理，婆說婆有理」的可供爭論的問題。對於我關於「影響研究」和「傳播研究」所作出的重新界定，夏文可以不同意，但應該在理論上、邏輯上和史實上指出我的界定如何不成立，可惜夏文並沒有這樣做，卻依然從他所認定的傳統的「影響研究」的定義出發，對我的「傳播研究」加以否決，這真是方鑿圓枘，正如用自配的鑰匙開人家的鎖，打不開時卻怪人家的鎖有毛病，指摘我的「法國學派」屬於「傳播研究」的論斷「令人費解」，並質問道：

> 正如作者在「新論」中所言，「傳播」是「影響」的一種基礎，傳播研究可以成為影響研究的前提、基礎和出發點。那麼，這個「前提、基礎和出發點」怎麼又取代了它們的「主體」——影響研究了呢？梵・第根明明提出影響研究有三個主要方面，而傳播只是其中的一個方面，怎麼作者會覺得「梵・第根所闡述的實際上是文學的『傳播』關係呢」？

這一段質問雖然頗有氣勢，但其中卻既有邏輯錯誤，也有史實錯誤。

先說邏輯錯誤。《新論》認為「傳播研究」可以成為「影響研究」的前提、基礎和出發點，並不意味著「傳播研究」不能獨立，而只能應包含在「影響研究」中；也並不意味著「影響研究」是什麼「主體」，而「傳播研究」就成了「客體」。正如初等數學是高等數學的前提、基礎和出發點，但並不意味著初等數學自身不能獨立於高等數學，並不意味著高等數學是「主體」，而初等數學是「客體」。因此，我絕不能同意夏景先生所說的，影響研究和傳播研究「兩者本來就是局部與整體的關係，是「混在一起的」，即傳播研究本來就是被包括在影響研究之中的」。夏景先生死守的那種「本來」，正是我在《新論》中試圖重新加以反省和檢討的。

再說史實錯誤。夏文說：「梵・第根明明提出影響研究有三個主要方面，而傳播只是其中的一個方面」，這句話是不符合梵・第根原意的。我曾在《新論》的第二十三頁簡要評介了梵・第根在《比較文學論》中提出的有關觀點，讀者可以參照，或者直接翻閱梵・第根的《比較文學論》就更清楚。梵・第根認為比較文學的研究對象是「本質地研究多國文學作品的相互關係」，這種關係主要表現為文學交流的「經過路線」，他把「經過路線」分為三個方面，即放送者、接受者和媒介者，研究這三個方面的學問分別是「譽輿學」、「源流學」和「媒介學」。請問夏景先生：您是怎樣從梵・第根的這三個方面的劃分中，看出「傳播只是其中的一個方面」呢？而我在其中所看到的卻是：這三個方面構成了梵・第根心目中「傳播研究」的基本內容，雖然梵・第根沒有使用「傳播」一詞，但他所用的「經過路線」一詞，與今天我們所說的「傳播」顯然是同義的。

在上引夏文的那一段話之後，接著分段，又有幾句話，也頗有引述和剖析的必要——

> 其實，傳播研究本來就是影響研究之中的應有之義。影響研究是一個大概念，而在傳播、接受中產生的影響則是一個小概念，一個具體的概念。所以「新論」作者對「人們往往將『影響』的研究和『傳播』的研究混為一談」的批評就有點無的放矢了。因為兩者的關係本來就是局部與整體的關係，是「混在一起的」，即傳播研究本來就是被包括在影響研究之中的，那又何來「混為一談」之說呢？

遺憾的在這段話中，夏景先生又出現了邏輯上的錯誤。所謂「影響研究是一個大概念，而在傳播、接受中產生的影響則是一個小概念，一個具體的概念」，豈不是自相矛盾嗎？前一句說「影響研究是一個大概念」，後一句又說「影響則是一個小概念、一個具體的概念」，究竟您是說「影響」是「大」的還是「小」的？「影響研究」的「影響」與「在傳播、接受中產生的影響」難道有什麼不同嗎？哪一種「影響」不是「在傳播、接受中產生的」呢？夏景先生的邏輯混亂只能表明，我在《新論》中所指出的「將『影響』的研究與『傳播』的研究混為一談」的情況，在夏文中已經達到了多麼嚴重的程度！

這種邏輯上的混亂也更清楚地表明，「傳播研究」和「影響研究」本來實在不是什麼誰「大」誰「小」的問題，也不是夏文所謂的「局部與整體的關係」問題，而是比較文學研究的不同方法、不同路徑的分野問題。基於這種認識，我才在《新論》中將「傳播研究」、「影響研究」作為兩種不同的研究方法，並把它們與「平行貫通」、「超文學研究」合在一起，作為比較文學的四種基本的研究方法。這四種方法的概念，沒有「大」與「小」的問題，沒有誰一定要被誰所「包括」的問題，而是相互區別和相互分工，同時又相互聯繫。從研究的層次上看，「傳播研究法」、「影響研究法」、「平行貫通法」和「超文學研究法」是有層次和有分工的，或者也可以說是逐層遞進的。「傳播研究法」以呈現史實為基本宗旨，「影響研究法」在已呈現的史實的基礎上研究作家作品之間的可能的精神聯繫，「平行貫通法」則進一步擴大範圍，以探討跨文化的國際文學的共通規律和民族特性為目的，對沒有事實關係的作家作品之間進行比較，「超文學研究法」則使比較文學研究超越於文學自身的範疇，更進一步研究某一文學與某一種外來文化之間的關係。可見，四種方法分別適用於不同的研究對象和領域，即:「傳播研究法」適用於國際間事實關係的研究;「影響研究法」適用於國際間作家作品的精神聯繫的研究;「平行貫通法」適用於無事實關係、但有規律性聯繫的國際文學現象的研究,「超文學研究法」適用於某一文學現象與某種外來文化關係的研究。在我設計的這四種基本的研究方法中，誰都無法被誰所「包括」、所取代，就是因為每種方法都有它自己特有的適用對象，每種方法都對應著比較文學研究的不同領域和不同環節。即以前二者而論，凡採用歷史學的、實證的方法，以呈現國際間文學的交流和互相傳播的史實為主要宗旨的研究，都是「傳播研究」。凡是以美學、文藝學的方法、通過具體的作家作品分析，推定國際文學之間不同的作家作品在精神氣質上的各種可能聯繫的研究，都是影響研究。這實在是兩種不同路數的研究，我們不能不把它們區分開來。我們不能以它們是相互聯繫的為由，就把它們混在一起。任何將不同的東西混在一起、不加分析的混沌，都不包含「方法」和方法論，因為它無法操作，而比較文學的方法必須是可操作的，可運用於研究實踐的。

在我看來，「傳播研究」問題，本質上是個老問題，因為傳播研究的成果早就大量存在了，只不過我們的比較文學學科理論一直未能以恰當的概念和術語來準確概括它罷了。因而「傳播研究」這一概念的提出，並不是夏文所說的屬於我的「標新立異」，更不是我「煞費苦心」杜撰出來的純理論、純概念的東西（那是我歷來不喜歡的和不擅長的）。相對於研究實踐，這個概念顯然是姍姍來遲了。「傳播研究」

是「法國學派」在半個世紀前所致力的事業。只不過當時的他們（法國學派）和後來的我們在理論概念上沒有釐定清楚，沒有更清楚地把「傳播」與「影響」區分開來。我在《新論》中把兩者區分開來，只是基於對比較文學學科史上大量豐富的研究成果的概括和總結。

夏景先生的文章的題名是「教材編寫和學術創新」，主要是從教材編寫的角度來批評《新論》，文章最後一段是前後照應，說：「我們仍然認為『新論』不失為一部優秀的學術著作，……只是——又回到本文一開頭的話題——『新論』能不能同時也視作一部合適的、甚至優秀的比較文學教材呢？這個結論或許還是讓比較文學的方家們去評說吧，我們就不在此妄言了。」實際上，我在《新論》的「後記」中及其他場合並沒有說《新論》就是「教材」，只是說要把它「用作教材」。誠然，「用作教材」它就成了「教材」，但決不是夏景先生觀念中的那種「教材」。我們之間的分歧就在這裡。夏景先生在文章結尾處對《新論》能不能成為「合適的、甚至優秀的教材」提出了疑問，字面上看雖沒作結論，但實際上夏景先生早已經在全文中得出了他的「結論」。對夏先生的這個「結論」，我充分理解而且並不反對，因為夏景先生從他的教材理念出發，得出他的那個結論是自然的和必然的。實際上，我一開始就沒有奢望《新論》能夠成為大家普遍認同、普遍採用的「教材」。我的教材理念仍然是我在《新論》的「後記」中寫的那句話：

> 那時（指二十世紀二〇至三〇年代）的國文系（中文系）沒有現在這樣的「統編教材」，教授們用自己的書作教材。我認為這種做法至今仍值得我們借鑒。

拾西人之唾餘，唱「哲學」之高調，談何創新

——駁〈也談比較文學學科理論的創新問題〉[1]

拙著《比較文學學科新論》（南昌市：江西教育出版社，2002年）出版後，有相識不相識者陸續發表了七、八篇評論，認同與讚揚者有之，商榷與批評者有之，對此我都表示感謝。但對於後者，除了感謝之外還要回應，所謂「真理不辯不明」，學術往往是在討論和爭鳴中推進的。近來讀到華東師範大學中文系張弘先生發表在《中國比較文學》二○○四年第一期上的文章，題為〈也談比較文學學科理論的創新問題——王向遠《比較文學學科新論》讀後〉，張文對拙作提出了指責與批評，並由此提出了比較文學學科理論創新中所謂「更根本的問題」。張先生提出的「根本問題」從該文中的三個標題上可一目瞭然。第一個問題是「中國特色還是國際規範？」第二個問題是「方法論問題」，第三個問題是「如何對待邊際學科和文化研究的滲入？」我認為這些的確都是比較文學研究中的「根本問題」，為了討論方便，拙文現在也想套用張文的這三個標題，並提出我的看法。

一　「中國特色還是國際規範」？

我認為張先生的「中國特色還是國際規範」這個問題提出的方式

1　本文原載《南京師範大學文學院學報》（南京），2004年第1期。

本身，就很成「問題」。這是一個非此即彼的選擇題，即：你是要「中國特色」還是要「國際規範」？二者必居其一。這很能代表張先生的思維方式。這樣的問題實際上沒有回答的價值。但在張先生的大文中，還存在著更嚴重的理論上的悖謬。他不同意我在《比較文學學科新論》（以下簡稱《新論》）的「前言」中的說法，即：

> 人文科學研究與自然科學研究的最大的不同之一，就是自然科學是世界性的、沒有國界的研究，而人文科學必須體現一個國家、一個民族、一個學者的獨特的學術立場、獨特的研究方法、獨特的思路和獨特觀點、見解與學術智慧。

對此，張先生寫道：

> 比較文學從誕生的那天起，就把跨民族跨國家當成本身的一個根本屬性，把「世界文學」當成自己的一個理想。這是比較文學不同於任何一個學科的重要特徵。它的研究對象，不是通常所說的國別文學，而是那些超出了民族、地域、國界的有限關隘的文學現象和文學關係，在這個意義上，完全可以說比較文學同樣是「世界性的、沒有國界的研究」。

這段話似是而非。比較文學確實「同樣是世界性的、沒有國界的研究」，然而，比較文學學科的世界性與中國比較文學研究者「獨特的學術立場、獨特的研究方法、獨特的思路和獨特觀點、見解與學術智慧」是矛盾的嗎？顯然，張文認為它們之間是矛盾的，因而才極力反對我提「中國特色」。而且，當張文拿這段話當成理論前提來批駁我的時候，他有意無意地轉換了上述我那段話的語境。我說「人文科學與自然科學的最大的不同之一……」，是拿「人文科學」與「自然科學」兩者相比而言，是在相對意義上的比較，而不是絕對意義上的比較。在絕對意義上，一切科學研究都有世界性、都可以、有時也必須超越國界；但在相對意義上，人文科學研究又帶有民族性，從研究者自身來說，這種民族性集中表現為他的民族文化背景、民族文化立場、民族文化教養。這種背景、立場、教養或強或弱或明或暗地影響著研究者的研究，它與研究者的關係如影隨形。對於中國比較文學研究者而言，正如嚴紹璗先生所說：「無論在世界的什麼地方，無論是以何種語言文字從事學術研究，中國比較文學家都是從中國文化的母體中發育長大的，這一母體文化無疑應當成為比較文學家學術話語的基本背景，成為構成他的『文化語境』的基本材料。對於中國比較文學家來說，中國文化是他的學術生命的基礎，也是他之所以能夠立足於國際學術界的最深刻的根源……立足於這樣的學術教養之上的中國比較文學家，才能真正地創造出他的學術天地來。」[2]我認為嚴先生對於中國比較文學學者的民族（中國）文化背景和立場的闡述十分正確，正合我意。這裡強調的就是中國比較文學研究家要從自己的文化教養中體現出獨創性，形成自己的中國特色。這不僅是必要的，而且是必須的、也是可行的。而張文卻斷言：「中國比較文學二十年的事實表明，迄今為止，所有想在比較文學學科理論中體現『中國特色』的做法，都很難獲得成功」。他舉出的例子是「闡發研究」方法和「跨文化」研究，把這兩個例子作為「中國特色」不成立的例證，並說「以上兩個事例，王著也注意到了，並堅決表示反對」。但是，事實上，我在《新論》及有關文章中所反對的，是將「闡發研究」法和「跨文化研究」作為中國學派的獨有特徵，而決沒有反對比較文學研究要有中國特色，也沒有反對「闡發研究」和「跨文化研究」本身。關於這一點，在一篇論文中，我寫過這樣一段話：

2　嚴紹璗：〈卷頭語〉，《多邊文化研究》（北京市：新世界出版社，2001年），卷1。

> 應當明確，科學研究的對象和方法是沒有國界的，比較文學作為一種科學研究也同樣不能因國別的不同而有對象與方法的區別；比較文學學派的劃分，也不能簡單以研究方法、研究對象為依據。一切科學研究的不同因素是研究者的科研條件與環境，研究者的出發點、立足點、獨特的思路、視角，以及由上述條件決定的獨特的創新的成果，由大量創新的成果所體現出的整體的研究實力、學風和整體的研究風格，這就形成了「學派」。「中國學派」也只能在這些方面、通過這樣的方式來形成。[3]

很清楚，我在這裡強調的中國比較文學研究者的主體性特徵，強調「獨特的創新的成果」對形成「中國學派」的重要性，認為只有這樣才能最終形成「中國學派」，而「中國學派」當然是「中國特色」的集中的、高度的體現。但張文卻斷言：「知識科學的根本特點是普適性和規範性，想在其中尋找專門屬於中國的東西，並非靠一廂情願就能實現。『科學無國界』，這句話對比較文學是同樣適用的。」然而，科學固然「無國界」，但科學家和研究者是有「國界」的，是有文化歸屬的。對於這個問題的看法我與張先生相去甚遠，簡直是雲泥之差。他的邏輯實際上就是：「中國的東西」是不合「國際規範」的東西，「國際規範」必須將「中國的東西」排斥在外。這就是他所理解的「無國界」。說穿了，這就是無條件抹殺「中國特色」。像這樣機械地形而上學地將「中國特色」和「國際規範」對立起來，只能得出這樣錯誤的有害的結論。

這裡我想請教張先生的是：就比較文學而言，所謂「國際規範」是誰制定的？誰來認可？比較文學作為一門發展中的相對年輕的學

3 王向遠：〈「闡發研究」及「中國學派」〉，《中國比較文學》2002年第1期。

科，有哪些是必須恪守的「國際規範」？張文本身似乎沒有明確解答，但他接下來舉的一個例子，卻能夠說明他所謂的「國際規範」究竟是什麼。張先生舉的例子就是我提出的一個新概念——「涉外文學」。張文認為：「經過法國學者的持續努力，也經過國內一些專家的熱情介紹，形象學近年來在比較文學領域作為一個分支學科發展迅速。但王著對形象學表示不滿」。由於「王著」對法國人的概念有所不滿，於是張文就對「王著」更為「不滿」。他詳細地論述了法國人提出的「形象學」概念，認定「兩相比較，就會發現，形象學的有關界定明確清晰得多，而所謂『涉外文學研究』反而模稜兩可，含糊其事，不得要領」，說「王著對形象學的非難實際上都建立在誤解乃至不解上」。顯而易見，在這裡，張文是把法國人的「形象學」的概念及其界定看作是「國際規範」了，於是對我提出的「涉外文學」這一概念格外看不順眼，他在對「涉外文學」的評述中充滿「誤解乃至不解」就是很自然的事情了。例如，指責「涉外文學」的範圍「無所不包」，「恰恰模糊了『涉外文學研究』自己的界限」。然而事實上，涉外文學無論怎樣「無所不包」，它還必須是「涉外文學」，因為它有自己明確的內涵——就是「涉外」；而張文指斥的「無所不包」，其實是它的外延。自詡有「扎實的哲學方法論素養」的張先生，怎麼會連這麼一點點邏輯學常識都不顧及了呢？或許在他看來，「王著」竟然敢「非難」這一「國際規範」是不能容忍的，所以才站出來用激昂的言辭，拿他認定的「國際規範」對「王著」下了如上的判書。其實，我在《新論》中曾寫道：「我提出『涉外文學』這一概念，既受到了『形象學』這一概念的啟發，同時也是出於對『形象學』這一概念的不滿。」（頁 234）換言之，對法國人的「形象學」我當然是有所吸收的，但老實說，我沒有像張先生那樣把它視為不可觸動的「國際規範」。而「涉外文學」這一新的概念究竟可行與否，還要經過比較文學研究實踐的反覆檢驗，張先生在「誤解乃至不解」的基礎上匆忙下的判書，恐怕不會有多大效用。

二　「方法論問題」

張文的第二部分是「方法論問題」，「哲學」的派頭十足，「哲學」的氣味似乎也很濃。他開門見山地寫道：

> 王著的整個學科新論體現著強烈而自覺的方法論意識，這點是值得嘉許的。王著也正確地領會到，方法論有哲學論和工具論兩大層面。但遺憾的是，王著在哲學論意義上的方法論方面幾乎沒有發表任何見解，這是一個嚴重的缺失。

這一指責令我困惑。這就好比是指責一部哲學著作為什麼不發表關於文學創作方法的見解一樣，令人啼笑皆非。我在《新論》中確實沒有講「哲學意義上的方法論」。如果說這是「缺失」，那不是無意的「缺失」，而是有意的放棄。所謂「有意的放棄」，就是我認為不能在比較文學學科理論中大談哲學問題。我在《新論》的後記中說過：「比較文學學科理論的書很容易流於什麼『全球化』、『某某主義』、『跨文化對話』之類的空泛話題，讓人讀了之後仍不明白比較文學研究應該怎樣研究。」我在《中國比較文學二十年》一書中又說：

> 近來出版的一些比較文學理論教材越寫越厚，塞進了太多的相關學科的材料，成為哲學、美學和一般文化理論的大雜燴，反而淹沒了比較文學理論自身，使比較文學理論趨於繁瑣化、經院化，乃至玄學化，從而背離了「把問題講清楚」這一理論表達的根本宗旨，也導致了比較文學理論脫離研究的實際，使理論失去了對研究實踐的引導意義。[4]

4　王向遠：《中國比較文學研究二十年》（南昌市：江西教育出版社，2003年），頁21。

基於這樣的認識，我在寫作《新論》的時候，有意識地避免大唱「哲學」高調，而想踏踏實實地講清比較文學學科自身的問題。而張文卻刻意在《新論》中找他心目中的「哲學」及「哲學方法論」，豈不是緣木求魚嗎？他找不到魚就抱怨樹上為什麼無魚。實際上，哲學之「魚」在學術的餐桌上可能以種種形式存在，有人在這裡吃不出魚味兒，只能怪他感覺遲鈍。大多數的具體學科的理論著作都很少、也不必直接談論抽象的「哲學」和標榜「哲學方法論」，但這並不意味著它沒有哲學或哲學方法論的指導。任何思想言論都有哲學基礎，不管是自覺的還是不自覺的，正如任何人張口說話都會吸進和呼出空氣一樣。哲學方法論在具體的學科理論中，其理想的狀態應該像水中之鹽，融化於無形之中。可是，眾所周知，五四以來，我國學術深受西方各種哲學「主義」的影響，許多人認為只要「掌握」了某種哲學及「主義」，只要「解決」了「世界觀」及「哲學方法論」問題，無論文藝創作還是學術研究都會所向披靡，這就使得某些文章和書籍充滿了大話、套話、空話，甚至玄言虛語，而無助於解決任何實際問題和具體的學術問題。正如錢鍾書先生所說：「哲人之高論玄微、大言汗漫，往往可驚四筵而不能踐一步，言其行之所不能而行其言之所不許。」[5]這種「高論玄微、大言汗漫」的流弊直到今天在我們的學術界——當然也包括比較文學界——仍然有市場，甚至被有些人誤認為是學術正規。況且，那些口口聲聲「哲學方法論」者，自己並沒有什麼「哲學方法論」，多數情況下是拿西方某某哲學家的話來裝潢門面，不過是唬人罷了。這樣一來，所謂的「學術研究」就成了從西方來的某某哲學、某某主義的注腳，其引以為驕傲的所謂「哲學」、所謂的「理論」實際上不過是拾西人之唾餘。對此，我本人是唯恐避之不及。另一方面，我雖然不如張先生懂「哲學」，但我知道，所謂

5 錢鍾書：《管錐編》（北京市：中華書局，1979年），頁436。

「哲學方法論」不是憑空產生的，它只能從各門具體的學科研究實踐中抽象出來。換言之，「哲學方法」是「一般」，各門具體學科的方法是「特殊」。我相信應該是先有「特殊」後有「一般」，而不相信先有「一般」後有「特殊」，正如先有實物後有概念一樣。即使抽象概念也是從多個「特殊」中抽象出去的。這恐怕是哲學上的常識。哲學方法論一旦產生出來，對各門具體學科的方法是有指導作用的，但「哲學方法論」永遠也不能取代具體學科的方法論。哲學方法論也不能取代比較文學方法論，不能解決比較文學學科自身的問題，如果能，比較文學就可以不要自己的學科理論了。

正由於張文在上述問題上的認識存在著根本性的錯誤，所以他對《新論》的指責也帶有明顯的「哲學偏執」傾向。例如，對《新論》中關於「傳播研究」與「影響研究」的分野，他指責道：「在文學關係上，王著把事實性的聯繫和精神性的聯繫相提並論，這同樣是把法國學派和美國學派的兩種基於不同哲學方法的觀點雜湊在一起了。」然而，在隔了十幾行字之後，他又指責道：「王著把通常說的影響研究拆分為二，一是『傳播研究』，以揭示事實聯繫為宗旨，屬於實證考察；二是『影響分析』，以探討精神聯繫為目標，屬於審美批評」。似這樣一會兒指責《新論》將兩者「相提並論」，一會兒又批評《新論》將兩者「拆分為二」，將「傳播研究」與「影響研究」兩者「拆分為二」是錯誤，將兩者「相提並論」也是錯誤。這樣露骨的自相矛盾，我有足夠的理由懷疑張先生對《新論》中有關章節根本就沒有讀懂，或讀懂了故意裝作沒有讀懂。同時這也使我更加感到：帶著這種「哲學偏執」來進行比較文學學術批評，實際已經很不「哲學」了。

再如，關於平行研究，他批評說：

> ……王著對究竟何為文學的精神現象及精神性的聯繫，並沒有從哲學的高度加以認識，導致王著對平行研究也採取了一種極

> 為簡易的、甚至可謂輕率的態度。……對平行研究來說至關重要的可比性原理，也被化解為『沒有什麼文學現象不可比，又沒有什麼文學現象完全可比』這樣一句頗有俏皮味的話，並斷言這就是「平行研究的方法論前提」。

誠然，在戴著「哲學」西洋鏡的人看來，「沒有什麼文學現象不可比，又沒有什麼文學現象完全可比」這句話真是太不夠「哲學」了，也就是「極為簡易的、甚至可謂輕率」的了。但我卻認為這句話很有哲學意味。記得錢鍾書先生一九八六年三月在為《中國比較文學年鑒 1986》的「寄語」寫下了這樣一句話：「在某一意義上，一切事物都是可以引合而相與比較的；在另一意義上，每一事物都是個別而無可比擬的。」——真理就是這樣簡單，比較文學平行研究的方法論前提就應該這樣簡單明瞭——「沒有什麼文學現象不可比，又沒有什麼文學現象完全可比」——你可以把這鄙夷為「簡易」，但我覺得這「簡易」是直接擊入事物本體的「簡易」，與故作高深而實則淺陋者完全不同。

張文在講了一通比較文學與哲學之關係的大道理（實際上是常識）之後，寫道：

> 面對國外風起雲湧的新知新說，如果搞不清它們在哲學方法論上的根基和脈絡，又無法有所割捨，自然只有像大拼盤一般羅列在一起。同樣的道理，不明白對方的哲學根基在哪裡，又如何弄懂別人關於文學、比較、文本、歷史、語言、主體、社會、自然等等的一大套見解，哪裡還談得上消化、改造及超越？在哲學的貧困中，試問怎麼超越？難道就是跟著感覺走，或者換個措辭、換個說法、換個拼盤的擺法？那樣的話，樣子或許是變新鮮了，實際上還是新瓶裝的舊酒。

這段議論沒有直指我的名字，但既然它是在批評我的文章中出現的，也可以理解為是對我的指責。我在《新論》的「前言」中說：「以我國的學術研究的實際情況而言，從西方引進某些理論成果是必要的。但是引進之後必須消化、必須改造，必須超越。」張先生似乎斷定我沒有這個能力，我本人也從來沒有擁有這個能力的自信，因為我一直認為這將是無數學者長期努力才能逐漸實現的。但是有一點我是自信的：我已經和正在有意識地這麼做。至於「消化」得怎樣，「改造」得如何，「超越」了與否，留待眾人（當然也包括張先生）和後人評說就是了。

在上引那段文字中，張先生力斥「哲學的貧困」，使人一時不由不對張先生這樣的「哲學的富有」者肅然起敬，起了見賢思齊的念頭。幸好張文中大談哲學的時候有一個「注釋②」，提示讀者「對此問題的探討可參考拙文〈現代意識觀照下的可比性問題〉，《南京師範大學文學院學報》2002 年第 4 期」。遵照他的指引，我找來大文拜讀，指望他能給我們提供「哲學方法論」，但讀罷卻十分地失望！原來，他的中心意思是論證現代西方人提出的「主要是根據維特根斯坦的『遊戲原理』和『家族相似性』」理論提出的「類似性（affinity）」範疇真正解決了的比較文學的「可比性問題」。他斷言：有了這個範疇，「在比較文學的視野內將以全新的觀點看待同和異的問題，為跨學科、跨文化的研究提供新的理念和方法」；聲稱「類似性的提出，既為比較文學的學理根據奠定了新的基石，也使比較研究的機制和性質呈現了不同於往日的面貌。最重要的一點是『求同』的原則徹底地被顛覆了，重點放在了『求異』上」云云。張文張揚了半天的「比較文學哲學方法論」原來如此！真是匪夷所思。在他的大文中，連他所鄙夷的「換個措辭、換個說法、換個拼盤的擺法」都沒有做到，不過是替西方某哲學叫賣罷了，而且叫賣時對國人的「標價」遠遠高於其貨色的實際價值。「哲學的貧困」者如我，從張文中橫豎上下無論如何也看不出他所推崇的所謂西方人的「類似性」究竟有什麼「全新」之處，對比較文學究竟有什麼實際意義和價值，它又如何能夠一勞永逸似地解決比較文學的「可比性問題」。我只明白一個簡單的事實：「求同」還是「求異」歸根到柢要取決於具體研究對象的實際和研究的宗旨，而不取決於某西方人如何主張。不過，我倒是從張先生推薦的這篇大文中得到了另外的收穫，那就是由此而更堅定地認為：中國比較文學研究倘若這樣地將西方某派哲學奉為圭臬並強加於國人，這樣地放棄自己的獨立思考而尋求「國際規範」，是永遠沒有出路、沒有前途的，而這種自詡的「哲學的富有」，實際上是真正的「哲學的貧困」。

說到底，這還是「西方中心主義」。抱有這種念頭，也就無怪張文對我附在理論闡釋之後的「例文」也不以為然，說「這些專題研究的論文，因作者專業素養之故，集中在日本文學及東方文學，而與西方文學毫無關係，那麼因此引出的結論是否全面周到，有無足夠的涵蓋度，也是需要反思的」。其實，稍微翻閱一下《新論》就會發現，這些以中日比較文學與東方比較文學為基本領域的論文，非但不是「與西方文學毫無關係」，反而是關係十分的密切。原因是中國文學、日本文學、非洲文學等，本來就與西方文學關係密切，談東方比較文學而不涉及西方文學是不可能的。可惜張先生沒有好好讀這些文章，所以只能望「題」生義，認為東方是東方，西方是西方，結果弄錯了。這一點弄錯了倒不要緊，關鍵是張文確信中日比較文學、東方比較文學的研究「無足夠的涵蓋度」，認為由此而總結和提煉出來的理論有無普遍性還需要「反思」。我認為這要麼是西方中心主義的偏見在作怪，要麼是張先生真像他自己所說的「把作為知識體系的學科和具體的研究工作混為一談」了。研究工作永遠都是具體的，任何一個研究者都有自己擅長的專業領域，正如張先生認為我不懂西方文學，張先生好像也不懂東方文學。但是，是否可以因張先生不懂東方文學，就斷言他在比較文學基本理論方面提出的一些看法沒有「足夠的涵蓋度」呢？請問張先生：為什麼您不懷疑研究西方文學得出的結論「有無足夠的涵蓋度」，那樣起勁地推崇西方人的所謂「類似性」，而認定一個中國學人從東方文學中提煉出的結論就需要「反思」呢？您一方面是那樣強調比較文學的「世界性」，另一方面為什麼在這個問題上反倒對東西方文學研究的差異這樣地看重呢？

三 「如何對待邊際學科和文化研究的滲入？」

關於這個問題，張文寫道：「對於比較文學上述發展趨勢的最大憂慮，是因邊際學科和文化研究的大量滲入有可能喪失比較文學學科的特徵和個性，由此主張比較文學高築壁壘，把種種新論和文化理論拒之門外。這其實就是王著的立場。我們看到，書中明確反對把比較文學的方法論淹沒在一般的文學批評、文藝理論和文化理論中，全書根本沒有探討與比較文學相關的文化研究的內容。」然而，這段話再次表明張先生沒有認真地讀過《新論》，說「全書根本沒有探討與比較文學相關的文化研究的內容」，是完全不符合事實的。只要翻閱過《新論》的人都會知道，我不同意把「跨學科研究」看成是比較文學的研究對象或研究領域，是因為從學科範疇上說，「比較文學」不能囊括和涵蓋文學的「跨學科研究」。但是同時，我主張將文學的「跨學科研究」——我稱之為「超文學研究」——作為比較文學的四種「基本方法」之一，並在《方法論》一章中專列一節加以論述。那一章講的正是「與比較文學相關的文化研究的內容」。因此，張文在第三節對我的批評可謂無的放矢，況且他表示「只簡單說幾句」，我也不必多費口舌。

在張文的第三節的最後，也是全文的結尾處，張先生寫道：「理論創新也離不開扎實的方法論（包括哲學論和工具論）素養，而不能單憑感覺、聰慧與勇氣。在這方面，我願意同王向遠先生和比較文學界的同仁們共勉。」謝謝張先生邀我「共勉」，但我不敢當。因為我自知在「感覺、聰慧與勇氣」方面，實在不敢望先生之項背，豈敢「單憑」?!

總而言之，我不贊同張文的看法，而是認為——

一，西方的比較文學有自己的特色，中國比較文學也應該有自己的特色；比較文學的「中國特色」與「國際規範」（如果它存在的話）並不是非此即彼，水火不容，而應是對立的統一；中國比較文學學者應該、也必須參與「國際規範」的形成過程。

二，單靠販運西人時髦的哲學理論，拾西人之唾餘，不是理論「創新」。如果說那是「創新」，也是人家的「創新」，不能代替中國人自己的創新；不能將西方文化語境中形成的某些尚待實踐檢驗的理論強加於中國比較文學研究，中國比較文學學科理論固然要借鑒西方的東西，但更重要的是要從中國自身豐富的研究實踐中加以提煉和總結。

三，比較文學是一個學科，就必須建立自己的學科理論；不能拿所謂「哲學方法論」取代比較文學學科方法論，不能拿西方哲學或文化理論充塞我們的比較文學學科理論。那樣的話，任憑你把文章寫得多麼多、書寫得多麼厚，仍掩飾不了「失語」的症狀。大唱「哲學」高調，除了高自標置、故作深沉之外，對比較文學學科理論建構沒有多大意義。

四，學術批評是一種嚴肅的、負責任的工作，批評者應該與人為善，尊重原意，細讀文本，謹慎從事，力求公正；學術批評不可逞縱一己之好惡，不可「憑感覺、聰慧與勇氣」甚至偏見而自以為是、居「高」臨下、盛氣淩人、斷章取義、妄斷是非；不能一見到與西人不同的觀點、不同的表述，就拿自己心目中的所謂「國際規範」（實際上是西方「規範」）嚴加拷問，儼然是「國際規範」的執行法官。這不但是一個學術觀點問題，更是一個學風問題、學養問題。用批評的或鼓勵的方法，支持和呵護中國比較文學學科理論的創新嘗試，應該成為有學術良知的比較文學工作者的職業道德。

這些，我自知做得還很不夠，不敢邀人「共勉」，但願以此「自勉」。

後記

二〇一六年八月，北京，酷暑難耐。

這些天，我一邊為自己下學期開設的「比較文學概論」課程備課，一邊為我的導師王向遠教授的論文集第二卷《比較文學學科理論研究》中的二十三篇文章做最後的統稿工作。按理說編輯校對工作稍顯枯燥。不想，當自己面對一篇篇文章，同時又準備一節節課程的時候，螢幕上的語字卻分明變得生動起來，每一篇文章的誕生、發表、迴響乃至爭議，都恰似在眼前一般，而距離我第一次聆聽先生關於比較文學理論的見解，原來已經過去了整整十五年的時間。

「親歷」學科新論

二〇〇一年夏天的夜晚，北京師範大學教八樓一〇一，零零星星的一些人選修了文學院開設的「學術研究導引」這門課程，我也身在其中。因為是選修課，時而去聽，時而覺得沒意思也會蹺幾節課。但至今值得慶幸的是，有一次課我沒有蹺，我一動不動地聽了三個小時一位老師關於比較文學學科的前景與發展。現在想來，這個講座應該是本卷論文集的首篇〈二十一世紀的比較文學研究：回顧與展望〉的擴展版。也因為此次講座，促使我今天成為了比較文學研究工作者的一員。

二〇〇二年春季學期，北師大當年破舊的「新一」教室裡，兩百人左右的本科生齊聚「比較文學概論」課堂，我們一邊用著陳惇等教授的《比較文學概論》教材，一邊頗有些困惑的看著講臺上的王老師對這本經典教材的一些建議與評述。平心而論，厚厚的《比較文學概論》我們看起來有些吃力，而王老師相應的講解，我們聽起來也並不那麼容易。到底影響研究與傳播研究是怎麼回事？平行比較為什麼容易做不好？所謂的「可比性」是什麼意思？比較詩學和比較文論的不同究竟在哪裡？甚至什麼叫「詩學」……諸如此類的疑問，困擾著大二的我們。當然，我們並不知道的是，正是在課堂上侃侃而談的同時，王老師的這些關於比較文學研究對象與研究方法的新見解，也迅速在各大核心期刊上公開發表，並引起了熱烈的反響，而懵懵懂懂的我們成了比較文學學科發展史的親歷者，只是不自知而已。十幾年過去了，當我再看到這些論文的時候（如論文集中的〈論比較文學的傳播研究──它與影響研究的區別，它的方法意義與價值〉、〈大膽假設，細緻分析──比較文學「影響研究」新解〉、〈比較文學平行研究功能模式新論〉、〈比較詩學：侷限與可能〉、〈試論比較文學的超文學研究〉等篇）不禁有些悔意，悔的是面對這些充滿睿智與銳氣的文章，我們似乎沒有格外「珍惜」當年的時光。當然，這種悔意，姑且也算作是一種學術上的成長吧。尤為重要的是，十幾年後，已經有越來越多的學者意識到：比較文學中很多關鍵的理論與概念，在引進的原初階段，並沒有得到很好的界定、釐清乃至造成了混淆，而這些現象，先生早在上述論文中都一一進行了指明、解析與論證。

更難能可貴的是，在中國比較文學的發展歷程中，先生一直站在中立客觀的角度，耐心地等待著中國比較文學學科的成長。在上世紀九〇年代，當比較文學學科發展表面看起來欣欣向榮之際，大量「時髦」的文章充斥在「時髦」的雜誌期刊上，甚至發出了建立「中國學派」的呼聲，而王老師在已經建構了一系列學科新論的同時，卻又清醒地意識到，需要給中國比較文學的勢頭稍微降降溫，於是，就有了〈「闡發研究」及「中國學派」：文字虛構與理論泡沫〉這篇文章的誕生。這篇論文言辭犀利、有理有據卻又苦口婆心，直擊當時中國比較文學發展的要害，引發了諸多學人連鎖性的思考。

而若干年之後，當有西方學者不看好比較文學的發展，甚至提出了「比較文學危機論」的時候，王老師又及時寫出了文章回應（見論文集中的〈世界比較文學的重心已經移到了中國〉），他在列舉了中國比較文學近年來取得的巨大成就、中國比較文學學者所付出的大量艱辛的勞作與成果之後，鮮明地指出：中國比較文學超越了法國學派與美國學派的「學派」侷限，將東方與西方文化相融合、文化視閾與文本詩學相整合，從而形成了「跨文化詩學」這一新的學術形態與新的學術時代。這看似簡單的寥寥數語，背後卻是中國比較文學同仁們走過的百餘年的歷程，也是王老師審慎看待中國比較文學學科發展史之後的冷靜思索。而我們，當時忝列於王老師筆下的「青年學子」之列，幸運地成為了這一歷史發展的親歷者。

「親證」課程改革

二〇〇六年九月開始，作為研究生助教的我，全程跟聽了王老師的本科新課程「宏觀比較文學」。先生曾提起過，這是他從教近三十年來講課最累的一學期，因為所謂每週「備」的課，是每一週都要真真正正完成一篇高質量的學術論文，然後直接在課堂上宣讀講解，同時也囑咐我觀察學生的接受情況。不得不說，這似乎也是我在做學生以來聽得最累的一學期，這種「累」不再是一知半解的懵懵懂懂，而是來源於巨大的信息接受量，以及課下需拚命補充相關知識才能跟上老師思路的「累」，當然這種「累」，更意味著巨大的收穫和無比的滿足。我相信當年聽課的學生和我的感覺是一致的，因為在學期末的時候，學生對這門新課程的評價創下了歷史新高，或許，這是對本卷論文集中關於比較文學教學改革方面的文章（如〈「宏觀比較文學」與本科生比較文學課程內容的全面更新〉、〈比較文學史上的宏觀比較方法論及其價值〉、〈打通與封頂：比較文學課程的獨特性質與功能〉等）來說，是最好的回報吧。

而與此同時，老師在研究生課堂上的教學改革也在如火如荼的進行中，這一思想主要體現在本卷〈從「外國文學史」到「中國翻譯文學史」：一門課程面臨的挑戰及其出路〉等論文中。雖然這篇論文主要是針對中文系本科的基礎課程，但是王老師也在研究生的小範圍課堂「翻譯文學導論」上試了下水，正如他在論文中所提到的，這門課程「除了縱向的加強中外文學關係史的線索的梳理和描述外，在橫向上，還要進行對名家名作的賞析與批評。特別是注意對翻譯文學文本自身的鑒賞與批評。理想的狀態就是在必要的時候對重要的譯文與原文進行比較分析，看看翻譯家如何創造性地將原文譯成中文。」本次「試水」借由王老師的點撥，當時我身邊的很多同學選擇了不少頗具創新性的翻譯文學的選題，繼而寫出了優秀的翻譯文學的論文，並公開發表，我想，這無疑是對王老師以上文章最有力的「證明」。

時至今日，作為編輯，作為一名教師，再重新感受先生當年課程改革的系列觀點時，似乎更加理解身為一個拓荒者，先生推進改革的不易，有創見、有勇氣、有膽識，也有未知。但這種「未知」，經由課程改革真刀實槍的實踐之後，在眾多學人的見證之下，變成了「真知」與「灼知」。

「親承」教材創新

二〇一五年九月，我進入中央財經大學文化與傳媒學院工作，第一次為學院的本科生開設了「比較文學概論」課程。這一學期，我選用了王老師的專著《比較文學學科新論》作為我的上課教材。

這本書的誕生，如上文「親歷」部分所述，曾引起了巨大的反響，也「打」了幾場筆戰（如論文集中的〈拾西人之唾餘，唱「哲學」之高調，談何創新——駁〈也談比較文學學科理論的創新問題〉〉），從另一側面也凸顯了當時比較文學學科理論爭鳴的繁榮。但是，在我看來，這本書所引起的「教材」爭論，卻更為重要，由教材的選擇、使用情況等所激發的反省與思索，對後來中國比較文學教學發展的影響甚為深遠。

在與夏景先生的論戰文章〈邏輯・史實・理念——答夏景先生對《比較文學學科新論》的商榷〉中，王老師系統地闡述了學術專著與教材的關係，他指出：只有好的學術著作才配用作教材，凡有資格作教材的，都必須具有「學術著作」的品格，而且是「好的學術著作」的品格，那種拼拼湊湊、「只編不著」的東西，絕不能算是「好的教材」。

這場爭論的十年後，我學識素養尚淺，還未達到先生所要求的用自己的書講自己的課的程度，但是我對先生的「教材」觀點卻深以為然。此時，我並不是作為先生的門下學生選擇了這本書，而是作為一名比較文學的青年教師，在經過認真的比對與考慮之後，出於對學生學習的需要，慎重地選用了這部書作為教材。

在恩師三十年的教學生涯面前，由僅僅教授一學期課程的我，來談論使用教材的情況，未免顯得渺小而狂妄。但我想，經歷了十五年之後，一直得益於先生比較文學學術思想滋養的我，以另一種角色、另一種立場，開啟後來的年輕學子們對比較文學的興趣和選擇，是一種責任，更是一種歷史的傳承。我也很欣喜地看到，在這一學期的講授中，學生們喜愛這本教材，甚至根據教材後面例舉的論文也嘗試著寫出了自己人生中第一篇學術論文。這種結果，我想，無論對於哪一位老師來說，都是莫大的鼓勵與安慰。

所以，一篇論文的選擇與收錄或許很快就能決定，一場筆戰爭論的硝煙或許很快也會退散，但是從論文與筆戰中所誕生的思想與創見，在很多很多年之後，卻依舊在無聲而有力地發揮著它的影響。

學在現場，憶在當下，樂在其中，僅以此篇小文總結我對本卷論文集的些許感想。我期待下一個「現場」，依然能夠追隨著先生，繼續我們親歷、親證、親承……的師生情誼。

周冰心

二〇一六年八月於中央財經大學

作者簡介

王向遠教授一九六二年出生於山東，文學博士、著作家、翻譯家。

一九八七年北京師範大學畢業後留校任教，一九九六年破格晉升教授，二〇〇〇年起擔任比較文學與世界文學專業博士生導師。現任北京師範大學東方學研究中心主任、中國東方文學研究會會長、中國比較文學教學研究會會長，中國作家協會會員。

主要研究領域：東方學與東方文學、比較文學與翻譯文學、日本文學與中日文學關係等，長期講授外國（東方）文學史、比較文學等基礎課，獲「北京師範大學教學名師」稱號。

主持國家社科基金重大項目一項，重大項目子課題一項，獨立承擔國家社科基金一般項目兩項，國家社科基金後期資助項目一項，教育部、北京市社科基金項目共四項。兩部著作入選為國家社科基金項目中華學術外譯項目。

在《中國社會科學》、《文學評論》、《外國文學評論》、《外國文學研究》、《中國比較文學》、《北京師範大學學報》等刊物發表論文二百二十餘篇。著有《王向遠著作集》（全十卷，寧夏人民出版社，2007

年）及各種單行本著作二十多種，合著四種。譯作有《日本古典文論選譯》（二卷4冊）、《審美日本系列》（4種）、《日本古代詩學匯譯》（上下卷）及井原西鶴《浮世草子》、夏目漱石《文學論》等日本古今名家名作十餘種共約三百萬字。

曾獲首屆「高校青年教師教學基本功比賽」一等獎、第四屆「寶鋼教育獎」全國高校優秀教師獎、第六屆「霍英東教育獎」高校青年教師獎、教育部「新世紀優秀人才獎」；有關論著曾獲第六屆「北京市哲學社會科學優秀成果」一等獎、第六屆「中國人民解放軍優秀圖書獎」（不分等級）、首屆「『三個一百』原創出版工程」獎等多種獎項。

東方學研究叢書　1801001

王向遠教授學術論文選集

第二卷　比較文學學科理論研究

作　　者　王向遠
叢書策畫　李　鋒、張晏瑞
責任編輯　蔡雅如
特約校對　林秋芬

發 行 人　陳滿銘
總 經 理　梁錦興
總 編 輯　陳滿銘
副總編輯　張晏瑞
編 輯 所　萬卷樓圖書股份有限公司
排　　版　林曉敏
印　　刷　百通科技股份有限公司
封面設計　斐類設計工作室

發　　行　萬卷樓圖書股份有限公司
臺北市羅斯福路二段 41 號 6 樓之 3
電話 (02)23216565 傳真 (02)23218698
電郵 SERVICE@WANJUAN.COM.TW
大陸經銷　廈門外圖臺灣書店有限公司
電郵 JKB188@188.COM
香港經銷　香港聯合書刊物流有限公司
電話 (852)21502100

第二卷 ISBN 978-986-478-070-9
全　套 ISBN 978-986-478-063-1
2017 年 3 月初版
定價：18000 元（全十冊不分售）

如何購買本書：

1. 轉帳購書，請透過以下帳戶
   合作金庫銀行　古亭分行
   戶名：萬卷樓圖書股份有限公司
   帳號：0877717092596
2. 網路購書，請透過萬卷樓網站
   網址　WWW.WANJUAN.COM.TW

大量購書，請直接聯繫我們，將有專人為您服務。客服：(02)23216565　分機 10

國家圖書館出版品預行編目資料

王向遠教授學術論文選集 / 王向遠著.
李　鋒、張晏瑞 叢書策畫.
-- 初版. -- 臺北市 : 萬卷樓, 2017.03
冊 ;　公分. -- (王向遠教授學術著作集)
ISBN 978-986-478-063-1(全套 : 精裝)
ISBN 978-986-478-070-9(精裝 : 第二卷)
1.文學 2.學術研究 3.文集
810.7　106002083